风为裳 ——

著

花样冤家

古吴轩出版社
中国·苏州

图书在版编目（CIP）数据

花样冤家/风为裳著. —苏州：古吴轩出版社，2018.6
（2020.6重印）
ISBN 978-7-5546-1125-8

Ⅰ.①花… Ⅱ.①风… Ⅲ.①长篇小说—中国—当代 Ⅳ.①I247.5

中国版本图书馆CIP数据核字（2018）第035096号

责任编辑：蒋丽华
见习编辑：顾　熙
装帧设计：鸿儒文轩·书心瞬意

书　　名：	花样冤家
著　　者：	风为裳
出版发行：	古吴轩出版社
	地址：苏州市十梓街458号　邮编：215006
	电话：0512-65233679　传真：0512-65220750
出 版 人：	尹剑峰
印　　刷：	三河市华东印刷有限公司
开　　本：	650×940　1/16
印　　张：	16
版　　次：	2018年6月第1版
印　　次：	2020年6月第2次印刷
书　　号：	ISBN 978-7-5546-1125-8
定　　价：	35.00元

如有印装质量问题，请与印刷厂联系。

目录

一　都是千年的狐狸，都演过《聊斋》 / 001

二　我在专心等你笑 / 036

三　地上的人们，为何像星星一样疏远 / 060

四　旧爱的誓言像极了一个巴掌 / 083

五　何时前进何时放弃，寻找拥抱的勇气 / 130

六　只顾一时得过且过，这便是我的乱世 / 166

七　我们要互相亏欠，我们要藕断丝连 / 208

八　终有人如梦，终有事随风 / 224

九　你会陪我看细水长流 / 247

一 都是千年的狐狸，都演过《聊斋》

01

音乐声响起，电梯门打开，5号男嘉宾闪亮登场。

灯光骤起，一束光落到男嘉宾身上，顾西辞差点儿咬掉自己的舌头——竟然……竟然是秦朗。

女嘉宾们简直乱了套，主持人说了些什么根本没有人在意。真是到了考验智商的时候，抢在其余23个女孩反应过来前，有一个脑子灵活的姑娘先下手为强爆了灯。

西辞如在神游，直到被主持人点了名字。

"啊？哦，刚才说什么？"

主持人略微有些不耐烦："我在问你为什么灭灯！"

"啊？我灭灯了吗？"顾西辞这才意识到，人家爆灯的同时，自己下意识地灭了灯。旁边的小胖妞低声提醒："他是秦朗，你不认识秦朗吗？"

突然生了勇气似的，顾西辞盯着秦朗说："他是我前男友，我不想重蹈覆辙！"

全场哗然。

主持人一脸惊愕中扔出一句话："请看下一条片子！"

片子里，秦朗一个人站在话剧舞台上，一束光追着他，身长如玉，举手投足间光芒四射。不得不承认，这世上有很多人就是自带魅力光圈的，秦朗就是其中之一。

他踱着步，轻言细语地说曾经有个姑娘在他面前，他没有珍惜，他为失去一段感情而无比后悔，现在他就是来弥补这个遗憾的。

全场再次哗然，小胖妞拉着西辞的胳膊使劲摇晃着说："哇，太感人了，是来追你的啊！"

西辞的脑子一片空白。直到片子结束，主持人说："请看我们男嘉宾的心动女生……"

全场寂静。

顾西辞的呼吸都要停止了。

屏幕上出现了一张锥子脸美女，很显然，这不是顾西辞，全场"哇"的一声。灯光照在秦朗的那张脸上，满脸的幸灾乐祸。还有束光打到顾西辞的脸上，晃得她睁不开眼睛，时间仿佛停止了一般。下一秒钟，顾西辞弯身脱下高跟鞋砸了过去……

人一激灵，醒了过来。

原来是场梦，顾西辞竟然梦到在综艺节目跟秦朗相亲。

顾西辞坐起身，打开灯，倒了一杯水一口一口喝下去，心里骂自己：顾西辞，你究竟要用多久才能忘掉这个人？在一棵歪脖子树上吊死傻不傻啊？再说，歪脖子树都跑了，自己一个人吊在记忆里，有意思吗？

大屏幕上那个锥子脸美女就是这阵子跟他传绯闻的古宛言吧？怎么会梦到她？她会是秦朗的"终结者"吗？顾西辞脑子里闪过古宛言那张明媚任性又说不出哪里有些古怪的脸，他喜欢这样的吗？不过他喜欢什么样的跟自己有半毛钱关系吗？网上不是说，前男友是这样一种"动物"：虽然他活着，但是已经"死"了。顾西辞，他在你的心里要几时才能"死"掉呢？

刚刚入秋，天色渐亮，整个城市像得了白内障一样灰蒙蒙的。心有些堵，右眼跳个没完没了，西辞按照"左眼跳财，右眼跳灾"的老话往身上一套，跳的是灾，赶紧改变思路，男左女右，跳的肯定是财，必须是财！如果没有很多爱，那就要很多钱吧。这钱是自己赚来的，心里踏实。当然，天上如果砸下来个大馅饼，西辞也不拒绝，她会好好收着。

果不其然，刚在眼皮上贴上一张小纸片，经纪人邱冬至就打来电话了，他说："上午来公司一趟，好事，牡丹台请你参加真人秀节目！"

邱冬至说话总是简明扼要，不容置疑。

顾西辞的右眼狂跳了几下，她连忙用指尖按住，愣了有那么三五秒，半信半疑地问："老大，这玩笑有点儿大，你确定他们请的人是我，不是重名或者……"

"哪么多废话，让你来公司就赶紧来！"邱冬至把电话挂断。

顾西辞反射弧有点儿长，拿着手机脑子空白了一小会儿，才"哇"的一声大叫起来，只鬼叫一声就赶紧噤声，隔壁屋睡着同租室友周喜喜呢。什么好事都不能让她听到，不然很可能会被她抢去，那个姑娘就是强盗，也是卧在她身边伺机而动准备抢食的豹子。

西辞躺在床上，再次看了看手机上的通话记录以确认刚才的消息是可靠的，而非自己睡糊涂做的美梦。

牡丹台的真人秀节目那是多少明星挤破脑子都想参加的，怎么这么大、这么圆的馅饼"咣当"一下就掉自己头上了呢？一定是因为最近那部古装剧，剧里她演了一位伶牙俐齿的小丫鬟，剧刚一播出，演小姐的女一被骂惨了，连续多天霸占微博热门榜首，网友们都喊让她滚出娱乐圈，抵制女一的同时，倒是很多人力挺顾西辞演的小丫鬟。妈呀，这是要红的节奏吗？幸福来得太突然了。西辞的手脚在空中抓挠踢腾了几下，心想：老天爷终于睁开眼，看到真正用心的人了。

顾西辞于是开心地洗澡，很大声地唱《小苹果》，忽然脚下一滑，差点儿没摔着，她扶着墙，拍着扑腾扑腾狂跳的小心脏，告诫自己：淡定，淡定，顾西辞，你不是等不起的人。万里长征这才走了几步？可将高兴的事埋在心里，这也不是她顾西辞的风格啊，只是连个可以分享的人都没有。这样一想，顾西辞不禁有些气馁。

洗手间的镜子薄薄地罩了一层水汽，镜子里的西辞放在人堆里绝对是个漂亮姑娘，但在美女如云的娱乐圈，也就漂亮得很大众化，没有多么与众不同。

在电影学院学习时，西辞成绩好，意竹老师和宇文一直对她喜爱有加，意竹老师说："别想着做一夜成名的明星，要做一辈子闪亮的演员！"这句话让西辞谨记在心。作家王朔说："你必须内心丰富，才能摆脱生活表面的相似。"西辞努力让自己的内心丰富起来，她以为，自己勤恳努力演技好，养活自己总是没问题的。理想总是丰满，现实却太骨感，落到现实里的顾西辞一转身就灰头土脸很多年。会演戏？会演戏的多了，凭什么轮到你？就像选秀节目里那些唱歌的，哪个拎出来好好倒饬倒饬，再声势浩大砸点儿钱宣传之后不是大明星啊？这世界最不缺少的就是天才。通往成功的道路上站满了天才，可最后登上山顶的，能有几个人呢？

能有戏演，能好好地生活，顾西辞也就别无所求了。可现实是，没名气就很难接到有分量的角色，接不到有分量的角色，连生活保障都很难，讲什么为艺术献身呢？倒是想献身，可艺术压根儿不给你机会。

想到此，那么不在意名利的西辞也恨不得立刻一朝成名天下知了，她叹了口气，擦去镜子上的水雾，嘴角、眼角弯了个好看的弧度，对自己说："妞儿，机会来了，别放过！"

看着额角刚冒出的一颗痘，西辞想：原来它都这么想出头。

周喜喜贴着张面膜站在洗手间门口，如同亲姐妹般帮西辞顺着头发问："西辞姐，有好事啊？"

"啊？啊！没有。我能有什么好事啊？好不容易接了剧不还让人给抢了吗？"西辞不冷不热地呛了句。

周喜喜倒是没有一点儿尴尬，打着哈哈说："这不正常吗？这角色啊，也不是谁家包的，今儿换你，明儿换我，姐，你还真想不开啊？不过，你也不用瞒我，我可知道你有好事。"她神神秘秘地眨了眨眼，挤出一道缝来，对着镜子自我欣赏。

西辞的左眼使劲跳了几下，她忙用手指按住，瞟了眼周喜喜那张只露了乌溜溜大眼睛的脸，心想，这么没皮没脸，她是怎么做到的？她知道？她的消息一向灵通……这世上会有她周喜喜不知道的事吗？

上一次，顾西辞无意中说了自己要接一部戏，没几天合约泡汤了，再没几天，周喜喜风风光光地去演她要演的角色了。邱冬至气得拿着合约猛点顾西辞的脑袋，说她长个脑袋就是为了进理发店的。那件事之后，顾西辞跟周喜喜说话就格外留心了。

顾西辞笨手笨脚地开着那辆二手MINI COOPER来到公司楼下的停车场，却突然迷路了。

到底应该在哪一区停车啊？顾西辞正打算打电话问邱冬至，一辆白色保时捷卡宴突然拐了出来，顾西辞吓得惊慌失措，手脚并用，车还是撞到了水泥柱上，人像落进锅里的鱼，弹跳了一下后停顿下来。

　　保时捷显然也没料到会发生这种事，停车场那么大，不过是错个车而已。

　　西辞转动方向盘，车哼了一下便一动不动了。

　　有人在敲车窗。

　　车窗外是苏大潜那张胖乎乎的娃娃脸，他笑吟吟地问："西辞姐，你没事儿吧？"

　　"没事儿！"顾西辞赶紧收回目光，试图再发动车，心里却嘀咕，"他不会在车里吧？"

　　果不其然。

　　"没事儿！她哪次有事儿过？女汉子嘛，天塌下来，人一抖肩膀就扛住了！"苏大潜闪开身子，秦朗那张随时可以拍杂志封面的脸露了出来，不过表情相当不耐烦。奇怪，他大可以直接走人，谁叫他下来管闲事来了？西辞的眉头拧起，他们有多久没见过面了？

　　"就知道硬撑，都这样了，还不赶紧给保险公司打电话？"秦朗继续絮叨。

　　"怎么，一向走'高冷'路线的大明星什么时候这么亲民了？"

　　顾西辞瞟了一眼秦朗，一身笔挺的黑色西装穿得一丝不苟，头发像刚刚经过造型师精心打理。他是什么时候开始如此完美的？是跟她分手之后吗？

　　来不及叹口气，顾西辞在包里捞鱼一样乱抓了半天才抓到手机，拨打了半天，竟然没信号，尴尬地坐在那里不知道怎么办才好。

苏大潜把手机拿到顾西辞面前:"姐,用朗哥的吧!"

顾西辞推开车门扬着头走人。

"别理她,这臭脾气这辈子都改不了!"秦朗的话飘过来,顾西辞的脚下一滑,整个人摔到了地上。

苏大潜风一样冲了过来:"姐,摔哪儿了?"

"没事儿!"这话不是顾西辞回答的,是秦朗替她答的。

顾西辞疼得眼泪直往外涌,她瞪着秦朗咬牙切齿地说了句:"滚!"

秦朗的嘴角始终保持四十五度微笑,他蹲下身来看着她:"要不要来张自拍发微博?我不介意跟我的粉丝这样合张影!"

爱马仕大地香水淡淡的味道袭来,那是西辞熟悉而陌生的味道,熟悉是因为邱冬至也用这款香水,陌生则是因为印象里的秦朗不是这种味道。彼时,他们都穷着,汗水就是最好的香水。

"滚!"顾西辞起身,一瘸一拐地离去,右眼又使劲跳了几下,顾西辞索性睁一眼闭一眼地进了电梯,心想:真是晦气,好好的,怎么就碰上他了?顾西辞的心一时有些乱了。

他那种大忙人来这里干什么?

02

从耳鬓厮磨到老死不相往来,彼此不过变成对方生命里的标本,而标本的意义就在于——证明来过对方的生命里并留下过印迹。谁都明白这个道理,分手算多大点事儿,谁还没个把前任?可真把一个人变成无悲无喜的标本,而自己又无知无觉，这并不是件容易的事。更何况，好不容易把他变成了标本，现在又要把标本"复活"，这更是难上加难。

对顾西辞来说，秦朗就是这样的标本，而且是不可对外人道一分一毫的标本，因为这标本太耀眼，自己张口一说便成了博版面、上头条、无良炒作。顾西辞在所有人面前都可以低声下气，唯独对秦朗，她不愿意。或者说，她不愿意利用他们的这段情感得到任何好处。

03

高峰正梦着捉鱼，那条硕大的鱼实在太滑，他拼尽全力去抱，鱼在他的怀里打着挺，鱼尾巴抽到他的脸上，他心里在咆哮，但是丝毫不放手。跟鱼做殊死搏斗之际，凤凰传奇嗷了一嗓子："苍茫的天涯是我的爱/绵绵的青山脚下花正开/什么样的节奏是最呀最摇摆/什么样的歌声才是最开怀……"

地铁上、公交车上，此曲一响，十个人里得有四五个去摸手机。高峰就喜欢这样无声无息地融入人民群众之中，然后用太上老君炼丹炉里炼出来的火眼金睛把明星们那些见得了光的、见不了光的事挖出来，所谓独乐乐不如与众乐乐！

没错，高峰是娱记，他像伺机而动的独狼一样到处嗅着猎物的气息，然后瞅准时机，爆一大料，从此"扬名立万"。

他本以为自己会像很多人一样，大学毕业以后进一家或大或小的公司，然后朝九晚五地工作，再然后娶妻生子，做着这城中少数成功者身下的硕大分母，日子过得一天就是一年，一年就是一辈子。他以为这就是他的人生。

一切都在一场偶遇之后改变了。某天，他去图书城看书，图书城里人头攒动，爱凑热闹的性格使得他跑去看看发生了什么事。有人拿着本厚厚的书说:"秦朗!秦朗的新书签售会!"

"他不是演电视剧的吗?"高峰还是老思维,以为明星跟出书这事儿离得有点儿远。

高峰突然之间来了兴致,跑去买书,一本书竟然要56元,那几乎是他一周的伙食费,但他没丝毫犹豫。排了长长的队,终于轮到他,他很机灵地掏出手机,在秦朗抬头的一刹那,"啪"地给自己和他来了张合照。只不过,那本书让他很失望,虽然是厚厚一本,但没几个字,差不多都是秦朗那类似面瘫的表情的照片。同屋的哥们看一向节俭的他竟然花这么多钱买回来一本明星写真集,都大吃一惊。

他们当然不知道这件事对高峰的意义何在,当不了明星,在明星边上沾沾星光也是好的。就是那次,高峰的人生奋斗方向转了个弯,他立志当娱记。

大学毕业后,高峰辗转着终于成了娱记,当然,他做的只是跟着明星这样最苦、最累的活。但这不妨碍他隐藏梦想的翅膀,期待着有朝一日大鹏展翅、扶摇直上,取代老前辈的位置。高峰最大的优点就是脚踏实地、吃苦耐劳。

电话是牡丹台的一个打扫卫生的阿姨打来的。高峰心知他够不上宝塔尖,他能接触到的只有那些小人物,但往往就是这些人常能提供出乎意料的爆料,比如餐厅的服务员,比如地下停车场的保安。

高峰有一阵子没事就去帮保洁阿姨干活,理由也质朴,他说:"你长得像我妈妈,我一个人在这城里,很想家。"

高峰是有演技的,眼眶会恰到好处地发红,阿姨当场就心软了,用行话来说,那叫"喂卧子"。他告诉阿姨,他是娱乐记者,每天像陀螺一样围着明星打转。

阿姨说，呀，我们这出出进进好些明星。高峰当然知道，他很自然地接话："可不就是，要不我哪能总来这没日没夜蹲着！不能按时吃饭，我这胃就没好过。"

阿姨母性泛滥："那以后我上班，顺便替你留心着点儿！"

高峰差点儿就打响指了，他要的就是这句话。

电话里，保洁阿姨说她进会议室送水时听了一耳朵，说是牡丹台正筹备一档真人秀节目，嘉宾据说请了秦朗，还有一个叫顾什么的。阿姨又多说了一句："秦朗你知道吗？就是那个演皇上儿子的！"

睡意刹那间跑得无影无踪。旧情人？一起拍真人秀？可能吗？保洁阿姨不可能瞎编，应该是真的，这年头还真没什么不可能的。路人甲乙丙丁参加歌唱比赛时，有圈内人出来说接下来会是明星比赛唱歌，当时带高峰的那个资深娱记说编故事都不会编，哪个明星会应这个战，赢了还好，输了面子往哪里搁？可现实是，那节目没几天就上档了，明星们比得不亦乐乎，淘汰留下，跟那些刚出道的新人没两样。

这年头也不知道怎么了，之前各个台争着举办唱歌比赛，现在是各家电视台都指望着真人秀节目，带娃出镜已经不新鲜，带着姐姐穷游也已经看过了，接着是一众男女明星玩游戏玩得跟幼儿园大班的孩子似的。高峰看电视时很想对他们说："不好意思，你们的智商余额不足了。"问题来了，真人秀节目哪家强？牡丹台这是要玩个大的啊！

我的天哪，这是谁出的主意啊？让爱过的一对明星一起参加一档节目，这也太有看点了吧！是陈芝麻烂谷子都搬出来晒还是爱火重燃呢？这可是《苹果日报》那些娱记梦寐以求的料，没想到这节目竟然让明星们自己讲。高峰真想给制作人点一万个赞。

秦朗！莫非他真的是自己前途的指路人？带自己走上这条路，然后再把自己送上职业顶峰？贵人，肯定是贵人。

高峰穿着短裤打开电脑，"啪啪啪"把秦朗情史往百度搜索里一输，姓顾那姑娘就这样被捉了出来。

顾西辞，也是个演员，脸熟，演过的角色百度百科里倒是列了一堆，只是高峰一个都没想起来。

高峰关上电脑，闭目沉思了一小会儿，他仿佛看到各大报、各大网站的头条都是他拍的照片。

高峰使劲打了个响指，想起梦里那条他怀里抱着的使劲折腾的大鱼。

好预兆！

04

邱冬至把真人秀《前缘》的大致形式跟顾西辞说了个开头，顾西辞立马就摇头了，一口一个"不行"。让她跟秦朗以旧日恋人的身份参加一档真人秀，这些人的脑子里想什么呢？

愤怒之余是沮丧，顾西辞还以为天上掉下来的是一块馅饼，结果是坨牛粪。活该自己一直路人甲，没那个命。

邱冬至的大长脸真就变成了东北的三九天，冰雪寒霜，厚厚一层。

顾西辞立马低眉顺眼，小声说好话："老大，你不是不了解我，我顾西辞要是愿意这样做，我也不会是现在这种八线艺人，到处接龙套角色让你操碎了心了……"

邱冬至的脸色缓了缓，刮得发青的下巴点了点，示意西辞坐在对面的沙发上。这姑娘的态度他早就想到了，如果一口就答应下来，她就不是顾西辞了，也不是他喜欢的那个有点儿二、有点儿倔的姑娘了。不过，这是个好机会，对她是，对他也是；于公是，于私也是。只是，他不能把这些都讲给她听，他要做的就是替她拿主意，逼迫她参加。

"我知道有什么用？眼瞅着你就奔三了，你看看你们班的那些'妖精'们，国际范儿的直奔好莱坞了，再不济些的，也都混成了女二、女三，在各种综艺节目里插科打诨混一脸熟……"

"那有什么办法，说起来全是泪啊！"要说顾西辞没演技，邱冬至首先就不承认，每每说到此，这姑娘一秒钟就肯定能眼泪汪汪，仿佛全世界都欠她个公平。但这还真没什么不公平的，也许陕西山坳里的一位农民唱得比帕瓦罗蒂还好，但得有机会。这世界上唱歌唱得好的人多了去了，能成为大明星的可不就得看机遇吗？用他们老家东北话说："可不就得祖坟上冒点青烟吗？"

"别……我说，你别在这儿装可怜，眼泪汪汪的。我跟你说，路都是人走出来的，要想得到先得付出。你什么都不想付出就想变明星，这不做梦吗？"

"我还不付出？拍戏时，我就差把心吐出来了！"顾西辞满脸不服气。

"我指的不是这个……这次你要不去，对不起，公司那边我真就没法交代，不是你走人就是我走人，你来选吧！"不来点儿横的，这姑娘还真就摆不平。

邱冬至人高马大，脸是标准马脸，浓眉，小眼睛，有点儿不怒自威的意思，后面要是跟着两位黑衣人，那直接可以出演黑道电影里的老大，所以不熟悉他的人总会有点儿害怕他。周喜喜见男人就往上贴，唯独对邱冬至不敢。

顾西辞倒不至于怕他，只是，这些年如果不是邱冬至罩着她，她恐怕还真就搬不出那间地下室了。

西辞欠着半边屁股坐到邱冬至面前的办公桌上，纵使心情灰暗，也还要嬉皮笑脸。她现在能指望的人也就是他了，仗着他对自己的一点点儿情谊，她还敢吃了熊心豹子胆地讨价还价。再愚钝的女人也懂得利用喜欢她们的男人的心，更何况，顾西辞冰雪聪明，平日里，那些男人的明示暗示她不接招，不是看不出来，而是不屑于接招。

"老大！"

"别叫我老大，是我叫你姑奶奶才对。"邱冬至脸上的冰霜又重新冻上。

顾西辞讪讪地唠叨："退一万步讲，就算我没皮没脸、没心没肺，拉大旗做虎皮接下这节目，借着那人炒自己，那个人呢？他会参加真人秀？牡丹台的春秋大梦还真是……这节目设置就有问题啊，小明星的往日恋情谁会关心啊？有点名气的躲还来不及，怎么会自投罗网，把自己的旧日恋情公布于众啊？"顾西辞先撇下自己参加不参加不说，而是指东打西，说这事不合理。本就不能成的事，自己何必充当小丑的角色啊？这不缺心眼吗？

"这不是你操心的事，你只说这合约你签不签吧？"邱冬至把合约推到顾西辞面前，咄咄逼人。

"我上回演的那丫鬟不挺受人待见的吗……"话说出口，顾西辞自己的心里先虚了一层。

"如果你还想演丫鬟，下部戏，嗯，还是丫鬟……你可以一直演丫鬟，再过几年，直接晋升为老妈子！"邱冬至把一叠剧本扔给顾西辞，一副哀其不幸，怒其不争的模样。

顾西辞默然。

这些年，顾西辞的演艺事业不温不火，眼见公司里后进来的小艺人们个个飞上枝头，顾西辞也不是清心寡欲到无欲无求，只是，很多事她做不出来，难得的是邱冬至也从不逼她那样做。他对她的心她不是不明白，怎么会不明白呢？

某一次一起喝酒，邱冬至很罕见地喝醉了，也许是故意醉的，他揽着顾西辞的脖子，大口地呼着酒气："演艺圈不好混，跟我得了，就在家里待着，当我孩子的妈！"

要说顾西辞全然不动心是不可能的。如果爱是满满一杯的话，爱过秦朗，只剩下了杯底浅浅的一层，这么少的爱，她不知道自己能不能再掺进去一些水装成满杯，不知道自己有没有力气去爱他，去经营他们的感情。

当然可以再倒进去一些水，稀释过的爱也还是爱，尽管不浓烈，但平平淡淡也许才是生活的常态，只是顾西辞需要时间把水再倒进去。她需要积蓄一点力量，直到有能力去爱，去接受另外的人。这时间有点儿长，她知道，可谁叫她是个死心眼的女孩呢？

"你确定要我签吗？"顾西辞犀利地看向邱冬至，他不是喜欢她吗？把喜欢的人推到她的前任面前是几个意思呢？她将了他一军。

"不签也行，我说过，你走或者我走。你走也行，也仍然是两个选择，嫁给我或者各走各路。"邱冬至摆出公事公办的架势，嘴里说的却是半真半假的话。他这样的男人，就算爱她，不醉酒时也不会直截了当地说"我不希望你跟前男友有瓜葛，那样我心里不舒服"。无论何时何地，都留给自己回旋的余地，这是生活教给他的铁律。

当然他忘了，在爱情里，如果给自己留有余地，可能就会一败涂地。

西辞注意到邱冬至穿了件粉紫色的衬衫，这不太符合他一向冷硬的风格，笔挺的黑西装、冷色系的领带、精致的袖扣，那才是他的标配，着装如同他的人一样，严肃却毫无趣味。他是那种能给女生安全感却给不了幸福感的男人，西辞在心里这样定位他。

以他的品位，穿这种衬衫应该算重大突破了，她想起来有一次当着他的面说公司里的男艺人穿粉紫的衬衫好看，该不会是……

西辞偷偷笑了："你一大叔，这样打扮还真是蛮拼的！"她想把气氛调节得轻松一点，不成想碰上邱冬至飞刀一样的目光。

"少扯别的，说正事！"他没想做出让步。

"我签！"顾西辞抓起笔在合约上龙飞凤舞地签下自己的名字。

"不后悔？"邱冬至眯着眼看着顾西辞。这不明知故问吗？他难道是玩欲擒故纵的把戏，想借此考验一下她？西辞可没那么多弯弯绕绕的心思，她不喜欢猜。

"有什么啊？不就是跟前任演戏吗？他秦朗穿鞋的要是都敢接，我顾西辞这光脚的怕什么啊？"

顾西辞看似爽朗，实际上心里算盘的是，这种事，秦朗肯定不会同意，就算他同意，他的经纪团队是吃素的吗？他们会让大众情人秦朗跟一个三线小明星扯上关系吗？就算是要炒绯闻，那也得势均力敌才行啊。

秦朗跟自己参加余情未了的真人秀节目？《前缘》？那都像上辈子的事了，一根断掉的头发，干吗要接上？怎么可能？自己何苦事事跟公司做对呢？签了，也算给邱冬至个面子，让他在公司老总面前交个差。请不到秦朗，那可就怨不得她了。

邱冬至拿上合约急匆匆往外走时手一挥扔下一句话:"友情提醒,真人秀也终究是场秀,可以用演技!你不是一直觉得自己是演技派吗?可以派上用场了。"

邱冬至向来不是做事轻浮的人,他这样说,顾西辞心里倒打起了鼓,牡丹台是出了名的无所不能,多难搞的艺人都能拿下,该不会是已经把秦朗……他出现在公司的地下停车场……不好的预感袭来,顾西辞的右眼如蹦豆子一样使劲地跳。

不会,肯定不会!

突然想起什么似的,顾西辞掏出手机转到自拍模式,手机屏上出现了自己的脸,她一向把自拍模式当成镜子。灰暗的心情变成了外面的雾霾天,出来时光顾着兴奋了,一条橙黄点的拉裆裤配一件黑色大嘴猴连帽T恤,简单的马尾,素面朝天,怎么看都只是普普通通,跟"明星"两个字不沾半点关系。分手后,每次见到他时,自己都狼狈不堪,让他看了笑话。

顾西辞把手机扔进包里,手托着下巴叹了口气:就算你愿意,也别做春秋大梦了,想想跟他传绯闻的那些"女神",哪个不是自带柔光,一颦一笑就倾倒众生。他要不是当年年少无知,怎么会看上你?他就算真的来参加节目,也不过是牡丹台面子大,要么就是出场费给得够多,正牌女友古宛言不明晃晃在那摆着吗?顾西辞,你还真别想多了。

心情一秒钟灰暗,再一秒钟,心碎成渣倒来了大逆转,这便是顾西辞的本事,什么不快乐的事在她那只会停三分钟,如果没这本事,这些年她早抑郁身亡了。凭什么让他看上啊?他那种渣男,至于分手两年后还让自己如此心塞吗?喂,顾西辞,这都桥归桥路归路了,你还在意看到他时怎么穿怎么戴,这是几个意思啊?顾西辞噘着嘴自拍了张照片发微信朋友圈,写道:"终有千千结。"想想这酸文假醋也不是自己的风格,删了重发,写:"肇事者幸免,我为什么陷入其中纠结不出?"想想还不对,再删,再发,只写了两个字:"如麻。"

很快有人回:"怎么了,妞儿,听说你要跟秦朗参加牡丹台的真人秀?"

西辞的心"咯噔"了一下,这些人消息够快的,还没想好要怎么回答,平时隐匿于朋友圈的人齐刷刷都冒出了头:

"姐们儿,这是要红的节奏啊!"

"求探班。"

"千万把握住机会。就是不把他变成姐夫,也一定要把你前任的身份坐稳。"

"听说你们公司答应你参加是有附加条件的。"

西辞忙问那人附加条件是什么,那人回了个"呵呵",过一会儿又回说:"答案你很快就会知道了!"

西辞心里又是一惊,难道牡丹台真把秦朗给签了?

有附加条件?是什么?

这些人可真是够无聊,自己平时有事都找不到人,八卦时倒齐刷刷露出小脑袋来。

差评!

05

秦朗的心里也正慌乱着。

签完牡丹台的合约,他后悔了。

时间回到地下停车场邂逅顾西辞前的十小时。

苏大潜把那个梳着板寸、戴着黑框眼镜的人带到他面前时,秦朗正在电脑上看那些让他退出娱乐圈的帖子。搞笑,你们让谁退出娱乐圈,谁就退出娱乐圈,以为自己是上帝了吧!

不过还是坏了心情,这肯定是那制片人找水军搞出来的事。力挺平导时,秦朗真没想到这里面水居然会这么深,如果知道,以他在娱乐圈这么多年如鱼得水的老道,他会蹚这浑水吗?还真未必!这么多年,他给自己定的规矩就是事不关己,高高挂起。他是来演艺圈演戏赚钱的,又不是当雷锋的,干吗要选择挺谁倒谁呢?可最近这事,他实在看不过眼了,就算是一新晋导演,也不能拿人不当一盘菜,这么欺人太甚吧?

真没想到,一时义愤竟会惹来一身麻烦。

秦朗看了一眼来人,还以为是新来应聘的英文老师。一周前,自己参加某个国际品牌的时尚派对,结果秀英文时出了个大笑话,之后便一口气换了五个英文老师。不是别人教得不好,而是自己真的没那份好好学点儿什么的心情。焦虑像条蛇,紧紧地抓住他,这一点,秦朗比谁都清楚。人像浮在空中的风筝,虽然有一根线与地面连着,但总像是没有支撑,生活中缺了个硬硬的芯子。那芯子是什么呢?事业?爱情?抑或是平常人的生活?那便太矫情了。做了大明星,豪宅住着,跑车开着,风吹草动都会成为新闻。平常生活?那不过是没经历过平常生活的人才有资格说的。真要让他过平常人的生活,他立马就"歇菜"了。

"板寸"坐在沙发上的姿势很恣肆,有点儿四仰八叉的味道,以至于在她张口之前,秦朗都把她当成了"他"。

"他"冲秦朗微微一笑,秦朗仍以为"他"是男人,这年头可以笑得比女孩还婉约的男孩太多了,而"他"笑得太过率真。

"他"张了口,说:"秦老师,我是牡丹台《前缘》节目的制片人兼导演若秋。我们想请您参加我们这档节目!"

制片人兼导演?现在这社会更新换代真是快,反应慢的可能都还没明白怎么回事，就被后浪拍死在沙滩上了。难怪牡丹台办得风生水起，不拘一格用人才是他们使出的大招吧。这……姑娘有三十岁吗？才从大学校门出来吧？！

秦朗原来松散的身子立刻端坐起来，拿足了腔调，在英文老师面前可以随便，在媒体面前他必须是明星秦朗，一点儿商量的余地都没有，他管这叫职业素养。而且，他听出坐在他对面的并非是"他"，而是"她"，秦朗在女孩面前有着展现美好的自觉，这也是当偶像多年落下的毛病。

"你大概不知道，我不当评委，我讨厌对那些不知天上落下来还是地里钻出来的各种抱着明星梦的人指手画脚。生活本身就是一块铁板，自己撞上去，'咣当'一声响，鼻青脸肿，那才行。谁能点醒谁啊？谁能拯救谁啊？"秦朗的心情不好，一张嘴牢骚就成了一条河。

若秋倒是宠辱不惊，不疾不徐地微笑开口："秦老师，您误会了。唱歌变魔术那是茉莉台，我们是牡丹台。况且，现在谁还做唱歌节目，都做真人秀了。还有，我们这节目也不是请您去做评委，我们是个真人秀节目！"

"真人秀？你们在找嘉宾之前是不是连资料都不看一下啊？我可没孩子带出去秀！"秦朗气不打一处来，心想用这种不靠谱的小姑娘就是整不出来什么好事。

他站起身对身边的苏大潜说："你越来越不靠谱了，什么人都往我面前带！"

苏大潜一脸无辜。

"秦老师，您没结婚，当然更没孩子，我们，哦，不，全国人民都知道。您不会以为我这么无知吧？我们不是秀孩子的真人秀，我们是真情实感，直面过去的真人秀。"

"过去？怎么面对？"秦朗想起了一档寻根的节目。如果做那样有品位、有文化的节目，他倒是很想参与一下。

"是这样，每个人都有几个前任。如何跟前任相处，这应该是每个人都会遇到的问题。有的相忘于江湖，老死不相往来，成为彼此心底最隐秘的记忆；有的一方不能释怀，自己的每一点成就，隔山隔水都要传到对方的耳朵里；有的做了怨偶，你若安好，便是晴天霹雳；当然也有纠缠不清几十年，一直心心念念放不下的……"

秦朗发现这小妮子不愧是做导演的，口才了得。

"打住，打住。你的意思是……让我面对前女友？怎么面对？"秦朗的眉头拧起。苏大潜不停地给若秋使眼色，那是秦朗发飙的前奏。

若秋视而不见："我们这次真人秀叫《前缘》。您可以找一位前女友共同相处一段时间，可以如朋友，可以当成不存在，当然，也可以再续前缘，这都随便您……"

"你们是什么脑子，会想出这种节目来？会有人配合你们玩这个吗？大潜，你觉得呢？"秦朗不屑地笑了。什么脑子才能想出这么烂的策划啊？明星们保护自己的隐私像守财奴护着金子，现在让守财奴把金子拿出来分给大家，开什么玩笑？

苏大潜长舒一口气，秦朗顶到脑门的火气落了下来，阿弥陀佛。

"其实，你跟西辞姐……"苏大潜的胆子大了起来。

"你小子是不是里通外国啊？你拿了他们多少好处？赶紧卷铺盖走人！"秦朗站起来，手插在裤袋里，风度翩翩地要走。

"秦老师，您再考虑考虑，段嘉木跟我们签了合同，您看……"

果然是大台出来的，知道人的软肋在哪儿。段嘉木这根肉骨头一出来，秦朗收住了脚步。

一个人的一生中，总有绕不过去的冤家对头，这么多年，段嘉木就是秦朗的冤家对头，几乎同时因为一部剧爆红，戏路很像，很多媒体爱把他俩做比较。比较就有高下，弄得秦朗自己也生出几分"既生瑜，何生亮"的无奈。最近自己事业一路走低，如果段嘉木再去真人秀节目博眼球，自己肯定会被他压得死死的吧？更何况自己现在处境艰难，那制片人让他之前谈得差不多的几部剧都在泡汤边缘，据说抢他戏的人就是段嘉木……

饶是如此，嘴上也不能服软。

"你甭拿段嘉木给我下套。他参加不参加，跟我没半毛钱关系。只是，段嘉木的女友一抓一大把，他不会带个后宫过去吧？"秦朗先被自己的调侃逗笑了。

若秋微微一笑："秦老师有所不知吧，段嘉木在走红之前有个很大牌的女友，如果不是她，恐怕他也没有今天。事实上，是他那位前女友点名点到他的……"

秦朗坐正身子，沉吟了一会，他当然知道段嘉木那位大牌前女友是谁，段嘉木还真是勇气可嘉，愿意蹚这浑水。他想干吗呢？那段情过去这么多年，他一直不置可否，现在风水轮流传，这是秋后算账的意思吗？

"若水是吧，哦，哦，若秋，我想跟你探讨个问题啊，你谈过恋爱吗？"秦朗盯住若秋，让她有些招架不住。

若秋的目光落了下去，人坐得端正了一点，微微点头，像做错了事被家长逮到的孩子。

"那你愿意跟你的前任住在一个屋檐下，一起旅行、做饭、回忆往事吗？"

若秋回头瞟了一眼苏大潜说："如果我跟前任老死不相往

来，秦老师，今天我恐怕也不能坐您面前了！"

秦朗转头看了苏大潜一眼："你们……"

倒是若秋大方："我是他前任。当时我去了牡丹台，他不愿意离开北京，我们就分手了。我们现在是无话不谈的朋友！"

秦朗再看了苏大潜一眼，很费劲才把到嘴边的话咽了下去。苏大潜长得跟棵娃娃菜似的，没想到喜欢女孩的口味倒挺重的。

"秦老师，我说过，如何对待曾经在我们生命里出现过的人，这是一道千人千解的谜题。我只需要您参与其中，选择其中的一种相处方式就好，不必纠结。如果您真的和她成了陌生人，谁都不理谁也没问题，或者可以重新做朋友，我是指普通朋友，一点儿问题都没有……如何处理，全在您放没放下……"若秋继续说服，可见她来之前功课做得很足。当然，可恶的苏大潜肯定也把顾西辞的情报提供给了这小妮子。

"那我为什么要参加呢？给个理由先！"

秦朗的脑子里闪过顾西辞那张倔强的脸，他确定，就算自己同意参加这档节目，顾西辞也肯定不会同意。

这些年，她像擦污点一样努力地抹掉自己跟她的那层关系，他知道她不愿意沾自己的光走演艺圈这条路。可是，自己明明有利用价值，她却不屑于用一用，这也让他非常恼火，她何苦这样清高？

某导演有婚变传闻时，她竟然牵涉其中，这让秦朗勃然大怒，气得踢椅子伤到脚。他讨厌她在他面前那种宁死不屈的意志，对别人都能低下头来，为什么独独对他不行呢？她放着这么好的炒作资源不用，非得去巴结那不入流的导演。再说，她若打个电话来求他帮忙找个机会，他会无情无义不帮她吗？她当他不存在,这让他多多少少有些失落。

他甚至期待着她能来求他,哪怕一次都好,可是没有,偶有记者知道点儿他们从前的事问到她,她总推得干干净净。这也让秦朗大为光火,自己有那么不堪,让她连提都不愿意提起吗?

想到顾西辞那张不情愿的脸,秦朗突然有了一点儿动摇,如果真的再跟她相处一段时间,会怎么样呢?他在片场遇到过她,一部剧里,他是"众星捧月"的"月",她是"众星捧月"的"星",他和她自然没有对手戏。他坐在保姆车里,看着她站在寒风里瑟瑟发抖地被副导演呵斥,他的心还是会疼,但又能怎么样呢?他没办法再像从前一样为她出头,她的冷暖甘苦也只能由她自己品尝。

偶尔,他带着"新鲜出炉"的小女友出现在夜店里,会看到她落寞地坐在某一处,见了他,眼睛完全没有焦距,她在等人。他便故意很放肆地跟小女友勾肩搭背,她依旧云淡风轻没有任何反应。

人就是这么贱,她越是不理不睬,他越是放不下、看不开。不过,一段情,一刀两断,干干净净,谁还能再回头呢?

这样一想,秦朗倒生出一些惆怅。

若秋给秦朗的理由当然不仅仅是段嘉木也会参加这档节目这么简单。她莞尔,轻言细语,言语里却像充满了霰弹,三言两语把秦朗打成了筛子。

若秋说:"秦老师,我知道您最近接到的剧本都已经不是男一的角色了。还有,您手上的几个代言合同都快到期了,好像对方公司并没有再与您联系续约的事宜……"

秦朗的目光刀子般甩向苏大潜,再次说:"你可以收拾东西走人了!"

苏大潜一动没动。若秋的手轻轻落到秦朗的肩上，这动作倒小女人味十足。

"秦老师，您先别发火。花无百日红，这道理您肯定懂。您红时，谁都带着笑脸，您越是不接的活，大家就越是提着钱袋子排着大长队等您。可事情反过来，到了咱求别人，但凡您有一点点儿主动，别人就立马后脑勺朝前了。"

秦朗看着若秋，一身简洁利落到分不出性别的职业装，比男人头发还短的板寸，那张脸倒还是稚气未脱的样子，只是说话行事已经很老练了。

"大学时，您就是我的偶像，我想大潜后来跟了您，这多少跟我也有些关系吧？秦老师，我知道您一时转不过来弯，这很正常，没谁愿意把自己的陈年情史摆到大众面前。但人生如戏，全凭演技，您就当您接了部自己演自己的戏又怎么了？况且，旧情人相见，做不成爱人，倒也不妨像我跟大潜这样做朋友！据我所知，顾西辞是个很好的演员，您难道不想帮帮她吗？"

"你现在有男友了吗？"秦朗突然问。

苏大潜神色紧张地看着若秋，若秋没有正面回答，她说："我有没有男友不是咱们要讨论的话题。我要说的是，人家都能把那么小的孩子带出来秀，您有什么拿不起放不下的呢？不就是一段旧情史吗？再退一万步讲，您若有君子风度，大可把她当成一位普通朋友。再不然，当成空气不就完了吗？我们牡丹台的实力您也是知道的，让您翻红，再次登上事业巅峰，这绝不是句空话。"姑娘到底还是有些急了。

"我签了，你们能说服她吗？这么多年来，她从来没有提及我！"秦朗口风松动，若秋第一时间就感受到了。"这对您是次翻红的机会，对她是次一夜成名的机会，如果她不傻，应该不会错过的！"

秦朗仍旧犹豫不决："我这半年的档期都满了……"

"哥，您忘了吧，电影换人了，还有，那个电视剧基本上是黄了……广告合约到期，他们还没定代言人……"苏大潜插嘴道。

"闭嘴！"

秦朗极为不满地扫了苏大潜一眼，枯坐了两三秒，说："签吧！只是我有个要求！"

"您说！"若秋的喜悦明晃晃地写在脸上，无论装得多老辣，总归是个二十几岁的女生，很多情绪还是会写在脸上。

"我们有很多美好的回忆，我不希望因为一个节目把仅存的那些美好弄得很不堪！我钢筋铁骨，怎样都行，只是别伤害到她！"秦朗的担心像一层薄雾一样模糊不清，他并不知道节目组会怎样侵入他和西辞从前的情感，他只是害怕自己一只脚迈进去，自己跟她那点儿美好的记忆就荡然无存了。

"秦老师，就冲您刚才这句话，她就没白爱过您！大潜，您跟秦老师好好学着点儿，看看人家是怎么做前任的！"若秋显然没想到秦朗会提这样的要求。

"我还不是中国好前任吗？我为了你，刚才哥还说要炒我鱿鱼！"苏大潜很委屈。

"不能恶意炒作，凡涉及伤害她的炒作都不可以。这条要写进合同里！"

"没问题！"能签下秦朗已经开心死了，至于后面发生什么，谁又能预料，谁又能控制呢？

从来没有一份合同让秦朗签得如此心里没底，他真的要跟西辞共同度过一段时光吗？

饶是这样心神不安，他竟然也愿意去试一试。是的，他像懵懂少年初遇自己喜欢的女孩那样忐忑不安,却又兴奋难耐。

若秋走后,秦朗青着脸训苏大潜:"就你那脑袋还跟这妞谈恋爱?她把你剥皮磨骨,你都不知道怎么死的!"

苏大潜嘿嘿地笑着挠脑袋,他说:"哥,你又不是没谈过恋爱。在恋爱里,她跟别的女孩一样,温柔着呢!"

那天晚上,秦朗问了苏大潜八百遍:"要不,咱把合同要回来吧!"

苏大潜从没见秦朗这样紧张过,就是去电影节角逐最佳男主角的奖项,秦朗也不曾这样。

苏大潜说:"哥,我觉得你跟西辞姐还有戏!"

秦朗抬腿踢苏大潜:"你个叛徒,怎么还在这儿待着不收拾走人呢?"

"哥,我其实……还喜欢她!我们……也有戏!"苏大潜贼心不死,眼里亮晶晶的。秦朗突然觉得年轻真好,连吃回头草都吃得这么有勇气。

他叹了口气,说:"她的公司你知道吧?明早开车带我去兜一圈!"他想见西辞,想得心里难受。

"那要订机票,电视台有什么好看的?"

秦朗的目光里飞出两把刀,苏大潜这才明白秦朗说的"她"是顾西辞而非若秋。

你看,爱一个人,一件事就是拐上十八个弯,还是会想到她。

06

合同签了有一周了,一点儿风吹草动都没有,邱冬至没再联系顾西辞,西辞也不好意思上赶着去问。她暗自揣度,也许是没签下秦朗，这事就泡汤了？合同算什么呢，这些年签了合同无声无息就没了消息的多了去了。

没工可开，顾西辞索性就乱七八糟地过，看剧看到三更半夜再睡，一觉醒来就过了中午了，肚子饿就吃碗泡面，低碳环保还省钱。

额上那个痘痘越发猖獗起来，红红的，黄豆粒大，明晃晃的，西辞摆弄着刘海儿想遮住它，可它总是跳出来。西辞叹了口气，心想：邱冬至不给找活儿，自己好歹也得出趟门去剧组面试，总不能坐吃山空。

西辞换好衣服出来时，周喜喜正在收拾行李箱，见到她，周喜喜难得亲近："西辞姐，我买了衣物收纳袋，喏，给你也买了一份！"

周喜喜向来是只占别人便宜，别人别想占她便宜的主儿，现在主动给她买了一叠收纳袋，无事献殷勤，非奸即盗……

"去剧组，还是去旅行？"西辞随口问了一句。

"啊？你还不知道啊？咱俩一起去牡丹台参加真人秀节目啊！西辞姐，你现在可是大红人了，热搜第一……你不会还不知道吧？"

顾西辞的脑子一时没转过来，热搜第一？真人秀节目真的要做？周喜喜也会参加？怎么还是甩不开她啊？西辞一下子想到微信朋友圈里说的附加条件，难道……如果是真的，一帮一，一对红，自己倒还真有面儿。难怪这些天周喜喜一口一个姐地叫，还主动打扫卫生，一切都不是无缘无故的啊。

她转身回屋打开电脑，迅速打开网页，一屁股跌坐在床上，自己的各种美照丑照赫然挂在各个网页的首页上，"秦朗前女友"冠在顾西辞名字的前面，被一同揪出来的自然少不了那些有的没的泼在自己身上的污水。点开评论，顾西辞更是气得浑身发抖：

"就她长得这样，我'男神'能看上她吗？还要点儿脸吗？"

"分都分了，如今靠前男友上位，也真是让人醉了！"

"都是千年的狐狸，都演过《聊斋》，怎么回事，人艰不拆吧！"

"炒作吧，又不红，怎么不说是华哥前女友呢？"

……

周喜喜咬着苹果倚在门前，说："姐，你就是太低调，要是我有秦朗这样的前男友，我早就火了！"

顾西辞合上笔记本，她还真是活成了古人，只要不拍戏，工作的那只手机就绝不开机，另一只手机不上网，即便开电脑也只是看剧、看电影，连微博都没开。她打开工作用的手机，电话呼啸而至，都是陌生的号码，不用问也知道，是各路记者打探消息。她赶紧关机，仿佛想把一切都隔在了外面，也仿佛她自己就在世界之外。

她拎了件衣服边往外走边给邱冬至打电话，电话通了后劈头盖脸就是一句："你成心看我笑话是不是？秦朗接了那该死的《前缘》？"

邱冬至仍是不疾不徐地拉长声说："真是心有灵犀，我正想打电话约你出来吃顿饭，节目定下来了，下周开录！什么，不录？那不行，你要是知道要赔多少钱，肯定吓死了……你在哪儿呢？我去接你！"

"不用，我去见您！"西辞觉得浑身无力。

邱冬至这老奸巨猾的家伙算准了不能给顾西辞过长时间七想八想，临时一通知，什么都来不及了，她也就没脾气了。

下午两点钟的太阳像硕大的灯炙烤着地上的万物，西辞无力地坐在街边，看马路上车来人往，一切都像是某个剧里的场景。真的要朝夕面对吗？要说些什么呢？她和他分开足足五年了，这五年里，她的心里受过怎样的煎熬没人知道。她之所以不开电视，不随便打开网页，就是因为害怕突然看到他的那张脸。那感觉就像猝不及防被人拿刀子扎到心里，闷闷地疼，又不立刻拔出来，而是会连续疼上很多天。

再怎么躲怎么避也还是会迎面遇到，他太红了，地铁站的广告牌、商场里的人形立牌、某一本杂志的封面……她一再告诫自己，他们已经完完全全地结束了，她需要做的就是对他脱敏，把他当成一个不相干的人。

可是，谈何容易？

某一个夜晚，西辞还是无端地会想起他，他曾让她对明天有过无限美好的期许，可是他提早退场，彻底消失在她的明天里……她从衣柜最深处翻出那些老照片，照片上，两个人明媚地笑着，他搂着她，眼角眉梢都是幸福……

伤得太深，以至于她不敢触碰。现在呢？五年的时光过去了，她的伤口也终于要结痂了，如今却要把这痂掀开，还要在众人面前掀开！生活真是搞笑，要她用最珍贵的东西去换取事业的上升，他会怎么看她呢？话说，他为什么会答应参加这档节目呢？

电话再次响起来，西辞任由它响，不接，一条短信挤了进来："姐，我是苏大潜，有急事找您！"

顾西辞看着路上飞驰而过的车，突然下了决心，她决定去见见秦朗。

07

西辞随苏大潜走进小巷子深处的四合院时,忍不住感叹了一下,五年的时光过去了,她还是那个为生计四处奔波的小蚂蚁,他却是坐拥名利与财富的大明星了。她原本以为不过是找个高档的酒吧见个面,没想到会来这种地方。

四合院不大,正中三间正房,东西各三间厢房,院子中央种着一棵枣树,树上的青枣已经指甲盖大了,树下是石桌、石凳。西辞想到小时候姥姥家的小院子,想到姥姥、姥爷坐在树下喝茶,一切恍然,如同某个剧中的场景。一面院墙上挂满了爬山虎,时近下午时分,小喇叭都昏昏欲睡,已是秋天,叶子很多变了颜色,透着斑驳的岁月感。

进了正房,秦朗坐在中式的几案前喝茶,没有抬头。

苏大潜轻声叫了声"哥",然后悄无声息地退了下去。

早秋,院子里仍有蝉鸣,顾西辞的手心冒出了一点儿汗,满心的局促与紧张,她在心里耻笑自己:分开之后还念念不忘,跟谁扮演痴情女子呢?你愿意演,谁愿意看呢?可笑!

秦朗终于抬头看了一眼顾西辞,依旧没说话,有些背光,顾西辞看不清他脸上的表情。

门"吱呀"一声开了,穿着中式绸缎衣服的服务员提着食盒进来,在靠窗的八仙桌上一样一样摆起了吃食。

"我不是来吃饭的。秦朗,我是想跟你说,那节目我不参加!"顾西辞的话像只没拴线绳的风筝,软绵绵地放了出去,没有方向与力度,连她自己都觉得虚腾腾地冒着热气。她很害怕他将她一军:"合同你签都签了,这会儿说不参加,闹这个别扭给谁看呢？"

其实，在来的路上，她一再对自己说，本来就已经是陌路，如果前任的剩余价值可以榨一榨，有何不可？难不成她还对他有什么期盼？简直幼稚到可笑。她一直努力说服自己去参加这节目，最好的青春跟他在一起，就当是个偿还就好了。

可见了他，她冒出来的还是这样一句话，在那份过了保质期的爱情里留下来的倔强持续到现在。物是人非，纵使他已是人尽皆知的大明星，她仍然无法允许自己在他面前有些微低头。

秦朗很认真地把茶碗里的茶滤了滤，倒了两杯，端一杯递给顾西辞："尝尝，朋友刚刚带回来的六安瓜片。"

那神情就像从前她从各个剧组面试回来，一进门，他递上来一片冰镇好的西瓜。五年的时光并没抹去彼此之间的熟稔，只是，从冰镇西瓜到一杯清茶，个中的滋味就算两个当事人也未必能品得清楚。

"消受不起。我说的话你听到没有，我不参加那该死的节目！"顾西辞终于抓住了那根风筝线，把软绵绵的话拉住，带着狠劲的芯子硬硬地落到话里。

秦朗喝完自己那杯茶，抱着双臂斜靠在八仙桌旁看着顾西辞，眼神里是看透还是嘲弄，西辞无从判断，这样一想，心里那份熟稔悄然跑了一半。她对他的了解到底少了很多。

"没人拿枪逼着你签吧，那你为什么签呢？"他的眉宇间开始有了丝丝戏谑的意味，她最害怕的话他还是说了出来，这让西辞很恼火。

"我以为你不会签，我要是不签公司就得跟我解约。秦朗，我不像你，要名有名，要钱有钱！我得讨生活。"她看了一眼这间四合院，她在北京连洗手间大的地方都买不起，如果这两年没有邱冬至的那份情谊，恐怕她还住在不见天日的地下室。可他过着怎么样的生活呢？再怎么躲避，她还是会时时听到他的消息……当然，这怪不得他，每个人有每个人的命。

他看出她眼里的意味，说："这院子不是我的，我只是个过客而已！"

"笑话！人生苦短，谁不是个过客？"是不是他的，跟她顾西辞也没什么关系，她又不打算图谋他的财产。

西辞嘴角微微上翘，至少他可以悠闲地坐在这里喝茶，不必时刻准备着搬家吧？她一向是个心平气和的姑娘，只是遇到他就失去了控制。

事情卡在这儿了，现在两边的合同都签了，她能怎么办呢？抛掉那点可怜的自尊心没皮没脸地参加节目，借着他的名声捞得几部剧的出演机会吗？不，那样她自己都会瞧不起自己！她试图说服自己什么都不要想，先赚到名再说。可是，人总是这样，是什么人就是什么人，你以为你可以弯腰顺眉接受，其实完全是吞不下、咽不下。进了这个门，见了他，她一路上那些说服自己的话立刻如一滴墨落进一池水里，消散得无影无踪。

她耐下性子跟他说，她也只能跟他说，哪怕是求他，除此之外，她再没别的办法。

"秦老师，我人微言轻，身不由己。你犯不着参加这种无聊的节目啊！我们之间早就结束了，连朋友都不是，再去节目里说些私人感情的事，不是太可笑了吗？况且那是我们俩的事，干吗要搬到电视上让大家当茶余饭后的谈资？"西辞压着心里的火气尽量心平气和地跟他说。事到如今，她也只能寄希望于他毁约不参加了，不然怎么收场呢？

秦朗眼里的戏谑慢慢冷成冰霜，她叫他什么？秦老师？

他转身坐到那把圈椅上,冷着一张脸,倨傲地问顾西辞:"你觉得我为什么同意参加节目呢?你不会觉得我对你还有留恋吧?"

仿佛一记响亮的耳光打在顾西辞的脸上,她的脸上火辣辣的,整个人没处躲没处藏。

五年前,他也是这样问:"你有什么了不起,以为我会对你留恋不舍?"她能有多了不起?除了一份傲气再无其他。而他呢,是冉冉升起的新星,前途大好。所以,这句话问出口后,她转身就走,头都没回。

此时此刻,顾西辞恨不得自己变成一缕烟化掉,恨不得自己从来不曾来过这个院子。她咬住唇,半晌,头上冒的烟熄了下去。

她一字一顿地说:"不好意思,我顾西辞什么都没有,但我还有智商,我从未高估过我自己,也从没想过你会对我有留恋。我不过是希望你会念在我们曾经相爱过的分上,不要在已经结痂的心上再撒一把盐!不好意思,我错了!"

话一出口,顾西辞心生后悔,什么叫再撒一把盐呢?他现在要风得风,要雨得雨,牡丹台能签下他,肯定也砸了大把的钱,旧情算什么呢?自己还在这儿叽叽歪歪,倒真是低到了尘埃里。

顾西辞从踏进这间正房开始就一直站在一处,她觉得自己快站成了一枚钉子。她转身奔向门口,只一个恍惚间,秦朗已经站在门口,挡住了下午明晃晃的太阳。

他说:"你有心吗?结痂了吗?顾西辞,我倒想知道你错在哪儿了?"他抓住西辞的手腕,疼得她眼泪就快流出来了。

"放开!"她低声吼。

"这么瘦,是为了减肥吗?你就是瘦成纸片人又如何,拿什么跟那些水蜜桃一样的小姑娘比？别费那个劲了！"秦朗在粉丝面前一向以"高冷"著称，怎么到了她面前就成了碎嘴婆婆呢！

分手后，顾西辞一直很瘦，瘦得像一块泡在水里的香皂，让人疑心最后就化没了。

她说："我再问一句，你真的要参加牡丹台的节目吗？"

四目相对，居然仍是电光火石，西辞心里那座千辛万苦建起来的城池一下子坍塌了。他的目光灼伤了她，他呢？他的双眸似海，她看不透也猜不透。

"当然，合同都签了，钱都进了我的账户！"他似笑非笑，但目光中藏着坚定冷硬的芯子。西辞的目光败下阵来，她噙着泪，努力不让泪流下来。

"那好吧！"那好吧，你秦朗能豁出来死，她顾西辞还豁不出来埋吗？不就是段旧情嘛，算什么呢？

"你也不用多想，只当拿钱出演一部爱情剧就好了。"

他忽然闪开，阴影同时消失，阳光倾泻到她的身上，晃得她睁不开眼睛，就如同这世界让她没办法睁开眼睛仔细瞧个清楚。

她刚迈开腿，身后的声音响起。

"友情提示，别对我有妄想！"他的声音里满是戏谑，她不会听不出来，只是，饶是如此，顾西辞心里坍塌的城还是露出冷硬的钢筋水泥。

"放心，我不会那么没分寸，五年前不会，现在更不会。如果我不小心沾了你的光，那也绝非我本意！"

西辞从他的身边挤过去，关门时手劲略重了些，门"咣"地关上，树上的蝉又齐声合唱，院子里大枣树叶间细碎滤下来的阳光落到顾西辞的脸上，那张因为愤怒而红通通的脸。

暮色四合，一切苍凉得如同五年前她独自提着行李离开时的那个傍晚。

房间里，秦朗双手插在裤子口袋里，似笑非笑，自言自语："日子好像有那么点儿意思了！"

二　我在专心等你笑

01

黑白抽象印花短上衣配黑色蓬蓬裙，黑色礼帽，直长发，平底踝靴，镜子里的顾西辞眉目如画，美中不足的是嘴角起了大水泡，额上的痘倒很识时务地退下了。西辞对着镜子深呼吸了好半天，才拿起唇膏涂了上去。

当西辞拉着行李箱出现在邱冬至面前时，邱冬至的目光在她身上上上下下扫了两遍，她问："扫描完了吗？发现病毒了吗？"

邱冬至的目光有些冷，话里却透着温度："自信的女人不一定美丽，美丽的女人却一定要自信。你差的只是一个机会！西辞，相信我，这次的选择不会错，你收获的将比想象中更多。"

顾西辞坐进车里，鼻子微酸，邱冬至对她也算仁至义尽，为了帮她，宁愿把她送到秦朗面前。她很想对他说点儿什么，比如，过去的早就过去了，我跟他只是演一出戏给观众看。再比如，你会一直陪着我吧？然后把手轻轻地覆盖到他的手上。

不过，那都是顾西辞自己在脑海里设计出来的动作与台词。她跟他，似乎什么都有，又似乎什么都没有，没到那个程度，突然地表忠心显得太矫情，不是西辞的风格。

"宣传方面我跟节目组说了，界限在哪儿，我替你把握！"

邱冬至把手放到西辞的手上，那是一记定心丸，西辞只得很领情地收了，她扯出一点儿笑容给邱冬至。

半响，她说："老大，这角色挑战太大了，我真的怕我担不下来！"她还是打了退堂鼓。

"如果你当它是个事儿，那它就是个事儿。如果你不在乎，无所谓，那就真的无所谓！一切取决于你内心的态度！"邱冬至的手温热，西辞听懂了他话里的意思：如果你还余情未了，那自然是个大问题；如果你的心里明月清风，那秦朗算什么呢？这不过就是一场戏而已，真人秀始终是场"秀"。

"我有个请求……"她犹豫着要不要把那句话说出来。

"说！"

"能冒充一下我的男朋友吗？我害怕……"顾西辞的脸微微泛红，她觉得自己仿佛给邱冬至挖了个坑。

邱冬至半天没回答。

"算我没说！"

"你怕他会纠缠你，还是怕你自己弄假成真？西辞，如果你真的不愿意，咱们现在可以退，大不了我不干了……"后面的话邱冬至没往下说。

"我只是不想让人觉得我没人要……那么惨！"犹豫之间，顾西辞说了出来。

谁都不肯再说一句话，生怕话一出口再也无法挽回似的。

车子驶到郊外青山绿水间一处欧式别墅区，乔木森然，曲径通幽，遥望处是青山，俯首处是绿水，更有一处，各色菊花争奇斗妍。久居城里，每日为生活奔波，西辞竟不知道还有这样的好去处。

别墅前立着一块大石，石上写着三个苍劲的朱红大字："水榭居"。

水榭歌台，古时休闲娱乐歇息的场所，牡丹台果然用心良苦，找的地方与起的名字都很确切。

西辞的眼睛放光，小女孩一样雀跃："老大，我喜欢这里！"

"我能说我后悔了吗？"邱冬至的确有些后悔了。在这么浪漫的环境下，让一对曾经有过情感纠葛的男女单纯地过上一段日子，真的不会鸳梦重温吗？让西辞来参加这节目，他不是没犹豫过。只是，于公，这对公司和对艺人都是一次好机会；于私，他明里暗里跟西辞表白过，这丫头总装疯卖傻糊弄过去，这次，倒可以考验考验她的真心。如果她真的对秦朗放不下，那自己也没必要枉做小人；如果她对秦朗早已释怀，或许倒可以尝试跟自己开始。

只是现在他担心的是，落花有意，流水无情，万一她再一次一脚踩下去不能自拔，自己不就害了她吗？但此时此景，谁也没办法后退，只能走一步看一步了。

秦朗早就到了，他正手插在裤子口袋里站在门口看风景。邱冬至拎着西辞的行李先行进去，西辞跟在后面。路过秦朗身边时，秦朗挡了她一下，说："旧情人见面，招呼都不打，这可以上个头条！"

西辞白了他一眼，看到他的眼神瞟到某一处，西辞的目光跟过去，果然看到摄像机。原来，这就开始了。

"你们公司挺重视你啊？总监亲自送还帮你拎行李？"

西辞默不作声，快步追赶邱冬至。

参加节目的一共有三对男女六个人，跟周喜喜搭的居然是选秀出来的当红"小鲜肉"凯文，还有一对是段嘉木和最近一再以整容话题上版面的"不老女神"苏菲，这倒让西辞吃了一惊。此前，坊间一直流传段嘉木是靠苏菲上位的，走红后做陈世美甩掉苏菲，对此，两个人很有默契地缄口不言，现在倒自投罗网。西辞很好奇，节目组给段嘉木和秦朗开了什么价码，能让他们这么拼。

西辞跟苏菲一起演过一部电视剧，苏菲演剧里不受待见的大太太，西辞饰演她身旁的丫鬟。一场大太太生气发疯的戏，她足足打了西辞七个耳光才过，那时剧组的人就私下里传苏菲情场失意，拿西辞撒气。

西辞以为苏菲不会记得她，打算打个招呼就走，不成想伴随一阵香风，性感的苏菲扭到西辞面前搂住她："小辞，你还真够深藏不露的，有那么出名的男友，哦，前男友，怎么不早说呢？你不知道你站出来将会击碎多少少女的'玻璃心'啊，那心碎得咔嚓咔嚓的！"

苏菲是东北人，说话连比画带演，自有几分喜感。

西辞莞尔，觉得她真可以去小品里客串一角色，肯定出彩，不愧是演员，扇她巴掌那事儿跟从未发生过一样。

苏菲从头到脚都是名牌，除了略丰腴，她挺漂亮的，只是那漂亮有种说不出的味道，大概就是整容整的吧。

周喜喜花蝴蝶一样从其中一个房间里飞了出来，急忙接过西辞手里的包："我帮你把地板都擦干净了，西辞姐，以后要多多关照喽！"她抛了个媚眼给西辞，一副自家人的模样。

西辞的目光赶紧移到别处，大家现在就开演，她还没进入角色呢。

凯文比唱歌比赛时的"高冷"形象活泼很多，他凑到西辞

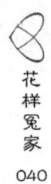

面前先叫了声"顾小姐",然后说:"你的名字天生就适合分手!"

"嗯?"屋子里的人都有点儿发愣。

"故人西辞黄鹤楼嘛!"凯文像小朋友一样卖弄。众人"喊"了一声后回过头去。

"也是哦,那我就准备当'黄金剩斗士'好了。"西辞倒是一副随和模样。除自己之外的五个人,秦朗与自己的关系已然如此,其他人还得好好相处,不然这段日子要怎么熬下去呢!想到了"熬",她轻轻地叹了口气。

众人之中,三个都是大牌,周喜喜是前女友,凯文本能地想跟西辞亲近,不过,"90后"的孩子一向是想说什么说什么,不管不顾。他说:"也是哦,总跟人分手,祸害人家,不好!"似意有所指,但西辞听在耳里,她虽不是"玻璃心",也还是小小地尴尬了一下。

收拾东西时,手机里挤进来一条短信,是邱冬至发来的。

"我答应你!"

顾西辞盯着那四个字看了好半天,心里五味杂陈。节目结束后,自己不如就和邱冬至在一起吧,尽管他离过一次婚,带着个五岁的孩子,不过,难得的是他一片真心。自己还有什么条件挑三拣四呢?岁月静好,现世安稳,日子过着过着人就老了,还能怎么样呢?更何况邱冬至确实是个不错的男人。

妄自菲薄起来,顾西辞心里便像是下了一场秋霜。

吃午饭时,六个人分成两派,气氛并不热烈,大家无非是没话找话。女人们聊的内容是化妆品和时装周,男人们聊的是足球和时事,有一搭没一搭的。镜头前,段嘉木与秦朗表现得挺热络,至少是表面上的热络,心无芥蒂的样子。

凯文表现得很积极,他很热情地为苏菲端茶倒水,无比恭敬的样子。在西辞面前他表现得像个顽皮的小弟，西辞也接受了这个设定。

周喜喜从来不缺男人，或者说，她追男人的功夫一流，但前提是这个男人得有用。西辞从来不知道周喜喜跟凯文有过瓜葛。凯文比赛时，周喜喜并不看好他，结果他一路过关斩将杀入决赛，周喜喜还嚷着有黑幕，这一转眼……凯文对周喜喜也很漠然，不像秦朗总是时不时地偷瞄自己两眼，再或者像段嘉木，总是低眉顺眼，那是种和一个人相处久了的自然状态。一轮观察下来，西辞觉得周喜喜与凯文应该是真正的演员，为了出头，都很努力。

午饭吃得没滋没味，西辞嘴上的泡破了皮，很疼，本来吃得就少，加上嘴疼，只沾了沾就放下了筷子。秦朗不客气地把自己那份粥推到西辞面前："减不减肥对你没什么意义！"

西辞张了张嘴，又无力反驳什么，只好一小口一小口把那碗粥喝完了。

吃过午饭，若秋在小客厅里给大家开了个小会，她说："有些人，曾经近在咫尺，如今远在天涯。我们节目的宗旨并非要大家走回头路，而是希望大家在山海相隔之后，在心若止水之后，能够重新面对曾经爱的人，或默然无声，或心潮澎湃，或坦然面对……散了买卖，不散交情。这是一场秀，却也是人生常态。我希望大家掏出真心，至于是关上那道心门，还是隐去光阴重新出发，我们都听从心的声音！"

西辞的目光飘向秦朗，正好对上他的目光，如被烫到，两个人的目光迅速移开。西辞想，他与她之间，真的还有什么需要面对吗？

苏菲与段嘉木也都沉默着。最活跃的是周喜喜和凯文，周喜喜瞪了凯文一眼说："我心里的声音就是让他有多远滚多远，不就是会唱几首歌嘛，了不得了，跟姐耍大牌，姐也很红好不好！"

凯文猛地站起来，脸红脖子粗地说："你看，你看，你那脑回路就一个，咱俩是谁红不红的问题吗？你就是自以为是、固执！"

"你说谁呢？我问你说谁呢？你一小明星装什么'高大上'的艺术家啊？我还不了解你……"

桌前的另外四个人外加若秋都成了观众，当然，摄像机的灯亮着，这场旧情人相见眼红的争吵大战简直太精彩了。西辞几次想去拉周喜喜，演得太过，到时候怎么收场呢？

"喜喜，算了。你们这么闹起来真上了电视对谁都不好！有什么话不能好好说呢？"西辞终于还是没忍住，站了出来。

若秋暗地里拉了西辞一把，应该是不想让西辞多管闲事。西辞有些紧张，她看了一眼秦朗，秦朗的嘴角上扬，像是看了一场好戏，极有满足感。苏菲倒是一副兴味索然的样子，起身说："我得去睡美容觉了。还有，段嘉木，你别让观众以为咱俩真的有什么利益关系。你给大家说说，咱俩曾经那段算不算是真正爱过！"

那就像家庭作业，苏菲撂下话便走了。段嘉木一脸尴尬，冲秦朗说："兄弟，你不会是因为我才来参加这节目的吧？咱俩真的要刺刀见红拼个谁人气高谁人气低吗？哎，若秋，这段你们剪掉啊！"

"兄弟，你真想多了！"秦朗站起来一伸手把西辞揽在怀里，说，"我是为你来参加节目的，那我ex（前任）会高兴吗？那啥，亲爱的，我觉得咱俩还有戏！"他的脸离西辞很近，话也说得半真半假。

顾西辞使劲推开他："你够了，这段剪掉啊！秦朗，如果真想这三十天的相处顺利,我希望我们能彼此尊重,还有,一定要真诚,我没兴趣跟前男友搞暧昧,就像我对一件旧衣服没兴趣一样!"

"真的吗?你这件衣服好像是五年前买的!这不算旧衣服吗?"他的表情像一只抓到老鼠的猫逗弄嘴边食物的样子。

怎么会?顾西辞低头看了一眼,脑子轰的一声,可不是吗,这件短上衣是五年前的那个春天她跟他一起买回来的,怎么就穿了它?倒好像安了心似的!

只能嘴硬:"别太相信你的记忆力。这是我春天时刚刚买的,跟五年前没有半毛钱关系!"话一出口,西辞就恨不得咬断舌头,这不此地无银三百两嘛。

秦朗拍了拍西辞的肩膀,在她耳边小声说:"我觉得我会重新爱上你!"

这当然是句浑话!这些年他混迹娱乐圈,左拥右抱,说爱是件太容易的事了吧!

背景里,凯文和周喜喜仍在没完没了地吵,摄像机分别对着几个人。有那么一瞬间,西辞觉得自己正站在小剧场的舞台上,每个人脸上都涂着油彩,嘴里说着台本上的台词。

02

晚饭前,若秋把大家叫到饭厅又开了个小会。与午饭时不同的是,这次摄像机没跟着。

若秋给每个人都发了一张纸,顾西辞拿过来,急匆匆看了一遍。

《前缘》真人秀节目与嘉宾约法三章:

一、每个人有两次要求删除录制内容的机会,但作为交换,每次请求删除后,都要爆个独家的料(自己的或者他人的都可)。

二、不可无故脱离拍摄镜头,否则,要接受惩罚,讲述一个恋爱时的片段。

三、所有因节目内容引发的情感纠纷,本节目概不负责。

"这打通关还要买道具啊!"凯文一脸不屑。

"我可没什么料好爆的,我自己没有,爆别人的也不合适,是吧?"周喜喜问的是凯文,凯文根本就不接话茬。说虽这样说,西辞仍坚定不移地相信,六个人里如果有一个爆别人料的人,那肯定是周喜喜。这丫头太渴望成功,可以为了成功不择手段。很多时候,西辞少的就是周喜喜的这股子狠劲儿。

苏菲一副见怪不怪的样子,段嘉木则木着一张脸一言不发。

秦朗把纸摔到桌子上,黑着脸说:"你们不是电视台吗?难道真的什么都敢播出吗?就没人管吗?不可能吧!"

既来之,则安之。不然能怎么样呢?顾西辞面无表情地收起了那张纸。讲述恋爱时的片段?五年了,很多当初觉得刻骨铭心,至死都忘不了的事,现在已经像一张浸在水里的泛黄的羊皮纸上的墨字,变得模糊不清了。

时间是最好的疗伤药,真别说谁忘不了谁。

没有什么忘不了的。

03

西辞一个人围着山转,芳草萋萋,山里有很美的茅草,要是拍婚纱照,倒是绝美。

西辞嘴里叼着根茅草杆,慢悠悠地走,心里难得平静。她并不是个有很强上进心的姑娘,当年的秦朗也不是。他们曾经的梦想是做这城里普通的文艺工作者,每天一起坐地铁去剧院演戏,下班后他去幼儿园接小孩,她去菜市场买菜。当时的一位朋友听到他们这么说,一口拿铁喷了西辞一身,说:"真把你们自己当成杨过和小龙女了吧?我打赌,你们做不到。就算你们清心寡欲,还有时代的洪流呢,它会裹挟着你们往前冲,无人幸免!"

果然,两个人住地下室的幸福时光并没持续多久。秦朗很快被一家公司相中,像陀螺一样忙了起来,后面的一切都在意料之中,却又在意料之外。时代的洪流在后,就算你不急着向前,它还推着你奔跑呢!停下来?不可能,停下来你就倒了。

今天想起来,友人那番话简直就是神级预测。同样的年纪,朋友如此透彻,多年以后西辞想起来还是汗颜,只是,她从不为那时他们有过那样的人生理想而后悔。

回到房间时,西辞看到苏菲正坐在她的床上摆弄那些她没来得及收进洗手间的化妆品。

西辞微微有些不悦,再转念一想,既然住到这里,原本就是没有隐私的。

"你怎么能用这个牌子呢?也太便宜了吧?"苏菲拿起西辞常用的一款面霜。

西辞的脸微微发烫,伸手接过面霜放回原处:"我用着还好!"

苏菲脸上露出不屑的笑:"那是你没用过更好的,过会儿我送你一套我现在用的,不过,就是贵。这脸也跟人似的,吃过山珍海味,再吃粗茶淡饭,会难以下咽……"

西辞看了一眼镜头,又看了一眼苏菲浓妆艳抹的那张脸,淡淡地说:"我还是吃我的粗茶淡饭好了!不然万一习惯了山珍海味，我可买不起！"嘴上这样说着，内心的潜台词却是，倒是看看你的皮肤再说话啊，你那张脸跟块盐碱地似的，比谁的强了？

西辞没想到，就是这样一段寻常的对话，在节目播出时会被网友解读成她和苏菲不和，被娱乐节目一再当成女明星钩心斗角的样板。有什么和与不和的呢？原本就是为了节目来的，节目结束后一拍两散，各在天涯。网友们还真是宫斗剧看多了，两个人聊几句就各种猜测。

下午，六个人聚在客厅。节目组又送来一张纸，这回不是"约法三章"，而是合住规则，大家传阅了一下，无非是轮流打扫卫生、轮流做饭之类的琐事。

周喜喜皱着眉头问："能不能叫外卖啊？"没人回答，周喜喜噘着嘴嘟囔："我的黑暗料理你们要是不怕中毒倒可以试试！"

凯文白了周喜喜一眼，接话道："我倒宁愿饿死！"

周喜喜不甘示弱："没人拦着你！"

他们这样你来我往地斗嘴，西辞倒是有点儿相信他们做过欢喜冤家了。不然，即便是陌生人，碍于情面也不会吵得这么肆无忌惮吧？！

段嘉木说自己最近在拍一部电视剧，应该在家的时间不会太多。苏菲呛了一句："是啊，这里就你最红！"

段嘉木的脸红了起来，他张了张嘴，终究什么都没说出来。

西辞有种强迫症，那就是一群人相处，她受不了气氛古怪或者谁被冷落，她总觉得自己有责任让每个人都开心。这很累，但是她改不掉这个毛病。从前秦朗说这是张罗命，没办法，就算是张罗命也只能继续张罗下去。

"咱们能一起录节目，缘分不浅。这样，不如晚上我们聚餐吧，大家现在就各自准备……"西辞原本是想岔开话题，却一不小心弄了个新提议。

凯文也缓过劲来，意识到自己正被拍着，于是拍手道："是啊，是啊，这样吵，小伙伴们还能不能愉快地玩耍了？西辞姐，我听你的，我给你打下手吧！"

西辞还没来得及说话，节目组就派发了任务，简直跟西辞的提议不谋而合，任务是二人一组出去买菜、做饭，这一组的二人当然是旧情人喽。

大家面面相觑，再不愿意面对，此时也要面对那个旧情人。

西辞进房间想了想，换了白衬衫、牛仔裤，出了门遇到秦朗，居然是一模一样的装扮。

他坏坏地笑着伸出手来等着跟西辞击掌："默契一百分！"

西辞没理他，径直走出去，秦朗略显尴尬地把手缩回去，笑着摇头。这片段在节目播出后被网友做成动态图片，赢得一片"萌萌哒"的赞，居然涨粉无数。相应地，西辞自然就成了秦朗的粉丝们眼里不懂好歹的黑女巫。

节目组给每一组嘉宾都配了一辆新车，那是节目赞助商提供的，所以这车出现的镜头应该会不少。清一色的车队跑在高速路上，想想就有真人秀节目的即视感吧！

西辞拉开车门想坐到司机的位置上，秦朗冲后面的剧组工作人员喊："就算你们给上保险了，我也不想送命！"这话是说给西辞听的，西辞转身走向后面的座位，秦朗倚着车门，说:"我又不是你司机!"

西辞瞪了他一眼,坐到副驾驶的位置上,节目组的人过来把摄像机固定好。车子开了出去,一路上秦朗都在吹口哨,西辞则无所事事地看着窗外的风景。真是难以置信,她和秦朗居然还能坐在一辆车里去买菜,她从车窗里看到自己,睫毛扑扇了一下,她不禁轻声叹息。

拐过一道弯,秦朗突然把车停在路边,伸手把摄像机镜头关掉了。西辞吃惊:"你要干吗?"

"我们谈谈!"秦朗像个任性的孩子。

"我们之间还有什么好谈的吗?"西辞只想把拍摄当成一项工作,尽心尽力地把节目做完,至于结果怎么样,她已经不想考虑了。她唯一能做的就是尽量置身于情感之外,不动感情就不会伤了自己。

秦朗打开车门,下车绕到西辞的一侧伸手把她拉下来。西辞不明所以,质问道:"干吗?你这样是犯规知道不知道?秦朗,合同……"

秦朗拉着她走到山脚下的一条小路上,说:"少啰唆,节目组的车就在后面,你是不是想让他们找过来?"那是一句要命的话,已然犯了规就只能往前走。

顾西辞不情不愿地跟着秦朗向前走,心里小鹿乱撞,难不成他真的对自己余情未了……很多女人无论在什么情形之下都爱胡思乱想,偏偏顾西辞就是这种女人。

在一棵古槐树下站住,她气喘吁吁地甩开他的手,瞪着他说:"有什么话,说吧!"

他却一本正经:"拜托你专业点好不好?这是个秀,不是你要小性子逗能的地方。那俩活宝吵架,节目组的工作人员都不出来劝阻,你多什么事,还提议聚餐……你别瞪我,我不希望节目播出后,你被很多人骂!"

顾西辞原本热切的一颗心像被踩到冰冷的雪地里,她看向秦朗,面无表情地说:"多谢提醒,我会对自己负责的!我被人骂还是被人砍,那都是我的事,与你无关。"西辞转身往公路上走,眼泪在眼眶里直打转,心想:自己怎么耍小性子了了?逞什么强了?

秦朗一把拉住她:"还有,你那个A货的包赶紧扔掉!"

A货?西辞一愣,像是有一记耳光响亮地打在她的脸上,整张脸都火辣辣的。

娱乐圈是个名利场,人人都戴着一副势利眼镜看人。穿什么、用什么,说好听点儿是包装,说不好听了,那就是攀比的武器,要不怎么每次红毯女明星们都费尽心机亮相呢,动不动媒体就用上"××力压××"的标题。但即便这样,西辞也不会虚荣到拎个假包招摇过市,虽然她确实没有闲钱去买真包。此前,她一直用比较便宜的包,被人笑话过好多次。去年她生日时,邱冬至送了她一个名牌包,她把包退给邱冬至,说:"心意领了,但这包真的不适合我!"邱冬至指了指她的包问:"它适合你?"

"至少目前是!"她不愿意收下一个她还不能接受的男人的馈赠,那是底线。

那之后,西辞拍了一部剧,拿到了三万元的片酬,她拿出两万买了个名牌包,那是她买的最贵的包。可现在,他却说是假的,秦朗居然说那是假的!

在他眼里,她只是个虚荣到用A货的女子吗?他早看穿她苦苦挣扎,早看穿她虚张声势,也在看不起她的同时,给予她一点点同情吗?

西辞的自尊心受伤了,受了重伤,她除了这可怜巴巴的自尊心外一无所有。

她盯着他的眼睛，仿佛要看到他的心底去。

"觉得我让你丢人了是吗？堂堂秦朗的前女友竟然提着只假包招摇过市……秦朗，我不是大明星。我吃了这顿都不知道下顿有没有饭吃，我进剧组要看其他人的脸色，被人呼来喝去，我也就配拎一假包。我来参加这节目，又何尝不是顶着你前女友的名头来博得大家的熟知？不过，我很清醒地知道，前女友既不是职称也不是名头，那不过是段不堪提及的过去而已。"

西辞浑身发抖，泪水像撕开了包装的巧克力豆，滚得到处都是。

秦朗的脸色阴沉，他说："你不是很会钻营上位吗？别的女人会的你不也都会吗？"

西辞伸手给了秦朗一耳光，这不都是拜他所赐吗？他怎么有脸站在这儿指责她？

那巴掌打在他脸上，却比打了她自己还疼。她心疼自己，怎么还跟这种人搅在一起？自尊心被狗吃了吗？

04

两个人一前一后回来时，剧组的车早就停在了那里。若秋明显柿子挑软的捏，青着一张脸只冲西辞怒吼："你们什么意思啊？关掉摄像机，私自跑出拍摄范围，第一天就这样，接下来要怎样啊？这才第一天录制，第一天！"

若秋把"第一天"三个字咬成石头砸向西辞。

顾西辞低着头，一声不吭。

秦朗走过来推她上车，横在若秋与西辞中间说："摄像机是我关的,她也是我拉着出去的,有些话我必须跟她说清楚,不然以后的节目没法录。我想你们也不想我们其中的任何一个中途退出吧!"

若秋可以不在意顾西辞的想法,却不能不顾及秦朗,她扯出一点儿笑容说:"没问题啊,可是,下次能不能提前跟我们打个招呼,让我们有个心理准备!"她半侧着身子,说出的话尽管用商量的口气,可态度却是不容置疑的。

秦朗做了个"OK"的手势,人闪身坐进车里,工作人员探进头来打开摄像机。西辞的目光移到车外,心里想:哼,还有下一次。

原本以为这事到此为止,若秋的脸却突然出现在车窗外,依然是笑意盈盈:"秦老师,您还记得我们的约法三章吧?第二条不知您还记不记得!"说完,她转头交代摄像师:"找个秦老师方便的时间,听他讲恋爱故事!"仍然是不容置疑的态度。

秦朗没吭声,一踩油门,车子飞了出去。

城里的路很堵,秦朗心情很坏,不停地摁着喇叭。西辞伸手摸手机才想起手机被节目组收了去,她说:"还真是有了车就不同了,有路怒症啊?"又说:"从前你骑个自行车到处晃,每次都高兴得像过年似的!"

秦朗瞥了她一眼:"总不会像你似的,笨得跟个蛋似的,还非要开一破车!"

顾西辞也不甘示弱:"破车怎么了?破车不也能拉着我到处跑吗?我哪像您啊,出入都有保姆车,前呼后拥的,肯定丢不了!"秦朗不吭声,西辞百无聊赖,继续没事儿找事儿:"我见过古宛言,挺漂亮的。"

他冲车外骂了句什么,手按在方向盘上,整个人气鼓鼓的。

"你看女人向来眼光不错，呵呵，这有点儿像拐弯抹角夸我自己吧？"西辞有一点儿想故意激怒他。

秦朗咬了咬唇，眼睛瞟了一下摄像机，西辞这才意识到自己又犯了个错，摄像机在拍，至于哪段能播出哪段要剪掉，她和他都没有决定权。不过，好在有约法三章，她从包里掏出小本子，写了张纸条，用身子挡住摄像机塞给他。

她在纸条上写：如果不方便，我可以爆料做交换。

秦朗的目光凝成冰："不用！"

再度沉默。她看了看他的脸，她的巴掌扇得不重，没在他英俊的脸上留下任何痕迹。

这不是她第一次扇他耳光，这辈子，她只打过一个人，这个人就是秦朗。

顾西辞再次侧了侧身挡住摄像机，嘴巴做了个"对不起"的口型，偏偏在那时，前面长长的车龙动了起来。他伸手拨开她，像是极不耐烦。

"你有什么料好爆？说来听听！"冷不防，秦朗来了这样一句。

这回默不作声的是顾西辞了，那不过是她说的客气话，再说了，这里有摄像机拍着，说给他听？脑子糊涂了吧？

秦朗在下车前把自己裹得严严实实，他瞟了一眼顾西辞，西辞道："我不用！"

超市里人并不多，西辞很自然地推起了购物车，秦朗表现得很新鲜，什么都往购物车里放。超市里的人并没认出秦朗，倒是对两个人后面跟着的摄像师有些好奇。西辞不停地把东西往外拿，秦朗不高兴地说："霸权主义！"西辞停下来，说："你忘了节目组给了多少钱吗？一百元，先生，你知道一百元可以买多少东西吗？"说完，自顾自地往前走。

秦朗飞快溜到西辞背后悄声说："我有三四年没逛过超市了！"

西辞拿了棵小白菜放进购物车，轻描淡写地问："您现在吃饭得要人喂了吧？"

"对，我上厕所身后都站着四个宫女！"秦朗说得一本正经，倒把西辞逗乐了。那画面太美，还真不敢看。

秦朗推开西辞，接过购物车，岔开话题说："还爱吃白菜，难怪那么瘦！"

难得他还记得她爱吃白菜，只是他误会了，她不是爱吃白菜，而是在当时的条件下不吃白菜吃什么呢？眼下，她没了跟他解释的心情，径直挑了块豆腐放进购物车，做个翡翠豆腐锅应该不错。他的胃不好，宜吃得清淡一点儿，不自觉地，她还是为他打算着。

"您打算做什么，赶紧准备吧！哦，您应该什么都不会做了吧？您都用着御厨吧？"西辞有意无意还是揶揄了秦朗一句。

"鱼，我会做糖醋鲤鱼。"说这句话时，秦朗自信满满。

这么多年来，他会做的仍然是这一道，只是不知道给多少女孩做过。她很想告诉他，分手之后，她不再吃这道菜。很多习惯，因为有了一段拐弯抹角可以抵达的回忆，她便戒掉了。

不说也罢，坏了心情。

苏菲和段嘉木迎面走来，两个人都是全副武装，冷不丁一看以为是恐怖分子进了超市。西辞先笑了起来，"你们是生怕别人认不出来吧？"其实，周围有摄像机跟着，超市里的顾客难免会多瞅几眼，有眼尖的早已拿出手机拍了起来。场面有点儿混乱，有几个女粉丝认出秦朗，大声叫着扑过来。秦朗一见大事不好，把购物车扔给节目组的人，拉着西辞就跑。

坐进车里，两个人都有些气喘吁吁。

西辞感叹了一句："做明星是不是跟坐牢似的？"

秦朗笑了起来，他说："不知从什么时候开始，我总是做同一个梦，梦里被一群人追，我衣衫不整，被追得无处可逃时，只能眼一闭跳河！"

顾西辞凝视着秦朗的侧颜，这个男人在自己的生命里曾经那么刻骨铭心。曾几何时，他们总赶在超市关门前去采购，然后手牵着手走回住的地下室，当时不过是图着关门前的一点儿便宜，现在想来竟也全是浪漫。这些年，他一路向上，鲜衣怒马，名利双收，美女在侧，怎么还过得如此没有安全感呢？

她想问他这些年过得好吗？话到嘴边拐了个弯说出来的却变成了："你尚且如此，让我们这些每日在片场演路人甲乙丙丁的人怎么活呢？"

他再无话。

他想说的是，未必演路人的就过得不如大明星幸福。人们一直想往塔尖上爬，以为爬到上面可以见到更美的风景，殊不知，塔尖上只有一只脚的容身之处，早没了看风景的心境。

曾几何时，他就是那样一味往高处爬，最终迷失了的年轻人。现在呢？

05

秦朗和西辞提着菜进门时，苏菲和段嘉木正在吵架。苏菲穿着大花的裙子，那是某大牌时装的秋季最新款，却被苏菲生生穿出了大妈的味道。

苏菲冲到西辞的面前，拉住西辞说："你来评评理，我就说了一句他演的皇上、阿哥通通都是便秘的表情,他就摆出一张臭脸给我看。你说说,你说他是不是面瘫脸?"西辞不知如何回答是好,苏菲又一转头看到秦朗,撂下西辞直奔秦朗:"秦朗,你来说说,你说段嘉木除了长相端正,戏演得好不好?你凭良心说,实话实说。"

秦朗到底混迹演艺圈多年,早已训练出一身圆滑的本事来。

他说:"咱们不是奥斯卡评委,咱这节目也不是《艺术人生》,我们不谈人生,不谈艺术,只谈做饭!"

说完,他晃了晃袋子里的鱼,那鱼仿佛知道死期将至,打了一个挺,居然从袋子里跳了出来。

接下来的场面略显荒诞,两大"男神"满屋子捉那条鲤鱼,鱼大,又很滑,再加上拼命挣扎,一再从两大"男神"手里逃脱。

苏菲抱着双臂,站在一旁冷笑:"除了在剧里哄哄小姑娘,你们到底能做什么?"

西辞挽起袖子让两个人闪开,她伸手抠住鱼鳃,鱼拼命扑腾了两下便老实了。把鱼扔进水池里,西辞才想起一件事:光顾着逃跑了,居然没让卖鱼的把鱼宰好,看来只能自己动手了。

西辞挽起袖子宰鱼时,周喜喜正好进来,她跷着手指跳着脚大呼小叫:"西辞姐,你怎么能这么残忍杀生呢?这鱼多可怜啊!"

西辞看都没看她一眼,心里冷笑了一下:"装得倒挺像。"周喜喜的父母经营着一家炒鸡店,有次喝醉后她对西辞说从小就见父母杀鸡,用开水给鸡燖毛,那味道简直让人吃不下饭。她肯定是忘了曾经跟西辞说过家里的事了,现在正拿捏着扮千金小姐。西辞感觉有句话就在嘴边，努力咽了几次还是没咽下去，说："可怜鱼啊？那你别吃啊！"说着，刀背"砰"地落到鱼头上，鱼被砸晕了过去，西辞麻利地给鱼开膛，掏出五脏六腑。周喜喜做呕吐状跑开。

秦朗倚在门前说："还真是女汉子一枚。不过，从前你没这么能干吧？"

提从前是几个意思呢？从前不是有他含在嘴里，捧在手心里嘛，日子再苦、再穷，也还有一份甜蜜爱情宠溺着、娇惯着，然后呢？她像一片树叶一样被扔进秋天里，其间的煎熬、委屈、折磨无法言说，说多了都是眼泪。

秦朗走过来，准备开火做鱼，他做鱼的手法果然生疏了，摆弄着锅，好半天不知道下一步骤是什么，人果然是最健忘的动物。

西辞看不下去，提醒说："先用葱姜蒜爆锅……"

秦朗转过头，眼神有些意味深长，他说："长江入海口的水要告诉格拉丹冬的雪怎么融化，是不是太搞笑了呢？"

西辞半天才明白过来什么意思，从前在一起时都是他做饭，她偶尔做一次，他皱着眉说好吃，她尝一口，却齁得要死，他说的好吃不过是因为有"爱"这味最浓的作料在。

"不识好歹！"西辞回了句。

没有他的日子里，自己若不琢磨着做做菜要怎么活下去呢？

"是你没眼力见，帮我系上围裙！"他伸开双臂。

西辞从秦朗手里接过围裙，帮他系上，那一瞬间，仿佛时光倒流。

那时大学刚毕业，他们住在一间地下室里，每天两个人去各种剧组面试。偶尔有好消息，他会捎回来一条鱼，然后亲自下厨,她则贴心地帮他系上围裙,看着他做勤劳的小蜜蜂。吃鱼时,他总是帮她挑刺,她爱吃鱼,也容易卡刺,而他除了帮她挑刺之外,还收集了各种各样治疗鱼刺卡喉咙的神奇方法。某一次,他一边给她拍背,让她使劲把鱼刺咳出来,一边说:"你这样,如果我不在可怎么办?"

她满脸是泪地答:"那你就一直在呗!"

后来,他们分开,西辞也找到了办法——不再吃鱼。到了第五年,西辞无意中吃过一次鱼,居然什么事都没有。人之所以娇弱,是因为有可以撒娇的对象,若是卡刺了没人安慰,恐怕鱼刺都觉得没什么意思。

西辞及时打住那些奔涌而来的记忆,再温暖也都过去了。

他把切好的葱姜蒜倒进热油里,说:"我猜你一定想到了从前!"

西辞没吭声,只是把小白菜一叶一叶掰开,如同把过往的那些日子拆掉。

没有这个节目,她和他也许就永远只是两条平行线了,这一次,至少可以画个圆满的句号,甚至,以后可以当老朋友。突然之间,西辞生出这样的想法。

节目叫《前缘》,其实并不确切,他们之间的情已断,记忆都已经有些模糊不清了,一切终究都会输给时间这把利器。

06

那顿晚饭吃得并不愉快。

凯文做了一锅黑乎乎的汤,周喜喜从超市里买了两道菜摆上桌,美其名曰她摆的盘,具有毕加索级别的审美。苏菲拌的沙拉极其寡淡,让人看了不由生疑:只吃这样的东西,那么壮硕的身材是从哪儿来的？段嘉木还不错，煎了七分熟的牛排，样子看上去至少是诱人的。秦朗的糖醋鲤鱼烧煳了，不过勉强可看——鱼上面盖着一层厚厚的葱花，不明真相的观众对着电视只会"哇哇"乱叫，大喊"男神"原来是大厨啊！

只有顾西辞贤惠地端上来四菜一汤。

除了"色"，男人们最为看重的恐怕就是胃了，更何况这美食出自美女之手。凯文最不吝啬赞美："西辞姐，你还真是才貌双全啊。我认识的但凡长得有点儿姿色的女孩都是双手不沾阳春水，恨不得吃饭都得男朋友喂！"

这话似有所指，是真是假周喜喜都必须第一时间发作，她"啪"地把筷子扔在桌上，说："不带这样捧一个打一个的啊！知道你前任多，你说话点名啊，不然网友们还以为你说的那人是我呢！"

凯文也不甘示弱："还用网友们以为吗？你什么表现自己不知道吗？大家再怎么样都自己动手做了菜，只有你去超市买了两道菜，你糊弄谁呢？"

西辞从桌下踢了周喜喜一脚，小声说："朋友们，我们能不能好好地吃顿饭了？来，我尝尝这蔬菜沙拉，嗯，苏菲姐，您这沙拉酱是什么牌子的？"

好不容易止住周喜喜与凯文这一对，段嘉木吃了一口马苏里拉土豆泥，赞不绝口："这道菜很考验功夫，不难，但关键是要细致耐心。凯文说得没错，现在会做菜的女孩越来越少了，倒是会自拍，都一个角度……下次咱们合作，你负责给我开小灶吧！"也许就是句玩笑话。在这一行里，西辞听过太多承诺，当面把你夸得比牡丹花还美，背地里恨不得把你当爆米花踩碎。当真？当真你就等着失望吧！

当下的情况很微妙，三位"男神"级别的人物一边倒地夸其中一位女孩,叫另两位自视甚高的女孩情何以堪呢?

苏菲的脸拉得很长,但她毕竟是经过风雨的,不像周喜喜一样把一切都写在脸上,她端着酒杯走到西辞面前说:"姐姐得罚你一杯,你看,都是你这样贤惠的女人把他们男人惯坏了。是人不是人都想当皇上,那不是自我膨胀是什么?"

这次摔筷子的是段嘉木,他扯下身上的麦克风冲若秋喊:"这节目我不录了,大不了接下来那剧我不演了,何苦受这气!苏菲,我段嘉木当年跟你在一起,并没图你什么,我们走到现在,我也不希望你像仇人一样夹枪带棒站在道德的制高点审判我。我段嘉木走到今天,也是一路披荆斩棘,有血有泪。我没吃软饭,但如果你硬是要用这个标签来定义我们从前的感情,如果你真的愿意这样,我没意见!"

段嘉木摔门而去。

苏菲的脸涨成红苹果,她尖着声音对其他人说:"我说什么了吗?我说什么了吗?我难道连说句话的权利都没有了吗?"

顾西辞和秦朗两个人的眼神碰了一下,原来吊在段嘉木眼前的胡萝卜是牡丹台开年大剧的男主。

顾西辞很想知道吊在秦朗眼前的那根胡萝卜又是什么?

三　地上的人们，为何像星星一样疏远

01

大清早，顾西辞正在做梦。

排练室里只剩下了他们两个人，她说："你来演啄木鸟吧。"

他皱着眉不愿意："这怎么演？"

她坏笑："把我的脸当成一棵树，你来啄……"

他恍然大悟，立刻啄木鸟上身，那是他们第一次亲吻。

排练室的门突然开了，很多女孩拥进来，她们嚷着："为什么抢我男友……"

有人敲门，西辞惊出一身冷汗，人也清醒了过来。她站在门口，还没搞清楚是怎么回事，便签了单，拿着大盒子回到房间里，拆开后才彻底清醒过来，那是一只名牌涂鸦包和一条奶白色裙装。

西辞第一时间想到了秦朗，他批评过她的假包，他怎么会觉得自己拎的是假包呢？凭什么？古宛言是公主，配得起名牌，自己就是满眼"孔方兄"的姑娘吗？他送来包和名牌时装是为了羞辱她吗？

她得退回去，但……可以先试试吧！

那套裙子像为顾西辞量身定制的，镜子里的西辞尽管头发蓬乱、双眼惺忪，但高挑的身材与那条裙子简直就是绝配。西辞找出一双高跟鞋穿上，很想找手机拍张照，找了半天才想起自己的手机被收了去，只好默然把衣服脱下来装进盒子里，坐着把玩了那只涂鸦包一小会儿，推开门恰好碰到正在打电话的秦朗。咦，他为什么有手机？

西辞正要张嘴问，被秦朗做了个别说话的手势拦住了。他皱着眉头，应该不是什么好事。

"嗯，我马上过去。没事，解约就解约！嗯……"

"有什么事吗？"西辞问了一句，秦朗头也没回，径直奔向导演组的房间。

西辞讨了个没趣，走向客厅，看到周喜喜穿着睡衣晃荡出来："姐，节目组发的手机也太差劲了吧！咱们要不要抗议一下！"

原来秦朗拿的是节目组发的手机。她的那支若秋给了她，她忘记了，原本她就是很少使用手机的人，周喜喜都说她是商朝出土的老奶奶。

"咦，这是什么，姐，一大早你去购物了？哇，最新款啊！我昨天还在杂志上看到……"周喜喜拎起包不算，还想把裙子往身上招呼，顾西辞赶紧往回收："不是我的，我得还回去！"

"谁送的？"周喜喜浑身散发着山西老陈醋的味道。

顾西辞拎着袋子回到自己的卧室，坐在床上发呆。

敲门声再次响起。

进来的是凯文，他很帅气地指了指那两只袋子说："姐，这个还喜欢吧？"

"什么？这是你送的？"

顾西辞有点儿蒙了。衣服和包不是秦朗送的，而是凯文送的吗？幸好刚才自己没莽莽撞撞地去问秦朗，不然……

凯文倒不置可否："我来之前就知道有你，我看过你演的那部剧，特喜欢你！"

"不好意思，这么贵重的礼物我真的不能收！你的好意我心领了，衣服和包你都拿回去……"

"姐，你是不是小看我啊，我也没别的意思，就是咱们有缘分上同一个节目……"两个人你推我让之际门开了，周喜喜阴阳怪气地站在门前。

"这是演哪出呢？凯文，还真别以为自己是'小鲜肉'就所向无敌了，你可别忘了西辞姐背后的大树可是秦朗哥。"

"这跟你有什么关系吗？"凯文起身推周喜喜往外走，西辞喊住他："凯文，东西你拿走，不然我就找导演，反正这个我不能收！"

凯文回头盯了西辞一眼："西辞姐，其实这是……"他停顿了一下，终究没把话说完，弯腰把袋子拿走。

西辞看着屋子里的摄像机，一切都好像是一部狗血电视剧里的情节。她的头疼得厉害，这段播出去，网友会把她骂惨吧？

不过，她没微博，也没微信，他们骂她，她假装不知道就好了，不是吗？

她打电话给邱冬至。

电话通了，他问："怎么了，有事吗？"

她的眼泪涌了出来，好半天才问："你会相信节目里呈现的内容吗？在节目和我之间，你会一直相信我吗？"

她在害怕什么？她为什么要向邱冬至要一个承诺呢？

"发生了什么事吗？"邱冬至仍然沉稳。

顾西辞赶紧说："老大，没事儿，我真的没事儿！"

02

西辞不是没想过嫁给邱冬至，还不止一次地想过。比起很多男人，邱冬至都称得上是优质男，绝对是个不错的结婚对象。

邱冬至有个五岁的儿子，叫侃侃。孩子三岁时，邱冬至的妻子得了肝癌去世了，他一个人带着孩子。有一阵子，他出差去法国参加电视节，侃侃就跟着西辞。

侃侃是个寡言少语的小男孩，西辞不跟他说话时，他就会一直安安静静地坐沙发上看《熊出没》。后来，西辞陪着他一起看，西辞问他最喜欢这里面的谁，他说："光头强！"西辞哈哈大笑，说他审美有问题。换作别的孩子肯定要问什么是"审美"，可侃侃不，西辞不问，他绝不多说一个字。

那天晚上，西辞去侃侃的卧室给他盖被子，惊讶地发现孩子根本就没睡，他趴在窗台上看着外面，身子冻得冰凉冰凉的。

西辞问："侃侃，你在看什么啊？"

他说："我在看爸爸的车回没回来！"

西辞的眼睛一下子就湿润了，她把侃侃抱下来，抱得紧紧的，说："侃侃，有阿姨陪你呢，咱不找爸爸！"

侃侃问："阿姨，你是要做我妈妈吗？"

那是多天来侃侃唯一的问题，却让她不知怎么回答。

侃侃的确需要一个妈妈，西辞也喜欢侃侃，但这些还不够。她还要爱，要纯粹的爱，纵然她退一万步，这也是没法咬牙将就下来的。

她很想爱上邱冬至，然后做他身后幸福安逸的小女人，寂静于暖，安然于甜，从此远离江湖，岁月静好。

可惜，她做不到。

至少现在，她还做不到。

米兰·昆德拉说："这是一个流行离开的世界，但我们都不擅长告别！"也许这个节目就是一场庄严的告别仪式。

结束过去，重新开始。

03

上午十点，邱冬至的车出现在水榭居的楼前。

他跟节目组说西辞要参加一个商业活动。当初签录制合同时，这一点就写了进去，凡是签订《前缘》节目之前签好的通告，艺人都可以继续履行合约。只是，节目组可以跟拍，但跟拍也是有选择的，比如秦朗出去赶通告，节目组就会跟拍，而节目里名气最小的两个人——周喜喜和顾西辞，节目组跟拍得就不会么上心，这是肯定的。

邱冬至就是利用了这点，顺利地将西辞接出来。

不过是一天的工夫，却像是过了几年那么漫长。她扇了秦朗一个耳光，他们一同做了晚饭，她自作多情地误会他……

这些要怎么对邱冬至讲呢？

"老大，什么都别问，我只想静一静！"

邱冬至拿出一个颈枕塞给西辞："睡一会儿吧，跟熊猫似的！"

西辞乖乖听话，车子一直向前开，如果时间止于此，是幸还是不幸呢？

邱冬至什么都没问，他带西辞去接了侃侃，三个人在游乐场玩得很开心。

旋转木马转得西辞有些头晕，侃侃却乐此不疲，玩了一遍还要再玩一遍。邱冬至哄着儿子说："咱不能一次就玩腻歪了，得留着点儿，以后陪女朋友来坐！"

侃侃指着顾西辞说："我要西辞阿姨做我的女朋友！"

西辞偷瞄了邱冬至一眼，抿嘴笑了。

不远处，有人一闪而过，手里的镜头准确无误地对准了这三个人。

侃侃眼尖，奶声奶气地说："我是大明星，有人给我拍照！"

邱冬至机警地转身，看到的是几个举着心形气球的女孩过来推销。

邱冬至忙不迭地掏钱买了两只大的、一只小的，三个人举着心形的气球，宛如和美幸福的一家三口。

宛如现世安稳，不曾有纠结痛苦。

西辞抬头看了看天空，天上云朵稀疏，西辞却似乎看到秦朗那张似笑非笑的脸。

贱！

西辞在心里这样骂自己。

04

晚上，西辞回到水榭居，周喜喜正在客厅里拿着麦克风唱歌，她大概是把这里当成选秀节目的舞台了，穿着猫头鹰图案的T恤配着小短裙，头发蓬乱，西辞知道那是努力梳出来的效果。

一首《旋木》唱得支离破碎，西辞很想告诉周喜喜，自黑虽然是条路，但不是人人都适合，有些人黑着黑着就掉进坑里再没爬上来。

西辞刚想开口，周喜喜乐颠颠地跑过来。

"西辞姐，你试试这麦克风，效果超棒的。"说完又扯了一嗓子。

西辞连忙接过，放下包，问家里人都去哪儿了。对了，若秋说大家可以称彼此为家里人。苏菲是大姐，西辞是二姐，周喜喜是小妹。男的那边秦朗比段嘉木大半岁，是大哥，小弟自然是凯文。

周喜喜抽了一下鼻子说："好像就咱俩，他们都没回来。"

西辞松了一口气，转身从冰箱里拿了瓶水喝，问周喜喜想吃什么，周喜喜说自己叫了外卖。说话间苏菲回来了，手里大包小包地提着，进门就嚷："牡丹台太不人道了啊，咱好歹也是一明星，连个助理都不让带，这不是虐待吗？"

西辞忙过去接过东西，周喜喜倒机灵了起来，打开冰箱给苏菲拿了水。苏菲一屁股坐沙发上，刚想喝水，一看那牌子，立马扔给周喜喜："我不喝这个，冰箱右下角有我的专用水！"

周喜喜立马去换水。

苏菲喝了一口水，脸上、身上的肉都颤了颤，待气喘匀了才问："那几头'蒜'呢？"

话音未落，凯文一身亮闪闪地回来了，手里捧着一大束花，进门就说："粉丝们真是疯狂啊！这花送你们吧！"

苏菲连忙摆手："拿远点儿啊，我花粉过敏！"

周喜喜一脸嫌弃，不肯接那束花："我说，咱俩谈恋爱时，你还挺男人的，怎么现在变成了娘娘腔？"周喜喜一时没顾及粉丝们的"玻璃心"，节目播出后，周喜喜的微博立刻就被凯文的粉丝们攻陷了，他们说："别逗了，大姐，就你那张包子脸去整容都没用，我们凯文当初年幼无知才会上了你这种心机女的当！"

满脸兴奋的凯文一时尴尬地站在那儿，西辞赶紧伸手接过了花："我帮你插上拿你房间里去！"

凯文立刻变成黄鹂鸟，脆生生地说："我就说西辞姐你最疼我了！"

段嘉木脸色苍白地走了进来，周喜喜急忙靠过去："嘉木哥，什么时候方便我去探个班啊，我也跟你学学演戏嘛！"

段嘉木瞅都没瞅周喜喜一眼，只是草草地挥了挥手："大家晚上好！"说完便一头扎进卧室里再没出来。

苏菲折腾自己的"战果"，指着两只手提袋对西辞和周喜喜说："这是姐送的，看喜欢不？"

周喜喜先打开，是条最新款的围巾，周喜喜惊喜："苏菲姐，谢谢啊！"

西辞犹豫着说："大姐，我有围巾，不用……"

"哎，你这样扭捏我就不高兴了，姐送的，你拿着就行了，像喜喜就好！还有，这化妆品也是送你的。脸长得好，也得注意保养。保养，老样子，不保养，样子老。女人啊，就得对自己好点儿，不然，指着谁能行啊？"

周喜喜向西辞抛了个媚眼，西辞只得收下。

"那谢谢啦！"

"我听说早上凯文又送你衣服又送包的，你都没收？有人送衣服送包，为什么不收啊？那又不是你卖身换的……不过，还真没看出来，你对付男人倒是挺有办法的！"

苏菲的话说得很难听，但西辞也只能听着。

周喜喜酸溜溜地接话说："可不是嘛，都说蔫人出豹子，三个男人这么快就被西辞姐通吃了，真没看出来……西辞姐，按说你这么厉害，怎么混到现在还跟我差不多段位啊？这不合理啊！是不是之前那导演的事……"

西辞的脸红一阵白一阵，她说："不好意思，我不知道外面关于我的传言是什么样的，我只是按自己的做人标准在生活，我没想着靠男人出头。还有，喜喜，我也没通吃谁，我来这里的目的跟你一样，不过是做个节目，增长点儿人气！"

一时间，空气冻成冰。

凯文穿着浴袍冲出来，大呼小叫："你们帮我看看，我这脖子后面怎么了？"西辞终于解脱，又暗自感叹，凯文还是入行太短，还没偶像包袱，不然，"高冷"的帅哥怎么能随便大呼小叫呢？

节目播出时，西辞才骤然发觉自己落伍了。现在，"高冷"已经不流行了，粉丝们喜欢充满活力的"小鲜肉"，他们管这叫"萌萌哒"。

凯文的脖子不过是有点儿过敏，西辞只是很好奇周喜喜的态度，凯文像被踩了猫尾巴一样叫唤，她竟然全无反应。她对凯文无论如何都不像是又爱又恨的样子，他们真的是一对"演员"吗？

回水榭居前，邱冬至看似漫不经心地说了一句："跟周喜喜保持着点儿距离，那丫头看似精明，实际上很二，别让她影响了你！"

至于这句话深层次的意思，邱冬至没往下说，西辞也没再问。他如果想说，自然会说；他不想说，她也不想逼着问出点儿什么来。

见西辞没追问，邱冬至倒感叹了一句："你啊，还真是不适合娱乐圈。你缺乏八卦之心，你难道不想知道周喜喜是怎么上这节目的吗？"

顾西辞看着前方，幽幽地说："我自己一脑门子包都顾不过来，哪儿还顾得了别人！"

应该就是那句话终结了邱冬至继续说的欲望，谁知道呢，也许老谋深算的他原本就没想把话挑明了说。

洗完澡，西辞本想快些回卧室看看书，除了生活用品，她带得最多的就是书。

不成想被坐在沙发上的苏菲叫住了，她说："把喜喜也叫出来，咱仨喝一杯！"

西辞犹豫了一下，答应了下来。

周喜喜穿着粉红色的兔宝宝睡衣，拿着手机走了下来。

苏菲已然微醺，她说："讲讲你们的前任。对，讲讲！"

这是个地雷。这么久，顾西辞一直努力绕着这个雷走，生怕踩到。秦朗应该还没回来吧？客厅里的石英钟已经指向十点四十了，早上那么行色匆匆，该不会……

周喜喜喝了一口啤酒，看了西辞一眼，说："西辞姐，我跟你说啊，咱们大哥最近不太好，好像被卷进了什么风波里……有人雇了水军每天使劲骂他，还说要封杀他。唉，这江湖啊，到处都是地雷。"说完，她立刻吐舌头："我这破嘴，得，算了，什么都没说！"然后转头对着摄像机举杯："这段掐了啊！"

西辞的心还是"咯噔"了一下，秦朗在娱乐圈打拼这么久，怎么会卷进什么风波里，难怪他……

西辞喝了一口啤酒，摆出一副漠不关心的样子。

苏菲倒是无所谓的样子："在这娱乐圈混，谁还没经历过一些事？但没事儿别惹事儿，有事儿别怕事儿。秦朗能走到今时今日的位置，也不是白混的！以前的小树，现在个个都长成参天大树了，物是人非，一切就那么回事吧！喝酒！"

西辞脑筋转得慢，半天才想明白，苏菲说的小树应该是指段嘉木，但这段情史要怎么说呢？

苏菲一副铁了心要倾诉的样子，她盘腿坐在茶几旁的地毯上，全然不顾那身价值不菲的羊毛裙子会压出褶来。

"那年冬天啊，天特别冷，我去电视台录节目。那时刚有点名气，去电视台录那种综艺节目，就是答题答错了，把你扔水池里，或者是往你身上喷肥皂水的那种。名气大点儿的，主持人都护着，像我这样的小角色，自然就得负责节目效果。那一晚上我几乎都在水里，身上的力气像被抽走了一样，有好几次，我都从水池里爬不上来。然后，有人伸出一双手来拉我，那就是他，他是那个节目的助理主持人，也在被整之列。主持人常拿话敲打他，主持人说出某种东西，他就得当着众人的面表演一遍，大家笑得起劲，他爬起来也跟着尴尬地笑。

"录完节目，大明星们有助理，有更衣室，前呼后拥的，而我只能自己找地方换衣服。可是我又不熟，抱着衣服不知道该去哪里。他过来帮我提包，他说他看过我演的剧，特喜欢我！他带我去了一个道具间，他在门口守着，等我换好衣服出来，他问我住哪儿，想送我回家！

"在那种时候，哪怕是火柴头那一点儿温暖我也是贪恋的。他骑着辆破自行车，天上下着雪……《甜蜜蜜》你们看了没？张曼玉演的李翘坐在黎明演的黎小军的自行车后面晃着腿，这电影我看过很多遍，每次看都掉眼泪……"苏菲手里的啤酒喝光了，她把罐子压扁，脸上的妆有点儿花了，人显得很不真实。

"那你们为什么分手啊？"周喜喜到底是年轻，忍不住问。

苏菲没回答周喜喜的问题，只是继续回忆。

"雪越下越大，自行车骑不动，他就推着车，我跟在旁边。两个连名字都叫不全的人，竟然有那么多话要聊。脚踩在雪上，咯吱咯吱响，我是黑龙江的，从小就生活在冰天雪地里，从来没觉得雪那么美，脚踩在雪上的声音那么好听……"

表面那么强悍的苏菲竟然也有那么温柔细腻的一面。每个人心里都有一段伤，想隐藏却怎么也遮不住。苏菲怎么拉也拉不开易拉罐的铁环，西辞接过来，拉开递给苏菲。

"后来，我总是想，如果拿那时的好时光跟我现在的生活做交换，我会不会换。你们猜！"苏菲又换上那张古怪的脸，西辞竟然不觉得违和了，人跟人就是这样吧，陌生时，一切都是毛病，熟悉了，就生出一种亲切感来，他的一切，也都觉得在情理之中了。

"应该会换吧！"西辞答。

"肯定不换啊！男人……"周喜喜应该是突然意识到摄像机的存在，她可不想被网友骂"物质女郎"，话到嘴边又打了个弯，"我是说能走掉的人注定就是没缘分。有缘分的，再怎么都会是你的。对吧，苏菲！"

苏菲笑而不语。

一时间大家都静默无语，好半天，苏菲才长长地叹了一口气："这什么破节目啊，弄得我老想掉眼泪。追我爱我的人多着呢，我干吗要回头啊？曾经沧海，曾经沧海你懂吗？"

这天眼看聊不下去了，西辞不知道如何接话，周喜喜脸上的不屑没收住，不尴不尬地写在脸上。

寂寂黑夜压了上来。

顾西辞失眠了，耳朵异常灵敏，听着窗外有没有车声。若秋说过原则上不能在水榭居以外的地方过夜，难道他不在北京了？

不过，这么多年，她不都不清楚他在哪儿吗？就算住在一幢房子里，就算彼此假扮亲人，那又能怎样呢？

从前的点点滴滴，她真的还记得清楚吗？

对了，那天在西山脚下，若秋说，要惩罚秦朗讲个跟她相爱时的片段，他能讲得出来吗？他会讲些什么呢？

人一恍惚，忽然听到车响，西辞急忙起身跑到窗前，看到的却是段嘉木上了车，然后车子飞快驶走。西辞不禁想，如果段嘉木听了昨晚苏菲讲的那段往事，会有感触吗？相逢于微时，多难得的情感……

自己又何尝不是如此呢？

东方已现鱼肚白，窗外的树木郁郁葱葱，一切都那么安静，静得让人心里很空。西辞很想问一问秦朗出了什么事，她觉得自己是有资格关心一下的。

从前或许没有，可现在身在这个该死的节目里，顶着前女友的身份，关心一下也是理所当然的吧？！

理由充分了，西辞拿出节目组发的手机。她发短信给苏大潜："你哥没事儿吧？"短信发出去了，西辞又后悔：这也太急切了吧？！

于是再发一条："哦，是他昨晚没回来，我怕节目组有意见。"

这条发出去，顾西辞更加后悔。你怕节目组有意见？你谁啊？你是若秋还是牡丹台啊？这不此地无银三百两吗？再说了，现在才凌晨四点，你居然知道人家整宿未归，这不是在等人家的意思吗？顾西辞，你这也太明显了吧？

但发出去的短信犹如泼出去的水，再后悔又能怎么办呢？怎么就没一款能把短信撤回来的软件呢？

西辞把手机摔到床上，爱怎么想怎么想，听天由命吧！

西辞倒在床上，却怎么都睡不着，起来喝杯牛奶，换了身轻简的运动装想出去跑跑步。

05

西辞蹑手蹑脚地推开水榭居的大门，一辆车刚好停在门口。

车灯晃得西辞有点儿睁不开眼，车门开了，苏大潜下车，小跑着去另一侧拉开车门。秦朗醉醺醺地下了车，看到西辞，笑着扬了下手，人歪歪地往下倒。顾西辞急忙跑过去用身子扛住他，不成想被秦朗紧紧地抱住。西辞往外推，他在她耳边呢喃："别动，一会儿，一会儿就好！"

西辞没再动。

他紧紧地抱住她，恍如从前。

他第一部戏杀青回来，西辞做了他爱吃的菜。为了做那道凉拌蜇皮，她特意上网搜索了一下做法，整整一个晚上，她隔一会儿便过去看看那碗正在泡发的蜇皮，小心打开扣住的碗，认真地观察或者用手稍微碰碰，海蜇莹莹，水很清澈，心里则是满满的幸福。

他的航班是凌晨三点到北京，她不敢睡，就一个人走在长安街上，害怕了就跟着手机大声唱歌，一天用完了一个月的流量。天极冷，她搓着手，跺着脚，好不容易拦到出租车，终于在T3航站楼接到他。他就像现在这样抱着她，兴冲冲地说："咱们有钱了，带你去吃好的！想吃什么，随便点！"

西辞笑了，笑他傻，凌晨三点还能吃什么啊？她说："我做了好吃的！"他们相拥着走在回家的路上，天渐渐地亮了起来，霞光初现，是难得的好天气。

现在，他站在云端，是光芒万丈的明星；她仍站在原处，怀揣梦想却不得不向现实低头。

他抱着她，时光轮转，一切像场不真实的梦。

他的气息熟悉又陌生。他的肩膀曾经让她觉得那么有安全感，不管遇到多么荒乱的事，不管多么落魄难过，只要靠在他的肩头，便如同小船靠了岸。这几年，西辞以为自己已经心硬如铁，然而在他面前，伪装得再好还是被一个拥抱打回原形。这让西辞有些气馁，但她又不舍得推开他。

真的不舍得！

"哥，哥，咱们进去吧，一会节目组拍到……"苏大潜是个很称职的助理，他什么都替秦朗着想，两个人这么黏腻地抱着，万一被节目组拍到……

秦朗松开顾西辞，什么话都没说，甚至看都没看她一眼，大步走进水榭居，苏大潜小跑着跟在后面。顾西辞留在原地，像被钉住了一样。

她能感受到他的无力与悲伤，发生了什么不好的事吗？他不胜酒力，也不擅长应酬，可他清晨归来这般酒气熏天……算了，顾西辞，你是什么身份，管得着这些事吗？

水榭居的门再次被推开了，摄像师小张扛着机器跑了出来，头发还保持着睡觉时的状态，眼睛也是惺忪的，他嘟囔了一句："我说大姐，咱能不这么早吗？"

顾西辞抱歉地笑了笑，本想说句"对不起"，突然又没了心情，转身向外跑去。

绕着山慢跑，西辞很快就大汗淋漓，小张拍了几个镜头，想着足够交差就没再跟着。

06

西辞回到水榭居时，周喜喜正在跑步机上挥汗如雨，穿得很性感，也故意卖弄着性感。苏菲已经盛装端坐在沙发上，眉头紧皱，满脸的不高兴。

西辞隐隐听到有人高一声低一声地在说话，周喜喜指了指工作人员住的屋子说："若秋在发飙！"

西辞想赶紧离开是非地，不料大队人马"呼啦"一下涌了出来。

若秋的小脸绷得紧紧的。

"大家都出来开个会吧！"

睡眼蒙眬的凯文被叫了出来，过了好一会，段嘉木也戴着墨镜、帽子，全副武装地出来。若秋轻轻说了句："段老师，您不用戒备，这段咱不录！"段嘉木明显放松了下来，但嘴上却说："录不录，我都一样！"

秦朗没出来，出来的是苏大潜，若秋也没追究，小脸上仍然乌云密布，她说："各位都是在娱乐圈闯荡了多年的前辈，我呢，说深了说浅了，还请大家原谅。咱们既然是签了约来做节目的，就得体谅体谅我们制作团队。大家都想干吗干吗，住在一个屋檐下却当彼此是陌生人，那我们这节目还怎么播出呢？你们看看我们的摄像师，每天跟着你们跑，饭吃得有一顿没一顿的，觉也睡不了一个囫囵的。这是我们的工作，我们没法抱怨。但说得不好听一点，节目播出后，效果好，受益的是你们,我们不过还做着我们的工作……现在大家这种老死不相往来的态度,完全不顾往日情谊,这有悖于我们《前缘》节目的初衷吧?有哪个观众会愿意在黄金时段盯着电视看几个明星吃饭、睡觉,你们说呢?"

周喜喜嘟囔了一句:"这还嫌平淡?我跟凯文就差生掐了!"

若秋瞪了周喜喜一眼:"我是觉得大家的互动不够。这也怪我们,大家初来乍到,彼此也不熟悉,难免拘谨,为了让节目更有趣味性,希望下面的安排大家都能配合些。还有,我们的约法三章也要严格执行。不然,随时换人那还是好的,合同不知道各位都看清楚没有,没有的可以回去好好看看。"

西辞知道若秋指的是巨额赔偿金的事。

当天下午,节目组多了三个新成员,据说都是编剧,其中一个胖墩墩的中年男人西辞认识,人称"老兽",相当牛。

"老兽"当即安排了活动,晚上在小河边烧烤,其中的规定项目是真心话大冒险。每个人的问题节目组都给打印了出来,当然,若秋说的是仅供参考,但前提是你得有更好的问题。

烧烤开始了一会儿,秦朗才出来,穿着衬衫配羊毛背心、休闲西裤,人看上去有些憔悴,却仍然是白马王子的范儿。周喜喜把一串鸡心递给充当烧烤师傅的西辞,低声说:"这样的,我还真不敢嫁,掌控不住!"

西辞抬头看了秦朗一眼,幽幽地接了句:"乔治·克鲁尼都找到归宿了,哪有什么掌控不掌控的?不过是爱不爱罢了!"

秦朗过来挤开西辞,段嘉木也过来烤,西辞乐得休息。

毕竟是离城市远了些,好久没见的星星在天上眨着眼睛,西辞忽然想起齐豫的一首歌《答案》，便轻声哼唱了起来："天上的星星为何/像人群一般的拥挤呢/地上的人们为何/又像星星一样的疏远……"

眼前的这群人，他们心与心之间的距离恐怕真的要比星星们还要遥远。

周围变得很静，只听见风吹过树叶的响声、河水寂寞的流淌声，还有火偶尔的噼啪声。西辞的歌声略带忧伤，如同一片浮在水上的落叶，顺水而去。

西辞突然意识到那种静，不好意思地把脸埋在两腿之上，头发如瀑布般挡住脸。有人鼓起掌来，是凯文，他嚷道："西辞姐，你改行唱歌，没准能红！"

西辞抬起头，起身摆弄碗筷，没准能红？她在心里笑了一下，很多事不管你怎么想，结局早已注定。其实……她也是想红的，如果真的红了，她跟他就能平等地站在一起，即便复合也是众望所归，而不是现在这副男强女弱、女的高攀图上位的模样。

烤好的东西端上来，三男三女面对面席地而坐。凯文开了啤酒，段嘉木喝了一口说昨天拍戏太累，威亚吊得人都喘不上来气，西辞递给他一只鸡翅："吃一点儿东西再喝，空腹喝酒不好！"

没等段嘉木接，秦朗横空把那只鸡翅拦下，咬了一口方说："你这种对谁都好的脾气不改，难道不会让很多男人误以为你对他们有意思吗？"

西辞冷了脸，说："男人有你说的这么自作多情吗？"

"还真有！"凯文是热场王，他一说话，再严肃的话题都变得不正经起来。气氛缓和，游戏开始。

苏菲年龄最大，由她开始。她转了一下空啤酒瓶，酒瓶转了好半天,停下时瓶口居然正好对着段嘉木,凯文和周喜喜起了一下哄。段嘉木脸色阴沉,说:"我选择大冒险!"

苏菲冷笑了一声,说:"我会问什么让你难堪的问题不成?这么胆小如鼠,难为那些导演、制片人还找你演硬汉。"

"你这么耿耿于怀,是还没放下那段感情吗?"一直妥协的段嘉木突然咄咄逼人地反问了苏菲一句。苏菲显然毫无防备,情急之下说:"哎,应该罚的人是你,哪轮到问我了?大冒险是吧,喝酒,一口气吹一瓶!"

要不要这么火爆啊?西辞想伸手拦,手伸出去又缩了回来。秦朗似笑非笑地看着她,她忍住心里的恼怒,假装什么都没看到。

段嘉木也没含糊,一口气喝掉一瓶啤酒,脸憋得通红,气哼哼地抹了嘴坐下。

到顾西辞转动瓶子了,她轻轻一动,瓶子对着周喜喜。周喜喜笑嘻嘻地说:"真心话,我就喜欢跟人说真心话!"

顾西辞想起节目组给自己的那张纸上有道题:"在娱乐圈,你有假想敌吗?"她问了出来。

周喜喜很认真地想了想,说:"我要是说我的假想敌是安吉丽娜·茱丽,你们会不会笑我?"

"人在天上,你在泥里,蚊子把凤凰当成假想敌……"凯文的综艺细胞突然爆发,学了句黄宏老师小品里的方言,"这不扯呢吗!"

大家都忍着笑。

"我们倒是不想笑你,可憋不住啊!"凯文以毒舌回应周喜喜恶狠狠的目光。

"不说话没人会把你当哑巴卖了!"周喜喜白了凯文一眼,"能够得着的是吧?那就是苏菲姐你了。我刚出道那会儿，做梦都想像苏菲姐那样大红大紫！苏菲姐，我还剪过你那种发型。"周喜喜风情万种地比画了一下头发。

苏菲的沾沾自喜努力地想掩藏在谦虚里，但它还是冒出头来。

"这我倒不敢当。不过，人是需要天分的，并不是所有人都能得到缪斯的垂青。也别抱怨自己的运气不够好，都说怀才像怀孕，怀久了，总会被人看出来。真是当明星的料，没有谁能够埋没你！走捷径，一时可能行，但时间久了，总会露馅的。"

顾西辞当然不同意这种说法，这世界上的天才太多了，能被发现的寥寥无几。不过，也只有站在金字塔顶端的人才有资格那样居高临下地说话，否则，你在下面空谈运气什么的，可不就是吃不着葡萄说葡萄酸吗？成功者一向眼皮向下地说："我的天下是我凭本事挣来的，绝无半点幸运成分。"

"老兽"粗犷的嗓音响起："喂，我说各位，咱们是一情感真人秀，能聊点儿男欢女爱吗？"

一片寂寂无声。

好半天，秦朗伸手转动了瓶子，瓶子口不偏不倚地冲着顾西辞。

"真心话还是大冒险？"他问。

"随便！"她淡淡地答。

"那我想问问，学挖掘机到底哪家强？"

众人的期待里，秦朗来了这样一句。

"喊！"大家失望地笑了起来。

秦朗像孩子一样乐不可支，西辞轻舒一口气，怪声怪气地配合着回答。

苏菲说："转酒瓶没意思，不如像《红楼梦》里那样说酒令,当然,现在是没什么酒令,就来说古诗或者歌词,电影、电视剧里的台词也行,玩这样的接龙好不好?"

凯文最先响应,拍手说好,说自己参加过记歌词的比赛,不但能说出来,还能唱出来。周喜喜的嘴噘得老高,说:"不就是玩玩嘛,至于那么复杂吗?"

苏菲做大姐习惯了,当然不会在意周喜喜的意见。

"也不用那么死规定,我出题,大家看怎么说吧。微博上看到的,怎么样含蓄地说我想你!"凯文先挑起了话题,这倒挺好玩的,顾西辞喜欢。

"今天遇到一个人,背影像你!"秦朗居然张口就来。

"这个是哪部剧里的?"

"没有哪部剧,就是突然想起了。"

"要罚,要罚,这也太过平凡了!"段嘉文来了兴致。

"好!"秦朗扬头喝掉杯中酒。

苏菲挤了一下西辞:"你来问!" 西辞扭捏了一下没吭声。

"还不好意思,我来问!"周喜喜自告奋勇,"你跟古宛言真的在谈恋爱吗?"

空气凝固了,这不是朋友聚会,这是在做真人秀节目,真的能问这么直白的问题吗?

"丫头,你问得真是直接啊!"苏菲虽是这样说,却还是期待地看向秦朗。

"大哥,你可以不答的,罚做俯卧撑吧!"凯文这点倒是很贴心。

秦朗挑了剑眉,目光在众人脸上扫了一遍,慢悠悠地说:"我说没有,你们相信吗?"

"可记者明明拍到她去你家四十个小时……"周喜喜贼心

不死，继续发问，却被苏菲拦了下来："答完了，答完了。接下来到你了！"

这个"你"是段嘉木。周喜喜还不甘心："没答完啊，偶像，你要当了乘龙快婿，怎么有人敢对你……"

秦朗的目光似扔出的飞刀，周喜喜终于闭了嘴。

段嘉木说："张爱玲的，我想去你那边看月光！"

月光如水般照在红尘男女的身上，良久，一片默默无言。

"当我站在瀑布前，觉得非常的难过，我总觉得，应该是两个人站在这里。王家卫的《春光乍泄》！"顾西辞想起这句。

跟一段恋情告别后，最让人难过的是那些记忆里的点点滴滴。去一同吃饭的小面馆会想起他；去便利店买酸奶会想起他；躺在床上会产生幻觉，似乎他在不远处玩电脑，屏幕上的光照亮他的脸……

"我说一个，我说一个！你今天累不累，在我脑子里跑了一整天。"周喜喜迅速在网上找了一个答案。

大家起哄说不算，凯文主动提问："如果有很好的机会摆在你面前，你会不择手段得到它吗？"

这个提问不怀好意，顾西辞很仔细地看向周喜喜。周喜喜一贯地没心没肺，咬了一口鸡翅说："会啊，干吗不？人生这么短暂，很好的机会又不是单独给我预备的，我再不出手抢，还能有我什么事吗！"

苏菲凑过来跟西辞说："看到没，现在的女孩个个都是土匪。"西辞淡淡一笑，抬头撞上秦朗的目光。

周喜喜说完就轮到苏菲，苏菲喝得有点儿多，她看着段嘉木，轻声说："我记不清你的样子了！"

又是一片寂静。

打破寂静的是周喜喜，她泪流成河，说："苏菲姐，不带你这样的。我跟他分手后,我越想记住他的样子越是想不起来,我去他的QQ空间里转,像个疯婆子一样!"

凯文递了张面巾纸给周喜喜,不料周喜喜来了句:"说的不是你!"

"人总是这样,曾经以为是刻骨铭心到死都忘不了,可是,时间的车轮辗压下来,没多久就都忘了!"西辞也做过那样的蠢事,想不起秦朗的样子,但绝不是忘记。

"你都忘了吗?那为什么还来这里?"秦朗的话里带着明显的气恼。

"你来这里,是因为没忘吗?"西辞针锋相对。

天凉了,秋风在树叶间穿梭,树叶恋恋不舍地离开树枝,从此飘零。

每个人都在心里问自己:参加这个叫《前缘》的真人秀,真的是因为旧情难忘吗?

这次的真心话大冒险虽然没有按"老兽"提供的剧本走,但若秋很满意,她打着响指喊大家收工,说:"你们说的话会出金句,这个可以上热搜!"

参与其中的六个人心中忧伤成河,没有去想收视率与热搜榜。

那晚的月亮温凉,像每个人心里的温度,有些凉,却因为有着旧日美好情谊,又有些温润,如琥珀。

四　旧爱的誓言像极了一个巴掌

01

《前缘》第一期还没播出就上了微博热搜榜，观众最期待在节目里看到的男明星是秦朗，最期待在节目里看到的女明星当然是苏菲。很多网友留言：期待明星卸妆出镜的画面。当然，搜周喜喜和顾西辞的也不少，问的几乎是同一个问题："这两个人是谁啊？"也有网友问："前任不应该是虽然活着，却已经'死'了吗？还折腾到一起，有意思吗？"

深谙没关注就没收视率的若秋给六个人都发了笔记本电脑，她说："会安排固定的时间让你们跟网友交流。当然，你们也可以更新自己的微博。西辞姐，我让工作人员给你开了个微博，一会儿让他们把账号告诉你！"

根本不容置疑，若秋瘦得跟搓衣板一样的小身体里蕴藏着巨大的气场。

经过烧烤那一晚，住在一栋房子里的六个人变得融洽起来，融洽中又明显带着一点点客气。那个"为什么来这里"的问题让每个人都心生愧疚，什么目的都有，唯独没有感情。感情算什么呢？不能遮风避雨，不能顶饥扛饿。感情在时，倒是春暖花开,感情不在了,提一提都让人嘴懒。那晚月亮下浅浅的温度只够熬过一晚,就像喷出去的香水,味道经过一晚便变得淡若无味。

大家都忙了起来,如非若秋不定时地派发节目组布置的任务,六个人更像是合租伙伴。

西辞接了一部小话剧,每天很早要走一段很长的路到公交站点坐两站公交车,再换地铁,几乎穿过大半个城市,到一个旧仓库里排练。演出并无明确的计划,排练的人也都心思浮动,有一搭没一搭的。这年头,有多少人愿意为了艺术献身?西辞也没想过为艺术怎么样,只是她觉得自己得有点儿事做,否则天天待在水榭居里,人会疯掉吧?!

秦朗倒是闲了起来,好几次她排练回来都看见他都坐在露台上看书,手里夹着一支烟,明明灭灭,那是无法言说的寂寞味道。

西辞就那样悄悄地看一下,然后回到自己的房间。他的悲喜已与她无关,她不能入戏太深,否则再经历一次连根拔起的伤痛,她怕自己没办法承受。

又是一个早上,"家"里还静悄悄的,西辞蹑手蹑脚地出了门,走了没多远就看到秦朗。他没穿西装,圆领蓝T恤配同款运动裤、运动鞋,没戴墨镜,头上戴着一顶棒球帽,帽檐向后,整个人看上去青春时尚。他这是在晨跑吗?

"嗨!"西辞打了声招呼便匆匆赶路。

秦朗跟了上来,她快走,他慢跑。

她停下来,问:"山脚那边空气好、风景好,干吗到大马路上来吸尾气啊?"

他看了看四周:"连个人影都没有,哪来的车?还有,这路是你家修的吗,只许你走?"

西辞不想跟他抬杠,继续走,秦朗跟在身旁。

"今天这套衣服老气横秋的,像去菜市场买菜的阿姨。我说,你就算自暴自弃,也不能影响市容吧?这点儿公德心总得有!哦,我明白了,你是不是独自走这段路害怕啊?所以才不给犯罪分子一点儿念想?你一定是看到那则新闻了,一个变态跟踪一位姑娘,看到姑娘正面后吓跑了……"秦朗这么贫,粉丝们一定不知道。如果这一段被录下来,放到节目里,会是什么效果呢?

"亲,你要是闲着没事可做,给你个建议!"西辞说得语重心长,像极了邻家大妈。

"什么建议?"秦朗为西辞终于和颜悦色地跟他说话而开心不已。

"喏,去那边的公路上爬着玩!"西辞觉得自己快绷不住笑了,说完便转身快走。秦朗好半天才反应过来,又没皮没脸地跟上来。

到了公交站,公交车刚好到。西辞上了车,原来打算冲秦朗挥挥手的,不料他的大长腿一步跨上来。

"刷卡!"他倒是很自觉地冲着已经坐定的西辞喊。西辞无奈,只得站起来刷了公交卡。经过他身边时,他故意拦着,西辞费劲挤过去,小声说了句:"幼稚!"心里突然有些疑惑,男人不爱时通常理智成熟,一旦陷入爱情里就变得像五岁的小男孩,他是什么状态?

车上人很少,秦朗坐到西辞的身旁。

西辞怒目圆睁,低声道:"你究竟想干什么?要是被记者拍到……"

"你知道吗,你特别适合做地下工作,警惕性也太高了吧?若秋都被我们甩开了,还怕那些记者……"

"你不会是想跟我去拍话剧吧？我们庙小，真容不下你这尊大菩萨！"西辞无奈。秦朗东张西望："还真是很久没坐公交车了，感觉很好啊！你记得伍强吧……这小子做家具生意，发了财，前阵子离婚，喊了一帮男同学去庆祝他重归单身队伍。"

"呀，你都是大明星了，还能与民同乐呢！"西辞简单粗暴地打断他的话，大早上的，心情尚好，她不想跟他一起回忆过去。

"顾西辞，你这样有意思吗？还能不能好好地说说话了？"他竟然指名道姓，虽然话音不高，但车里的几个人还是回头看了看他们。西辞恨不得拿包去挡秦朗的那张脸，不过好在这家伙懂得低调，头埋在前排的椅背后，露着半张脸只对西辞一个人继续刚才的话题。

"'老肥'还想着劝和，说：'你们这么多年都过来了，就像是自己精心栽培的树木，还没等成荫就被别人砍去当家具了，到时候你看着你老婆拿着你的钱跟着小白脸过美好生活，你肯定心疼那棵树啊！'你猜伍强怎么说的？"

西辞扭头看向窗外，窗外的人和车都多了起来，渐渐变得喧嚣，车内反而更像是桃花源。

伍强是个长得很帅的胖子，上学时就没心思学习，不是捣鼓个咖啡馆，就是开一家劳务中介公司，连老师都说他学商科多好，干吗来学表演，他很认真地说："做好生意，非常需要演技！"他跟导演系的女孩闻一相恋三年，毕业就结婚了。

西辞跟秦朗一起去参加的婚礼，一转眼，他们竟然都离了。

"伍强答得很绝，他说：'那有什么，种树多麻烦，以后我也不种树了，屋子里专摆高级组合。'"秦朗说完，"嘿嘿"地笑了两声。

西辞转过头,接过话茬儿:"你们男的都这么想吧?相爱时,两个人像两棵树一样一起吃苦。终于熬出头了,你们便扔下那棵树,奔向了高级组合?"

这回不吭声的是秦朗,好半天他才说:"你知道我不是那个意思。西辞,我……"

西辞微微一笑:"你不用解释,我早已经是很有格调的弃妇,况且还过了弃妇保质期,一般有格调的弃妇任性三天见好就收就够了。"

"你能不能说清楚,是你离我而去的好不好?"

"咱俩现在还争谁甩了谁,有意义吗?嗯,多谢你给面子,说是我甩了你!多谢!"西辞恨不得抱拳言谢,猛一抬头,发现车里安安静静,自己和秦朗这段基本上属于现场直播了。

秦朗有些气恼,张了张嘴,还未说出话来,车到站了。

西辞起身跳下车,秦朗犹豫了一下,还是没跟上去。

次日清晨,西辞走出家门,心里隐约有些小期待,但她很小心地不让那份期待长大。她知道,太过放纵自己的心情,会失望。

一直坐到那辆公交车上,西辞都没发现秦朗的身影,司机师傅很热情地跟她打招呼:"美女,你那前男友今天没来啊?他真心悔过,你就给个机会呗!"

西辞勉强回个笑脸,目光移向窗外。她看到节目组的车开了过去,看车牌,应该是秦朗坐的那辆吧。他有通告?

那天说好去彩排的人都没到,连导演都缺席了,据说接了个拍广告的活,不挣钱的话剧当然就只能暂停了。西辞早早地回到水榭居,周喜喜神神秘秘地说:"今天秦朗哥去拍节目宣传片了，说咱们明天拍！"

西辞确认自己早上看到的那辆车真的是秦朗的车。

周喜喜还没唠叨完："你不知道，昨晚秦朗非让若秋给他改时间，他说他早上有事。若秋问有什么事，节目组要跟，他这才不坚持了。西辞姐，你说他是不是去跟古宛言约会啊？古宛言的老爸是秦朗公司的老板，据说背景深厚，这要是做了老板的乘龙快婿，不得红透半边天啊！"

西辞不耐烦听周喜喜八卦，回到卧室，在梳妆台前枯坐了好一会儿，心思完全不能集中，人也有点儿烦。

第二天拍宣传片时，西辞一直不在状态。若秋很不满意，说："都说你是好演员，这点戏都演不好！"苏大潜不知道什么时候出现在摄影棚里，他喊了若秋过去，大声地说着："秦朗哥请客，大家休息一会儿吧！"

苏大潜拿了盒寿司递给西辞，说："西辞姐，哥说没关系，自然点儿就行！"

西辞四处看了一看方问："他来了？"

"刚出去！"

西辞的心里一暖，默默地坐到角落里。

后面的拍摄异常顺利。西辞回到水榭居时，秦朗正在客厅里看《探索·发现》，跟众人打过招呼后仍旧陷在自然界的神奇奥秘里，毫无异样。

西辞进了卧室，看到梳妆台上多了盆吉娃娃，那是多肉植物的一种，经过秋日阳光的照射，叶色碧绿，叶尖艳红。知道西辞喜欢这个的，除了他还有谁呢？

西辞高兴了一整晚，但她又时刻提醒着自己，这真的没什么，千万别掉下去。自己刚刚从坑里爬上来，再掉一次，可不就万劫不复了吗？她对自己说："顾西辞，你不再是那个对世界充满好奇与浪漫想法的小姑娘了,你三十岁了,要现实一些,要学会自我保护。"

02

千呼万唤始出来,《前缘》第一期总算要播出了。那些天,若秋忙得小脸蜡黄,六个人也被反复叮嘱要及时上网刷微博,扩大节目影响力。

西辞拍了吉娃娃的照片放到微博上,配的文字很简单,只写了"谢谢"。不成想,迅速有个ID为"帝都小强"的人留言:"这是谁送的,我们都懂!"西辞想删,又舍不得,纠结了半天,终于还是留下了。

第一期播出时,若秋通知大家尽量回到水榭居一起看。西辞故意躲了,她想自己看看节目做成了什么样子。

可那一整天,节目组的摄像机都如影随形,西辞跟小张开玩笑说:"真把我当斯诺登了?拍这些琐琐碎碎的能放吗?"

小张咧着大嘴乐,说若秋交代的,只能执行。

最后还是邱冬至救了西辞,他以公司开会为由把顾西辞拉进公司的小会议室,小张被小会议室的门隔在外面。

邱冬至指着电视说:"你应该不想跟很多人一起看吧!"西辞的目光里满是感激,邱冬至又说:"不介意我跟你一起看吧?"

介意也没办法,小张还等在门外,总不能让顾西辞一个人开会。要是若秋知道了,罚起来可不会手软。

西辞侧身坐在较远的沙发上,邱冬至则坐在离电视很近的桌子旁。片头竟然是秦朗和西辞从前的合影,那张照片的背景是香山红叶,红叶如火,照片上是土头土脑的两个人,秦朗的

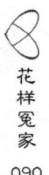

头发微卷，穿着土黄的夹克，西辞穿着件白色的毛衣，他揽着她的腰，她浅浅地笑着，幸福似能从照片里溢出来。

屏幕上打出字幕："他与她相逢于微时。彼时，她倚门回首嗅青梅；彼时，他青春年少马蹄疾。"

照片做了撒开的效果。"再后来，他成了鲜花着锦的大明星，而她，固执地坚持自己的理想。'但愿人长久，白首不相离'的誓言终于飘在风里……"电视上是他热闹的粉丝见面会和她一个人寂寥地走在秋风里的画面。若秋还真是不俗，煽得一把好情。

邱冬至的头微微侧了侧，但没回过头来。西辞的身子有些僵，但她固执地保持着同一种姿态，仿佛唯有那样才能保持某种平衡。

照片是哪找来的呢？她的都还在，每次搬家哪怕行李再沉、再重，她都不会把它们从行李的最深处翻出来扔掉。那是她最不足为外人道的秘密，也是至今为止最甜、最疼的记忆。

他会留着这些照片吗？

屏幕上接着出现苏菲和段嘉木的照片。苏菲仍然明艳动人，段嘉木却青涩很多，木木地站在苏菲身旁，不像是男友，更像是跟班。

再就是凯文和周喜喜。两个人的照片有些别扭，但别扭在哪儿，西辞也说不上来。

六个人的生活平铺开来。

水榭居里初次见面，大家的局促，出去买菜时的别扭，摄像机很敏锐地捕捉着每个人的面部表情。一天之后，网上有人出来分析每个人的微表情，西辞的挑眉、侧身、不自主地弹手指，被解读成旧情难忘。当然，这是后话。

电视上的画面播到秦朗把车子开到山脚下，镜头突然黑掉，电视屏幕上打出一行字："当事人或有不愿意与大家分享的内容，当然，我们不会饶了他，还记得约法三章吗？广告之后更精彩。"

西辞突然紧张了起来，他接受惩罚了吗？他会讲什么呢？

"他跟你说了什么？"邱冬至问，身板直挺挺的，并未回头。

西辞一时语塞，不知如何回答。

"唔……哦……他让我别太实在，大概是怕我毁了他的明星光环。"西辞并不擅谎言，邱冬至不置可否地"哦"了一声。

"如果放下了，就不必害怕。"他这样说道。句子缺少了主语，不知道指的是西辞还是秦朗。

西辞沉默。

秦朗出现在屏幕上，果然是自带打光板，英气逼人。

他沉吟了一下，眉毛一挑，缓缓开口，如同独幕剧。西辞心想，他演过那么多剧，随便扯出一场来，都可以对付若秋和这该死的《前缘》吧！他真的不必讲他们的故事，那是他和她的秘密。她很后悔忘了嘱咐他这件事。

"我不是个爱回忆的人，人生说长不长，说短不短，总会遇到很多人，总要咬牙向前走。再怎么幸福，再怎么难过，也都不会停在原处。

"还有，一个大男人，在这儿追忆从前的感情，如同敞开浴室的门让大家参观一样。人生就是这样，在心碎之后，我们还得忍受一次又一次的悲伤。从前越美好，现在越悲伤。可能现在坐在电视机前的你们还不理解，那先恭喜你们，说明你们还年轻。

"那时，我们经常搬家。我们有两只不大的行李箱，不敢太大，因为住的屋子都很小，行李箱太大，人都没法住。我们最怕房东敲门，尤其是没戏可演时，听到敲门声简直连气都不敢喘，我们随时准备拖着两只行李箱出门。有一次，我们被房东赶出来，说好了能借宿的朋友又怎么都联络不上，我们俩就拉着箱子走啊走，路仿佛没有尽头，但心是暖的。她问我，这样一直一直走下去，会到哪里。我说，会掉进海里喂鲸鱼啊……

"后来，她拍了个广告，我们的条件稍好了一点，于是租了个半地下室的房子。我们每天都可以在窗前看到很多人的脚，没事时，我就和她到窗前看那些脚。若是光鲜锃亮的皮鞋，她就猜是个帅哥；若是趿着拖鞋的，她会捏着鼻子说闻到臭味。其实，哪会闻到味儿啊，那窗户是死的，根本就没法开……"

屏幕上，秦朗笑了，笑得有点儿羞涩。

西辞的眼泪滚了下来，她不去碰它，一动不动，仿佛怕动一动，自己会就此崩溃。

画面飞快地转到周喜喜与凯文，两个人在咖啡馆里拌嘴，不像是分手后的情侣，倒像是欢喜冤家。周喜喜的唇角沾了奶油沫，凯文伸手帮忙擦掉，分明是韩剧里的情节。邱冬至叹了口气说："这是分手吗？他俩这样，迟早得被拆穿！"

再然后是凯文送西辞衣服和包。邱冬至转过头来，目光里带着明显的质疑。

西辞摇了摇头，低头擦了擦眼睛，说："我也不知道为什么凯文会来这一出，他没道理送我衣服和包啊？"

邱冬至意味深长地说了一句："也许是另有其人呢？"

"什么？"西辞没听清楚。

邱冬至却没接着说下去，他说："我知道，如果不触碰那些让你疼的东西，你就永远无法解放出来，权当这是个脱敏的过程吧!"

原来,他是这样想的。

西辞很想说点儿什么,却又什么都说不出来。节目正在放下节预告,一群人在河边烧烤,新月如钩,灯光如昼……

"能请我喝一杯吗?"西辞忽然很想醉。

"改天吧,我送你回去!"邱冬至站起身,拿了外套给西辞披上。

水榭居门口,邱冬至替西辞拉开车门,西辞抬头看到门前站着的秦朗,他的脸上仍是那种似笑非笑的表情。

他打了个响指,冲西辞竖了竖大拇指说:"有前途!"

西辞很想给他一个响亮的耳光,非常想,然而说出口的却是:"彼此彼此!"

你做了老总的东床快婿,我为什么就不能做老板的未婚妻呢?似乎有些赌气的成分,意识到这一点后,西辞很生自己的气。

03

夜里,西辞睡不着,起来倒水喝,在客厅里遇到仍然盛装的苏菲。

苏菲大眼、大嘴、浓眉,向来衣饰夸张,一张脸上更像是开了油彩铺,浓妆艳抹。西辞看过苏菲从前的素颜照,圆圆的一张脸上也是大眼、大嘴,只是更柔和一些,少了一些戾气与刻薄。都说岁月是把杀猪刀,岁月一使劲,就把纯真的小女孩雕成了刻薄的女人。

苏菲给自己画了张脸,戴上了面具。她在片场架子极大,工作人员背后都烦她,说看她还能红几年。

苏菲让西辞坐下，她说："我在片场打过你吧？不过，那也没办法，是戏。戏里的事不能带到生活里来，是吧？我这辈子最错的就是把戏带到生活里了。"

西辞收拾好茶几上杂七杂八的东西，安静地坐在苏菲旁边。

"看了晚上的节目了吧？看得出，他对你还有情义。"

西辞淡淡地笑了，说："你都说了，那是戏。在镜头面前说的能算什么呢？只要演技好，奥斯卡奖都能拿！"

"我看人还是很准的……当然，也有走眼的时候。"苏菲干掉杯子里的酒，脸上的妆在灯光下还是露出残掉的迹象。

"我跟你们不一样，我十七岁出来拍戏，在戏里谈情说爱，戏结束了，人像断了线的风筝一样没着没落的。人越红，越孤单，高处不胜寒，到哪儿都前呼后拥。男人们都夸着你、捧着你，但谁会真心对你呢？遇到他以前，深深浅浅谈过两个。一个只是跟我玩玩；另一个是个'富二代'，有钱，也有脾气，追你时，千般好，追到手了，就拿你当玩具了。后来遇到他，他有情有义，抛弃电视台的工作，跟我入了这一行。他不是专业出身，愣头愣脑，被导演呼来喝去，怎么演都不对。我说了两句仗义的话，他便把我当成依靠。那时也是头脑发热，觉得可以罩着他，又或许是真情，爱他……一起喝酒打牌，一起去唱歌，有一次拍夜戏，回去的路上司机太困了，出了车祸，是他把我从车里拉出来的……从那之后，我爱他胜于爱我自己，爱得……"

西辞能从苏菲脸上看出悲伤来，再强悍的女人也希望能拥有一份甜美的爱情。

"听过那句话吗？爱情是可以低到尘埃里还要开出花来的卑微，也可以是自此天涯不相问的骄傲。我并不是没有顾虑，是他给了我信心。那时我身边的人一再提醒我，我们相差九岁，怎么可能在一起。我特别不开心，他问我怎么了，我说，我们年纪相差那么多，我怕将来你会嫌我老。你猜他怎么说？"

西辞摇了摇头。

就算是过了那么久，说起这段往事，苏菲脸上还是满满的幸福："他望着我说，地球有四十六亿年那么老，在它看来，我们是同龄人！"

西辞笑了，苏菲也笑了："我就信了他，真的相信我是例外，他不会辜负我……真的！"西辞伸手握住苏菲的手，似是安慰。

"我拍戏回来，听到他在打电话，他说，就当演个漫长的电视剧好不好？她能帮我出名，等我红了，咱们要什么没有呢？我就知道他心不在我这儿了。"

苏菲又干了一杯酒，想再去拿酒瓶，被西辞拦住了："少喝点儿，不然头会疼！"

"那时我肚子里有了他的孩子，还想着要怎么告诉他，听到那些话，换你，你会怎么做？你能怎么做？"

一直流传着段嘉木借苏菲上位的事，但从当事人嘴里说出来，西辞还是被惊着了，但又似乎不像是流传的那样，最初应该还是爱过的，只不过爱着爱着就散了，像她跟秦朗……

西辞惊恐地四处找摄像头，轻声提醒道："苏菲姐，会被录下来！"

苏菲大声地笑了，很响亮地说："就是让录下来啊！你猜我怎么做的？我转身就去了医院，拿掉了那个孩子，我这辈子都不可能再做妈妈了。每当我想起这事，我就恨不得撕了他。你觉得我为什么来这节目？再续前缘？呵！我就是为了把他拉下来,让大家都看看这大情圣的嘴脸!"苏菲歇斯底里的表情很惊悚。

西辞手脚冰凉,苏菲的妆果真残掉了,脸上现出老态来,那是一个身受情伤的女人的笑,她突然不知如何安慰。

人生这么漫长,难免会遇到人渣。与苏菲相比,自己还是太幸运了。

"苏菲姐,谁都不值得你毁掉自己的人生,还会有更好的人……"话没说完,西辞就看到一脸铁青的段嘉木站在两个人面前,一脸可怕的表情。

苏菲喝得太多了,人懒洋洋地靠在沙发上,段嘉木过来拉她:"你跟我来!"

苏菲睁开眼,似笑非笑:"你是谁啊?我干吗要听你的?滚,滚得越远越好!"

段嘉木伸手去拉苏菲,苏菲挣扎,段嘉木一弯腰把苏菲扛起来,大步流星地走向他的卧室。酒杯倒了,残留的葡萄酒一滴一滴地落到地毯上。

顾西辞从惊愕里醒了过来,起身要追。

"你这居委会大妈的毛病还没改!他们两个人的事,你去能解决什么问题?"说这话的不是秦朗又是谁?

这一晚究竟被施了什么魔法,妖魔鬼怪都出来兴风作浪了吗?

段嘉木的房间里传来吵架声、摔东西声,每一声都惊心动魄。

若秋穿着睡衣最先冲了出来,接着是睡得晕乎乎的摄像师,还没搞清状况便扛着摄像机对着西辞和秦朗一顿拍,秦朗急忙指点迷津:"那儿,战争在那儿呢!搞错战场了!"

一群衣衫不整的人冲到段嘉木的房间,空气凝成一块冰,所有声音都像被吸墨纸吞掉一样。西辞醒着，但她什么都听不到。

"滚，你们都给我滚！"突然爆发的是段嘉木的声音，充满着绝望，还有满满的悲伤，"你有什么权利……你有什么权利决定我们两个人的事？凭什么相爱是两个人说好的，到了分手就由你一个人做决定？你这个老巫婆！"

西辞的心颤了一下，她的手腕被秦朗拉住，他低声说："趁没人注意咱俩，我跟你谈谈！"

"有什么好谈的，我困了……"顾西辞还没搞清楚状况，就被裹上大衣带到了水榭居外。秋意渐浓，冷空气让人一激灵，微醺的感觉也消失了大半。西辞像只粽子被塞进车里，车子"嗖"一声开了出去。

"段嘉木是在气苏菲姐打掉孩子不告诉他的事吗？告诉他又能怎样？他能回心转意，然后两个人结婚生子，过着貌合神离的生活？"西辞问。

"能不能不管别人，只谈谈我们之间的事！"

"我们之间有什么好谈的？我们之间有事吗？"西辞装着糊涂。

谈吧，一切都不想，一切都随便好了。西辞换了个舒服的姿势坐在副驾驶的位子上，裹了裹大衣，一阵睡意袭来。

居然就睡着了。

04

"人们究竟为什么会爱上另一个人，我猜也许我们的心上都有一个缺口，它是个空洞，呼呼地往灵魂里灌着刺骨的寒风，所以我们急切地需要另一个人的爱来填上它。"身穿英国乡村女人衣服的西辞一个人站在追光下诉说着对爱情的渴望。

有话外音传来:"那么,我亲爱的姑娘,你遇到刚好拥有那个形状的心的男人了吗?"

"遇到,可是我们又走失了!"西辞无比悲怆地低下头。

话外音再次传来:"这有啥难的,找啊!发微博,别人丢了二十年的孩子都能找回来,你丢个恋人……哎呀,不会是人家不要你了吧?"

"失联了啊?"

画面一转,顾西辞突然坐在飞机上,飞机正迅速往下掉。

"秦朗,秦朗,救我,救救我!"

"做噩梦了吗?没事,没事,我在呢!"

西辞醒了过来,好半天才搞清状态,人被秦朗揽在怀里,车子停在路边。

像触了电一样,西辞赶紧坐直身子,出了一身的汗。

"对不起!"

"靠着呗,又不是没靠过,也不收你钱!你知道你这样得招多少我的粉丝恨你啊!"

"我梦到我从飞机上掉下来了!"西辞心有余悸。

秦朗伸手抓住西辞的手,西辞挣扎,秦朗索性与她手指相扣。西辞转头看向窗外,窗外黑漆漆的,风呼呼地响。

"这是哪儿?"

"怎么?害怕了?"

"我们分手了不是吗?五年多,人的一生中能有多少个五年呢?"她的声音像被水浸过,悲伤横流。

"人的一生当中又有多少个八年呢?"秦朗的表情让人看不清楚。他们在一起八年,人生中最好的八年,几乎让顾西辞爱无力的八年。苏菲说得没错,女人爱一个男人,恨不得接管他全部的生活……如果再给西辞一次机会,她还会那样做吗?

还会!除非她不爱他。

"这些年,我尽量让自己忽略你的存在,我不看电视,不刷微博,看电视剧也都先看不是你主演的。你知道我是金牛座,死心眼,戒掉一个人并不容易。可在这个圈子里,你红得发紫,你无处不在,在剧组里会听到你的那些绯闻,在地铁站会看到你的大幅广告,甚至在高速公路上也会撞见你的广告……女孩们并不知道跟一个演员谈过恋爱有多可怕,有一天,他会成为你躲不掉的那个存在……"

"为什么要躲?西辞,当初你走得那么决绝、义无反顾,现在为什么害怕知道我的一切?"秦朗转过身来,目光落到西辞的脸上。

西辞的头低了下去,她突然发觉,自己努力平静的内心仍旧波浪滔天。这个她一直努力忘记的男人,她仍爱着吗?

"别忙着自作多情,这说明不了什么。人总要有个遗忘的过程,我不像有些人,一转眼纸醉金迷……"

"苏大潜越来越离谱了,怎么把醋都弄洒在车里了,回头看我怎么收拾他!"秦朗说得煞有介事。

西辞皱起鼻子嗅了半天才反应过来秦朗是在取笑她,抿嘴一笑后反倒轻松下来,顺势抽回被秦朗攥得酸疼的手。

"说出来果然就没事了。邱冬至说我需要脱敏,说我这次就是个脱敏的过程,然后就痊愈了!"

"他倒真会想。戒掉我之后呢?嫁给他?喂,我说,他那脸也太长了点吧?你这审美是怎么回事,跟过我之后,怎么还能吞下那只河马?"秦朗才是真正打翻了醋坛子吧?

"我没觉得邱冬至丑,况且我早过了看长相的年纪。比起那些有的没的,平平稳稳的生活才是我最想要的!"西辞尽量说得云淡风轻，她甚至为这段日子跟秦朗之间的暧昧有些脸红。

一时间，两个人陷入沉默。

她终于找到话题的尾巴，问："你怎么会被牵连到平导的事里？"

"不过是无聊事罢了。身在江湖，很多事都身不由己。没名的盼着有名，有名了，无时无刻不身在危巢，也许只是一根树枝、一片树叶压下来，盛名就都成了碎片……"

"我一向以为，名气也是一种权势。"西辞回答。

他的侧颜很有雕塑感，西辞竟然看出几许悲伤来，她本就不容易多愁善感，赶紧打住。他在这个圈子里打拼这么多年，什么样的事没遇到过呢，但愿这只是一道坎儿，而不是他说的什么树枝和树叶。

"名气这种东西虚无缥缈，你以为你拥有很多，风一吹就都散了。能陪伴你的，只能是恋人、亲人和朋友！"他的感慨有点儿多，她不敢再深问下去，不敢问这里面有她吗？那是句太自作多情的话，一旦说出来，难堪的也许就是自己。

西辞一时语塞，话题再度中断。

黑暗包裹着两个人，让人有乱世劫难中生死相依的感觉。

那时，他被选为一部剧的男主角。得到通知的那天，他高兴得抱住她语无伦次："拿了片酬咱就租个好点儿的房子，我带你去吃最好的自助餐。"肚子被苛待太久，还是迷恋自助餐，迷恋那种可以使劲吃，不用额外付钱的快感。

每次吃过廉价的自助餐出来，他心满意足地说"只有站起来时，你才知道吃得有多饱"时，她都很心酸，她会踮起脚摸摸他的头。

那天晚上，两个人画饼充饥般做了很多设想，甚至设想将来在北京买房买车，过年的时候把两边的父母都接来。西辞说："我要带他们去巴黎喝咖啡！"秦朗说："那算什么，分分钟的事儿！"西辞却打了退堂鼓："那真的挺贵的，要不就去国贸喝咖啡吧，反正是那么个意思就行了！"

"那哪儿行啊，怎么一到花钱时就怂啊？咱不差钱，不就喝个咖啡嘛，必须去巴黎喝，对着塞纳河，夕阳西下，把两个老太太美得呀，直夸咱俩！"

这一切最终还是化成了泡沫，他垂头丧气地回来，说角色被某知名男星给抢了去，当然人家更能吸引观众。秦朗一头倒在床上，西辞想不出安慰的话，默默地站在他身旁握着他的手，好半天，她说："肯定有更好的机会等着你呢，真的，咱是实力派咱怕什么？"

她知道自己说的那些话有多无力，但是，除了这些，她又能说些什么呢？她不想他难过，不想那么热切的愿望像肥皂泡一样在面前破碎，可她没力量帮他。

他淋了雨，有些发烧，沉沉睡去。西辞坐了公交车跑了几个地方才买到药，回家前转了个弯找到那个制片人。

酒吧很吵，灯光很闪，西辞站在醉醺醺的制片人面前说："为什么定好了用秦朗又换别人，你们这不是耍人吗？"

制片人笑了，摸了一下她的脸说："你是谁？秦朗的经纪人吗？小妞长得不赖，要不要留下玩玩？我们的女三号还没定。"

西辞说："好啊！"坐在制片人边上，制片人油腻腻的一张脸贴上来，说："还是你这样的可口，像新摘下来的黄瓜，顶花带着刺。你看那些，明明都蔫了，还刷一层绿漆。"

西辞嫣然一笑，说："那也要您有眼光才行！"

"怎么样，陪陪我，我保证给你个角色！跟了我，有肉吃!"

西辞跟他碰了一下杯,心里想的是如果替猪头肉找代言人,非他莫属。她强忍着恶心没拨开他那双肉乎乎的手,再莞尔一笑,说:"真的吗?"

"你看到那边的那个妞没,她是这戏的女二,她凭什么能拿到女二啊?就是……你懂的!"男人猥琐地笑着捏了捏西辞的下巴。

"那如果我答应你……秦朗的男一号能保住吗?"

制片人坐正身子:"这个恐怕不行,现在定的男一号是带了赞助来的。再说起用新人,风险也大啊。你以为角色都是白得来的吗,总得要付出。要是女制片人,秦朗没准还有机会……"他笑得让人很恶心。

西辞借口去洗手间脱身出来,攥着手机的微微出汗。一个人走在街上,冷风一吹,西辞倒茫然了起来,就算是录到这些又有什么用呢?

西辞悄悄地删掉了那个录音,她相信这只是极个别的,跟这样的人能拍出什么好东西来呢,秦朗不去也好。

西辞回到出租屋给秦朗吃下退烧药,熬了粥,一整夜都守在他身边。第二天,他的烧退了下去,两个人不再提起那事,仍然出去跑剧组。西辞隐隐地感觉到,那次的事秦朗并没有放下,他变得沉默,有一天,他甚至说:"西辞,要是咱俩一直都是这样的状态,没戏拍,怎么办?"

"这样不也挺好吗?怎么,你过得不开心吗?我说,你是不是烦我了,那你可得早点儿说!不然,你突然说不要我了,我可跟你没完!"

那时候到底年轻,把不知道如何处理的事往感情上扯,试图转移注意力,却没想到那结始终存在着。

如果换到现在，她会说："如果一直都没戏拍，那我们也不必执着，我们可以干点儿别的，做什么都好，只要我跟你在一起！"

彼时，他握了她的手，说："傻丫头！"她则笑着捏他的鼻子，说："别着急，你这么出色，一定会成为大明星的！"

那会是压力吧？许多年之后，西辞才这样想。

平导跟制片方闹不和，秦朗说了几句公道话惹怒了制片方。制片方大肆抹黑秦朗，"秦朗片场耍大牌""秦朗疑似有不良嗜好"等话题一再上热搜。最实际的总是厂商，秦朗手里的广告合同立即终止。

谣言没有翅膀却飞得最快，也最有杀伤力。如果没有发生这件事，秦朗也不会答应接下若秋的真人秀节目。

但他来到节目组，却感到庆幸。他想，老天总是遵守着能量守恒定律的，拿走你一些东西的同时，总会还你另一些东西。

或许，兜兜转转一大圈，再遇到的才是他最需要的。他没办法跟人说的是，这些年，他春风得意，在外人看来的确鲜衣怒马，身边美女如云。只是，夜晚突然醒来，会想着要去冲杯蜂蜜水，只是去倒水时才又想起，喝蜂蜜水的人已经离开了。

他没那么痴情，或者说，他的痴情与思念是慢慢苏醒的。越到后来，他越觉得他身边的那些女孩烦，越想念那个跟他斗嘴吵架的任性女孩。她像一颗种子，冬眠了些时日，终于生根、发芽。

只是，她那么倔强，他们走了那么远的路，还能回到原点吗？

他不知道。

秦朗再次握住西辞的手，他说："我们都好好的！"嗓音有些喑哑。他很想抱抱这个让他又爱又恨的女人，但他忍住了，他不想进展太快，吓跑她。他也不想在自己还不确定时给她任何承诺，若再伤她一次，他不会饶恕自己。

西辞仍旧不知道如何回答他的话，身体僵直着，不置可否。

起风了。风吹过树梢，发出"哗哗"声。

"我们回去吧！"他说。

"你说要跟我谈谈……"

"我只是想跟你待一会儿，只有我们俩！"他的眸子在昏暗的灯光下亮得像星星，她依然动心，像第一次被他打动时那样。

回到水榭居时，天上飘起了雨夹雪。他拉着她，她窃窃地笑说："会被若秋抓到！"

果然被她说中。

他们跑到门口时，小张的摄像机开着，若秋如同《乱世佳人》里的黑嬷嬷一样站在门前。

05

三个人坐在客厅里，若秋双臂抱在胸前，面无表情地看着他们俩。

西辞的刘海还在往下滴水，她说："这次，我接受惩罚！"

若秋似笑非笑，说："秦老师，西辞姐，你们俩……有奸情！"

一句话说愣了两个人，继而两个人都笑了。

秦朗的手插在口袋里，吹了声口哨说："嗯，你的观察很准确！"说完很帅气地留下背影，手一挥："好困！晚安！"

西辞抿着嘴笑着离开。

躺在床上，西辞的心被甜蜜的味道包裹着，真的可以一切重来吗？

"睡了吗？"一条短信挤进来，不用说，是秦朗。

"没！"

"有奸情的两个人都睡不着可怎么办呢？"

"凉拌！"

黑暗里，西辞无声无息地笑了。

第二期节目里，西辞的这个举动被摄像机录了下来，配上了文字："这么晚了，她满脸幸福地给谁发短信呢？你们大家都懂的！"

可西辞的表现却惹怒了秦朗的粉丝，他们集体发声让顾西辞滚出《前缘》节目组。

当然，彼时，顾西辞还全然不知。

八个小时后，顾西辞在网上看到第一期节目播出后的反馈。有人说："好爱好爱秦朗啊，简直就是霸道总裁。"

很多喜欢周喜喜的，说她清纯可人。当然更多人喜欢凯文，有人说："看他对周喜喜爱理不理的样子，分明是没放下。"有人回："那他对顾西辞献殷勤是什么意思啊？"

顾西辞突然想到他送的衣服和包，真的有些莫名其妙。后来再没提这事，怎么突然就……

西辞出来拿牛奶，不成想周喜喜和凯文正在阳台上说话。

"你能不能管管你的粉丝，总来我的微博骂我是什么意思啊？说我配不上你，我呸！要不是公司和电视台拉郎配，咱们俩？哎呀，别逗了，我周喜喜再怎么着也不会喜欢个不男不女的啊！"

什么？拉郎配？自己的预感没错，他们果然是被硬拉到一起的，那么他们从前的照片是……PS到一起的？邱冬至那些话果然是话里有话。

西辞觉得有些手脚发凉。

"你说谁不男不女？你长脑子对自己说的话负责了吗？"凯文相当不高兴。

"你参加这节目是为了洗白的吧！"周喜喜一向是个天不怕地不怕的姑娘。

"要不要试试？"

"试什么？"

凯文一伸胳膊揽过周喜喜，头低下来吻她。周喜喜像活蹦乱跳的鱼折腾了两下，居然安静了下来。

西辞赶紧闪身躲进自己的房间里，心跳加速。

"会被录到……"

"那又怎么样？"说这话的是凯文，两个人的声音含混不清了起来。

06

西辞一觉睡到中午，竟然没有做梦，醒来后心情莫名其妙地好，换好衣服出来，客厅里坐着若秋和"老兽"几个人。周喜喜穿着龙猫的连身睡衣很可爱，凯文坐在钢琴旁心不在焉地弹来弹去，苏大潜居然也在，见了西辞，站起身，规规矩矩地说："西辞姐，早。"

顾西辞以为他们在开会，说："你们忙，我出去走走！"

若秋扔过来一叠报纸，说："请客吧，上头条了！"

西辞一惊，指了指自己的鼻尖问："谁？我？"

西辞拿过报纸，果然是娱乐版头条！

一张是《兜兜转转五余载，<前缘>节目续前缘——疑为炒作》。

一张是《旧情西辞人未辞，过尽千帆有晴天——秦朗与昔日恋人再牵手，女友古宛言心情不好深夜大醉》。

这些报纸上登的照片让顾西辞大吃一惊，那些绝不是节目中出现过的镜头，她很疑惑地看着若秋："你派人跟踪我们了？"

若秋摇了摇头："有一种可能，你们被跟踪了！"

再翻一张，居然整版都是她和秦朗的照片：在山上小路上吵架的，出来跑步的，竟然还有她和邱冬至与侃侃在游乐园一起玩的……

不祥的预感袭上心头，节目组都没巨细靡遗地把这些都爆出来，报纸居然……

"若秋，你跟我说实话，这些真的不是你们拍了放出去的吗？"

若秋注视着西辞的眼睛，很真诚地说："西辞姐，您大概还不知道，在我们跟秦朗签的合同里有项特别的内容，就是不能伤害你。秦朗哥说这是底线，你觉得我会碰这底线吗？"

西辞的眼圈有些泛红了，好半天才问："这个会对秦朗有影响吗？"

这是西辞最担心的。如果不是秦朗，谁知道她是阿猫还是阿狗？秦朗正负面新闻缠身，再加上一段花边绯闻，他的女友古宛言看到……就算他是为挽救自己的事业来参加节目，但不管是谁都不会高兴看到自己的男朋友跟前女友这样藕断丝连吧？他居然把不能伤害自己作为他参加这节目的底线写进合同里……

若秋又扔过来一叠打印出来的纸给西辞："这是秦朗贴吧里的反馈，八成粉丝觉得你配不上秦朗。不过，也不用放在心上，粉丝们都觉得仙女也配不上他家偶像。"

后面的话西辞都没听清楚，她只听清了粉丝觉得她配不上秦朗这句，这句话就像一记耳光打在自视甚高的西辞的脸上。她跟他，到头来，只熬到三个字：配不上。

的确如此。无论他再怎样在是非窝里打转，他还是当红明星，是无数女孩的梦中情人，家喻户晓。而她，素人一个，不过是路人。从前的情谊经过五年时光的稀释，能剩下的记忆还有多少呢？这世界是弱肉强食的丛林战场，从来都只有弱者怨女一般回忆前尘往事，而站在镁光灯下闪闪发亮的成功者只会向前看。她把他当成一切，而她不过是他的云烟。

好心情被"配不上"这三个字击得粉碎，但她仍是咬了牙说："配不配这种事轮不到他们说，况且，我也没有高攀秦朗的意思！"

说完，西辞转身想走，"老兽"笨拙的胖身子却拦住了她，他说："西辞，高攀这话还真就说不上。人和人之间，没有配不配的问题，只有合适不合适。一元的打火机也能点燃一万元的香烟，几万元一桌的菜也还是离不了两元一包的盐。所以，真不必在意网友怎么说，嘴长在他们身上，他们爱怎么说怎么说。感情是你自己的事，你要自己衡量。"若秋看"老兽"的目光里夹杂着赞许。

"还有，今天有个安排，你要去探秦朗的班！""老兽"说得云淡风轻。

西辞的脑子木了一下，瞬间明白节目组的用意，不过是在熊熊烈火上再加一把柴。

"我还有事,我不去!"她不想配合着炒作,更不想在这风口浪尖上成为巴结秦朗上位的反面人物。

"西辞姐,你可别不识好歹,我们这俊男美女组合都没赢过你们,你就别端着了!"周喜喜显然对西辞上头条这事耿耿于怀。

女人们很会自设假想敌。从前周喜喜压根就没把没半点走红迹象的顾西辞放在眼里,不成想,自己倒要借着她的光挤进节目组。当然,这背后她做了怎样的努力,也只有她自己知道。进节目组之前,周喜喜以为能跟自己抢风头的只有苏菲,可苏菲毕竟年纪大了,况且自己是顶着"小鲜肉"凯文的前女友的头衔进来的,风头肯定一时无两,万万没想到的是顾西辞一夜爆红,这怎么能让周喜喜不胃里直冒酸水呢?

若秋的一张脸像块铁板:"西辞姐,合同想必你都看过……不过就是去剧组探探班,每个人都有这项活动,喜喜会去凯文的排练室参观,苏菲姐也会去给嘉木送温暖。如果每个人都像你这样不配合,我们这节目就不用录了!"

西辞梗着脖子站了半天,转身颓然地回到自己的房间,手里握着手机,不由自主地翻开短信——"有奸情的两个人都睡不着可怎么办呢?"原来,他跟她之间只能算奸情。

敲门声响起,苏大潜进来:"西辞姐,哥说让我带你过去!"

西辞坐在梳妆台前看着自己苍白的一张脸,半晌,她问:"我是不是特别可笑?"

苏大潜转身跑了出去,过了一会儿提了袋子进来,那些袋子西辞见过,是凯文送她的衣服和包,怎么会在苏大潜这里?

"姐,这是哥来录这节目之前特意去买的,他很想送给你。他跟我说,从前你们在一起时,都是他帮你选衣服,你相信他的眼光……你不知道哥去挑衣服时那个高兴劲儿啊,我很久都没见过他这么高兴了……"

"那怎么变成凯文送我了呢?"西辞不解。

"哥说他送你肯定不会要,他说你太犟,于是叫了快递打算匿名送。快递来收件时,凯文刚好看到,他对哥说,没事,西辞姐要是问,大不了他认下来。"

"秦朗为什么会同意?明明是他买的,干吗让别的男人送?"

苏大潜挠了挠脑袋"嘿嘿"地笑了:"西辞姐,男人的心思你也许不太懂,凯文对你那么献殷勤,哥也想……"

西辞娇嗔地瞪了苏大潜一眼:"那你现在还拿过来干什么?"

"我是想说明哥对你的心意,还有,他跟古宛言……"苏大潜看了一眼摄像机,欲言又止。西辞明白,牵扯到另外的人,如果被播出去,会掀起怎么样的波澜没人会知道。

手机"嘀"了一声,一条短信挤了进来。

"什么时候来?我今天拍激情戏,把山西老陈醋带来,我喜欢看你吃醋的样子!"

西辞心中不屑,手指飞快地按键:"要吃飞醋也轮不到我吧!我这种人,怎么配!"

语气中带着满满的醋意。

07

　　西辞坐进苏大潜的车里还在纠结，穿得这么奢华去探班会不会太隆重了？还有，这件衣服在前面播出的那期里出现过了，现在再穿出来，网友们会不会再次联想到凯文呢？西辞心烦意乱，她想起从前秦朗对她说过的一句话："心里有很多纠结时，就坚定地做自己，不要管别人的目光！"西辞一直也都在做自己，但现在自己一下子站在舆论的风口浪尖上，自己的所作所为影响的都不只是她自己……唉，算了，不就一件衣服嘛，谁爱怎么想怎么想，谁爱怎么说怎么说去吧！一旦想开，人就放松了很多。

　　苏大潜打量了一下西辞，竖了大拇指说："姐，你穿这个真好看！"西辞知道他的潜台词是夸秦朗有眼光，她假意瞪了一眼苏大潜说："以后夸奖女孩子，直接夸好看就行，别说穿这个穿那个好看，姐姐我天生丽质难自弃……"

　　苏大潜笑了起来，他说："西辞姐，你挺有意思啊！"

　　"那必须必啊！"西辞心情不错，全然不知道一场风波正在不远处等着她。

　　车子一路狂奔，西辞昏昏欲睡，终于还是进入了梦乡。

　　海棠花开得像一团粉色的雾，秦朗跑过来叫西辞，他说："带你去拍照，是要林黛玉的感觉还是薛宝钗的感觉？"

　　西辞问："为什么是她们俩啊？我想要梦露的感觉。"

　　秦朗弹她的脑门："你不是那种类型的，再说了，性感能给别人看吗？"说完，又吻了一下她的脑门："盖个章，私人物品，请勿乱动。"

西辞表面抗拒，心里满是甜蜜。

镜头转动，换了场景。秦朗像农民工一样在火车站睡地铺排队买票，火车票送到西辞手里时，西辞又哭又笑，笑他哪儿还有半点儿帅哥的影子，哭他竟然这么贴心。

场景再次转换，暖水瓶在西辞的脚边炸开，热腾腾的水溅到西辞。秦朗背着她冲下楼，陪着她在病房里，她每发出一点儿声响，他都紧张得直冒冷汗。

后来他每天背着她去换药，给她讲各种网上看来的笑话，他问她："如果水滴从足够高的高处落下来，会砸死人吗？"西辞使劲地想，觉得一个石子从高处掉下来跟子弹的威力差不多，那水肯定也一样吧。背上的西辞在认真地分析，秦朗却乐得直不起腰来，她急了，捶他的背，问："什么情况啊？"他说："傻丫头，你没淋过雨吗？"

西辞咯咯地笑出声来，她说："还能不能愉快地玩耍了？"心里又突然"咯噔"了一下，想，自己要对若秋讲出这段吗？不行，不能讲，于是嚷道："这个我不讲，这是我们自己的秘密，不需要别人知道，别逼我说，我不说！"

苏大潜轻轻地拍西辞的肩膀："姐，你做梦了吧？"

西辞清醒了过来，呆了一下，依稀记得梦里的情景，竟然只是梦，一切都变成了从前，西辞心里的失落变成一条瀑布。她伸了下懒腰："到哪了？"

"姐，我们到了！"

"刚才差点儿穿越！"

"那可不行，你要是穿越到宫廷里，阿哥们肯定都抢你，我怎么向哥交代啊？"

"干吗要向他交代？"西辞从车上下来。

车子停在一个山清水秀的小村庄旁的小河边,河对岸是连绵的大山。不远处,围着一群人,应该就是那个剧组吧。

那是一个古装戏,秦朗穿着大侠的衣服吊着威亚站在众人之中,坐在一旁捧着暖宝宝的是明艳动人的新晋女星古宛言。她比照片上更漂亮,只是好像气不顺,皱着眉头在跟助理气哼哼地讲着什么。

苏大潜挤进去,大概是跟秦朗说了句"西辞到了",秦朗往西辞这边看了看,冷若冰霜。西辞本来冲他笑了笑,看到他的那副模样,表情瞬间凝在脸上,心里的后悔铺天盖地,干吗丢人现眼穿这套衣服来?心里刚刚扔掉的纠结又重新回来了。

来之前他不是还热乎乎地发短信给她吗?这才多久的工夫?他怎么突然把她当成陌生人?一会儿夏天一会儿冬天是为了什么呢?难道之前都是为了节目效果?"节目效果"这四个字如同晴天霹雳在西辞头上炸开,一瞬间把她炸得外焦里嫩,如果做成特效,西辞恐怕是头发根根立着,头顶冒着浓烟吧?

他……不会这么无良吧?

那是碍于古宛言在吗?那他还真是把这一切当成了奸情,这感觉一点儿不比"节目效果"好。西辞转头偷偷地看古宛言,不期然正好古宛言也正看向她。两个人的目光有那么两秒钟的碰撞,先躲避的是西辞,她也不懂自己为什么要躲避。

节目组的车也到了。

节目组的人跑去跟导演打招呼,导演一脸不耐烦地说:"探班没问题,只是不能影响进度!"

苏大潜和节目组人员把带的吃的喝的分给工作人员,分到古宛言那儿,古宛言很大声地说:"拿走,我不乱吃东西!"

秦朗拆掉威亚过来跟节目组的人打招呼,唯独对西辞倒像是视而不见,西辞局外人一样站在一旁。小张喊:"西辞跟人互动一下,别像个木桩子似的杵在那儿。"西辞想跟秦朗打招呼,却见他大步流星地走到导演旁看回放。西辞心里的懊恼加了一层,恨不得立刻回去。

她再一次恨自己的心存期望,新欢旧爱共聚一堂,让他怎么表现呢?虽说"旧爱"也打着"爱"的名号,只是,那点儿情分稀薄得像无良商家卖的柠檬水,空打着柠檬的旗号,也不过是杯水而已。

替西辞解了围的是过去同一个剧组的女孩,女孩咋咋呼呼的,认出西辞来,大呼小叫:"我看过你们那节目,你是来找穆歌的吧!"穆歌是秦朗演的角色的名字。

女孩这样一叫,倒真有很多人围了上来,西辞便笑着跟大家说话。咋咋呼呼的女孩说:"那啥,你帮我贴暖宝宝吧,这天气,才什么时候啊,就冻死人了!"

西辞帮她贴好暖宝宝,细心地帮她整理衣服,又到车里给她拿了热咖啡来。女孩掏出手机跟西辞合影,急急地发微博,终究还是把西辞晾到一边。

副导演冲西辞招手喊:"缺一位群众演员,哎,那谁,要不你客串一下吧!"

苏大潜跑过来,想替西辞拒绝,西辞自己倒答应了:"好啊,反正来也来了!"

古宛言走过来冷冷地看着西辞,说:"我真不明白你是怎么想的,分都分了,还凑一起干吗?做出土文物啊?还真是丫鬟的命啊,只会伺候人。你会贴暖宝宝,那也帮我贴贴吧。"

西辞不吭声,弯下腰来,替古宛言把暖宝宝一个个贴好,帮她整理好衣服时,西辞低下头说:"大家不过是讨生活,节目效果而已,你应该明白!"

古宛言伸手把西辞刚贴的暖宝宝拿了出来扔在地上:"讨

生活没尊严的我见得多了，贴导演、贴制片人的都有，你倒开辟了新领域，上赶着贴前男友。你不想想，如果你们之间还有情，何至于闹到分手的地步？说真的，我挺看不起你的！"

古宛言仪态万方地走了，西辞站在原处，如同被钉住了一样，她竟然无力反驳古宛言一句。

副导演大声喊："还愣着干什么呢？赶紧换衣服啊，让大家都等你是什么意思呢？"

工作人员拿了衣服来，西辞木然地跟着工作人员找地方换了衣服，等到副导演跟她讲戏的时候才如梦方醒，知道自己被算计了。只是，不知道这是剧组和节目组提前商量好的，还是剧组的人临时起意，但箭在弦上，不得不发。不过是戏，就算受侮辱，也是自找的。

导演喊了一声"Action"，所有人的目光、灯光、摄像机都对准了站在青山秀水之间的两位女子，这其中当然也有秦朗的，他眉头深锁，有种不祥的预感。

西辞站在古宛言的对面，低声下气地说："小姐，是我错了！我不该背着您勾引少爷！"

古宛言微微一笑，目光一凛："那你的意思是，不该背着我勾引少爷，当着我的面就行了吗？贱婢，不打你不解本小姐心头之恨！"说时迟那时快，古宛言手起手落，一个巴掌照脸打了下来。西辞没料到她会在镜头前那么肆无忌惮，用手捂住脸，眼前直冒金星，整个人往后退了两步，差点儿摔倒。

她被人扶住，不，是整个人被抱住，是秦朗！这段也是安排好的吗？他这是要继续霸占头条的节奏吗？

"放开我，我没事儿！"她想到古宛言羞辱自己的话，她不想被当成一个笑柄。

他吼得如同"咆哮教主"附体："谁让你来这儿串戏的？

导演，导演，没人了吗？谁让她串戏的？"

西辞的眼泪不争气地涌了出来，她不想在他面前哭的，可是……

她从他的怀抱里挣脱出来，说："拜你所赐，我对人生又多了一层理解。"

"导演，刚才那条不行，再拍一条吧！"古宛言显然对自己刚才的表现很得意，嚷着要再来一条，她还颇为嫌弃地冲着顾西辞说："你不也是科班出身的吗，怎么连借位都不懂？唉，都只眼红别人大红大紫，自己没那个本事就该好好反省反省！"

"你闭嘴！"秦朗铁青着脸过去拉古宛言，"你闹够没有？你哪只眼睛看到剧本里有这段戏了？"

不知道从哪儿冒出来很多探班的记者，片场一时间成了新闻发布会现场，闪光灯噼里啪啦闪个不停。

秦朗穿过人群，找到节目组的工作人员，郑重地说："今天的事我一定会查清楚的，如果是你们故意安排的，我会退出节目录制！"

节目组的工作人员向秦朗解释，秦朗听也不听，大步走向还站在秋风里的顾西辞。人那么多，个个都在看她的笑话，都恨不得事情闹翻天才好，这样，无异于给新剧做了宣传，而《前缘》节目有了这么劲爆的点，还愁不能稳居收视率第一吗？如果把人心都拿出来晒一晒，那这世界会多么精彩啊！

顾西辞站在秋风里，觉得自己恍如在梦中，梦里的自己孤立无援。直到秦朗给她披上军大衣，环抱着她旁若无人地从人群中穿过，把她带到车里，世界才瞬间安静了下来。

西辞不停地发抖，她不知道自己为什么会这样，不明白自己做错了什么。在这个世界上，她唯一能守住的也只有自尊心了，可现在，她的自尊心却被人踩在脚底下。但这又算什么呢？她一向知道自己的渺小，然而要顾全的却太多，哪怕是抛去自尊心也要顾全的东西太多，更何况这里面还有个他。

"不能这么走，秦朗，这么走掉，明天我们肯定又要上头条。我没事儿，真的没事儿！"西辞不想把事情闹大，更不想让他为难。他极力撇清跟自己的关系，干吗不坚持到底呢？这会儿站出来带自己走，以后要怎么跟粉丝、公司、古宛言解释呢？

车子"嗖"地开了出去，所有的喧嚣都留在了身后，仿佛世界上只剩下了他们两个人。

"你那脑袋是为了烫头发才长的吗？你身后不是有邱冬至做靠山吗？那你为什么还做出楚楚可怜的样子？顾西辞，当初你离我而去，不就是为了过得幸福吗？你好好地嫁给邱冬至就好了，上什么真人秀，干吗来这里受这份闲气……"

他像唐僧一样碎碎念，她却什么都听不进去。

"请你……别说了！我错了，我错了还不行吗？我该离你远远的，我的心里不应该存有一点点儿幻想……"

她很难受，却一点儿眼泪都没有。她太累了，真的很累，还有，那身大牌的衣服让人很不舒服。

困，眼睛睁不开。

人昏昏沉沉地睡过去，又哭醒过来，她说："你不该这么对我的！为什么我一直往前跑，却还是跑不出你的影子？"

许久，他说："衣服到底还是不合适了，你太瘦了！"

西辞转身看向窗外，嘴闭得紧紧的，生怕一张嘴，说出了埋怨的话。

车子默默地行驶在高速路上。

也许是太静了，他打开了音乐，竟然是李宗盛的那首《给自己的歌》：等你发现时间是贼了／它早已偷光你的选择／爱恋不过是一场高烧／思念是紧跟着的好不了的咳／是不能原谅却无法阻挡／恨意在夜里翻墙／是空空荡荡／却嗡嗡作响／谁在你心里放冷枪／旧爱的誓言像极了一个巴掌／每当你记起一句/就挨一个耳光……

"歌里唱得太好了。旧爱的誓言像极了一个巴掌，每当你记起一句，就挨一个耳光。往事并不如烟，我们都应该放下了，不是吗？"

她的声音如同水雾浮在李宗盛荒凉的声音之上。秦朗的眉头紧锁，一辆车从后面超过去，他猛拍方向盘，骂了句脏话。

他还是把音乐关掉了，车内阒寂无声，能听到彼此的呼吸声，那么近，却又那么远。

音乐声再次响起。"愿得一人心，白首不相离……"那是西辞的手机铃声。

"喂！嗯，没事儿！"西辞的声音轻柔得让秦朗很不舒服，倔强如她，面对别人却如此温柔可人吗？一想到这个，他心里的愤怒就急剧上升了。

听到邱冬至的声音，西辞突然觉得心安，也突然做了决定。如果他还愿意跟自己在一起，那就在一起吧！

邱冬至说："你在哪里？我知道了片场发生的事。我给若秋打了电话，我说这事儿如果不弄清楚，你就退出节目组！"

西辞的眼泪瞬间涌了出来，她说："我没事儿，真的没事儿，只是有点儿累了。老大，我不想演戏了，不想录什么节目了，我只想做个小女人，只想过平凡的日子，怎么就这么难呢……"

"丫头，你别哭，别哭。别怕！一切有我呢。你在哪儿？我过去接你！"邱冬至的话让西辞安下心来，她让他去水榭居门口等她。

挂掉电话，车子进了市区，车灯亮成了一条闪烁的长龙。

"你爱他吗？"秦朗问，车子从另一辆车旁超过去，西辞吓了一跳。

"这不关你事！"顾西辞的头很痛，但邱冬至的话让她觉得很安慰。在这世界上，她并不孤单，再怎么样，还有一个男人愿意替她遮风挡雨……西辞一瞬间觉得自己是那么可笑，竟然答应参加这么无聊的节目，妄图借着它走红，却让人看了笑话。对，自己在所有人眼里成了个去跟前男友的现任争风吃醋的大笑话。

车子飞快地向前行驶，西辞发现这并不是去水榭居的路。

"我们去哪儿？"

秦朗并不回答。

"秦朗，你不能任性，我们得回去！"

"这么迫不及待想见他？我就这么让你害怕？"秦朗的表情有些狰狞。

"停车！停车！你再不停车，我就跳下去！"西辞去抓方向盘，车子跟另一辆车擦身而过。车子停下来，两个人惊出一身汗。

车子重新启动，转向水榭居的方向，沮丧明晃晃地写在秦朗的脸上，他说："今天的事我不知道！"

西辞沉默。

"我会追究责任的。还有，我跟古宛言没那层关系……你相信我！"

他要她相信什么呢？他忘了她已经无权对他做任何承诺了吗？西辞的嘴仍然闭得紧紧的，面无表情。

他的手握住她的手，她的手冰凉，整个人都在颤抖。

他把车子停在路边，打开后备厢拿出毯子给她盖上，说："西辞，你别不说话，你说点儿什么，随便什么都行！"

顾西辞终于看向秦朗，嘴唇因为过于干燥有一层白白的皮，她努力发出声音："说什么都行吗？"

他郑重点头："你说什么，我都不翻脸！"

"你说的！"她的眼睛一亮。

"我说的！"他郑重点头。

西辞掀开毯子，打开车门走下去，她站在路边，冲秦朗使劲喊："秦建设，你给我下来。"

秦建设是秦朗的原名，秦朗恍然觉得回到了从前，从前吵架时，顾西辞就是这样不管不顾地叫他秦建设的。她说："秦建设，我今天跟你拼了！"彼时，她是个天不怕，地不怕的姑娘，顽强得像一枚生石花，再难再苦也会努力地开出一朵漂亮的花来。

这么强悍的姑娘才是他的顾西辞，那个温婉隐忍的姑娘根本就不是她。

他很帅地下车，站到她面前，似喜非喜，似笑非笑。

"女王陛下，有何指示？"

西辞一脚踢上来。

08

时间的长短是跟人的感觉有关的。

后来西辞想起那天的情形，似乎如一幕话剧那么长，而事实上不过是短短的三五分钟而已。或许是那些话在西辞心里压了太久，那些重量变成大块的时间被扔在了那条路上。

那一晚，如果不是心里的事全部叠加上来，如果不是秦朗在片场对她那么视而不见，如果不是被古宛言当众扇了一巴掌，西辞不会那么疯狂，很多话她会让它一直安眠，不见天日。可是那天，她受了委屈，她不想再跟他那么暧昧不明，她甚至差一点儿就把心里的秘密说出来。

顾西辞觉得她说了很多。

"秦建设，如果我们都还默默无闻，我不会让你那么容易就全身而退。"她看他的目光执着而绝望，那一刻，她很认真地在说，他很认真地在听。

"爱情是我们两个人的。好的时候两个人，怎么到分手时，你说不留恋就不留恋了呢？那我们从前的那些都算什么呢？你别看错我，我跟别的女孩没两样，我会问很多个为什么，我也会纠缠不休，我不会让你说转身就转身。"西辞的面色苍白如纸，声音嘶哑颤抖得像一把走了音的吉他。秦朗很想把她拉进怀里，很想给她一个温暖的拥抱，但他往前走一步，西辞就往后退一点，后面车流如海，秦朗只能站在原地。

世界那么喧嚣，而他们是主角，听不见呼啸的风声与车声，他们的眼里只有彼此。

西辞有些歇斯底里："我们原本是两棵并肩挺立的树，我不用抬起头跟你说话，你也不用俯下身看我。如果那样，我会像普通女孩一样，据理力争，争取我想要、我能要的一切，可是，可是……你红了，你成了大明星，那还怎么要呢？要会变成乞求与施舍……

"你忙得没时间多看我一眼，你忙得没时间给我回条短信，你打发我的方式变成了往卡里打钱，你让我觉得我像个乞丐……有天你回来，也许是赶夜戏太困了，睡得很沉，我进去给你盖被子，刚好有短信进来……这一脚，我等了五年……"

秦朗站在秋风里，被西辞踹到的地方隐隐地疼，但更疼的是心。原来，她什么都知道。

那的确是段混乱不堪的日子，当红"炸子鸡"难免不知道如何自处：活动方没摆正一张椅子就拒不上台，跟记者对呛，新剧发布会迟到一小时……觉得自己像太阳，整个人膨胀得比热气球还快，衣柜里全是Logo（标志）最大、图案最夸张的名牌，醒来都不知道在哪儿的酒店，每天出门都要面对粉丝们的惊声尖叫，演了皇子便以为自己真的是皇子，演了"高富帅"便以为自己真的在欧洲拥有一座古堡，走路时恨不得眼睛往天上看，有漂亮的女孩扑上来顺势左拥右抱……开始还在心里挣扎一下，觉得对不起西辞，很快那种内疚就理所当然被冲得无影无踪。对，"理所当然"，就是这四个字，一切变成了理所当然，人如同落进了急流里，迅速打着转随波逐流。爱是什么？早就麻木的心已经没了细致的感受，还是感官刺激来得快乐，谁不是这样呢？大家都在纸醉金迷，他干吗要青灯古佛过着一天就是一年，一年就是一辈子的生活呢？他是大明星，是艺术家，他得到无数人的宠爱，他也要把这宠爱给那些他喜欢的女孩……

经纪公司帮他租了高档公寓，在搬家前的那晚，他醉醺醺地回到他们的那间出租屋，在意识尚且清醒时通知她："收拾收拾东西，明天公司的人来帮忙搬家！"再怎么样花天酒地，他也没想过跟她分开。他以为自己跟她已经牢不可分，她不会跟他计较，而他再也不会让她去买超市里快过期的牛奶。"我养你！"这话说得太过豪迈，也太过无情。他把她从一棵傲然挺立的木棉变成了攀缘依附他存在的凌霄花。

他当然不记得她听说要搬家时的表情是如何惊愕，他的神经被酒精控制着，他清醒的时候想的也不过是："住更好的房子，过更好的生活，她有什么理由不乐颠颠地跟着？况且，有多少女人排着队等着做他秦朗的女人？"

后来，他无数次为那时的想法想抽自己耳光。混蛋，简直就是混蛋！

第二天他醒来时已近黄昏，她一个人坐在窗子前，如同雕塑。

他开了冰箱拿出一瓶水，喝掉半瓶，懒散地走到她面前坐下，他看到阳台上晾着的她的衣服："怎么还没收拾？"

"你的东西已经搬走了！"她说得波澜不惊，就像是随口赞美一下好天气。

"我的……东西？顾西辞，你什么意思？"走红之后，他被大家惯出了脾气。

她的眼眨了一下，挤出一点笑容说："我住在这里挺好，不想搬！"

他恼了，那种气恼就像是剧中皇子被忤逆后的气恼，怒发冲冠。他踢了一下椅子腿，椅子挪动出一步的位置，她身子一颤，像是被吓到了，但并没有动。

"你有什么了不起，以为我会对你留恋不舍？"他暴跳如雷。

夕阳被窗子切割得很整齐地落在对面的墙上，刚好映着她的半边脸。她依旧是笑了下，说："不好意思，我没这么以为！"

"爱去不去，不去拉倒！"他的硬气里夹杂几分虚张声势。从前两个人不是没拌过嘴，但也只是吵一吵，她睡卧室，他睡沙发，第二天，她做了早餐，他卖力地吃，没话找话地提个话头，她接了话茬儿，也就算和好如初了。他没想到这一次会有不同。

她盯着他看了两秒钟，嫣然一笑，说："建设，我们终于还是走到了这一步，挺好！"她转身拿了外套冲出去，走到门口，头不小心撞到衣架，她顿了顿，他以为会有转机，他以为自己会冲上去拉住她。

但什么都没发生。

她终究什么都没说，门开了，又合上，她头也没回。

她的钱包和手机都在桌上，后来，他想，她的心里一定是慌张的，不然怎么会连钱包和手机都不带呢，但她在他面前假装镇定，不露声色，盖住破绽。她撑着她自己的尊严，生怕一不小心散成了泡沫，连同他们从前的那份情谊也尘归尘，土归土了。

"短信暧昧不堪，我不太相信那些话是你说的。我也很后悔动了你的手机，但真相就像是被揭开一角的手机膜，一旦掀开，就没办法恢复原样了。建设，你睡得沉，我一个人坐在黑暗里，我觉得我变成了一片落叶，轻飘飘的，一点儿重量都没有。我很想把你叫醒，问问你那女的是谁，你打算怎么办。我也很想拿你身旁的那个枕头朝你的头按下去，那样……"西辞笑了笑，云淡风轻。

"可是，我什么都做不了，心像被紧紧捏住了一样。你跟我说会有人来搬家，你让我怎么想？在知道了那些之后，我还能没脸没皮地装成什么事都没发生的样子跟你搬到新公寓去吗？"

秦朗无话可说，道歉？他拿刀刺伤了她，再轻飘飘给句道歉有什么意思呢？后悔？解释？这天下所有的解释都不过是掩饰。他在她面前要掩饰什么呢？

他不吸烟，但他很想手里有根烟，狠狠地吸上一口，以缓解自己的尴尬。

有来往的车子减速，车窗被摇下，疑似有镜头伸了出来。

西辞首先看到那辆车,她喊:"快上车!"

两个人像训练有素的特工,迅速奔向车子,各自拉开车门,坐了进去。就算在一场悲情的复仇中,也不能安安心心。

秦朗戴好墨镜,车子如箭般冲了出去。

她走,他并没有去追,不知道怎么就没追出去,或许那时还在想,爱或者不爱,也不过如此。她离开了,自会有更爱的人补上,不然,生活岂不是太让人厌倦了吗?再或许是他真的很累,被各种负面消息缠着,被粉丝们缠着,被经纪公司管着,像个囚犯,又像个青春期的叛逆少年,能任性的也只剩下一份感情而已,能伤害的也只有身边的她而已。有种快意的感觉,像厌倦了玩具的孩子,一刻都不能把它留在眼前……

她不懂事,自己闹,那怪谁呢?

她走后,他在她坐的地方坐了一会儿。夕阳渐渐落下去,屋子里昏暗得如同电视剧中的某个场景,窗外远远近近的房间次第睁开眼睛。秦朗累了,他离开那间出租屋,连伤感一下都来不及。

他以为她就此从他的生活里消失了,他从没想过时隔五年,自己仍会如此念念不忘。

春老才觉短,别后方知远。

"那天,我听苏菲姐说她知道段嘉木有了新欢,就一个人去拿掉了孩子。她再强,也不过是个女人,我能理解她那时的难过。我想,她一定愿意用全世界换回从前的花好月圆,就像我愿意用我的生命换回我们的从前。可是,没有人能回去,没有人……

"建设,原来,全天下的男人,莫不如此。我并非心存执念,爱一个人一定要白头偕老,天荒地老。我也并没有怨恨你,我爱的那个秦建设在他成为秦朗之后就死掉了,能苛责一个死掉的人什么呢？如果人生可以再来一次，我仍然会爱上秦建设……但他厌倦了，他不爱了，我能怎么办呢？我也不是那种为一个人就去寻死的女孩，说是愿意用生命换，可没有人真的值得你牺牲生命不是吗？如果我真的死掉了，你也不会重新爱上我，只会更加瞧不起我！建设，分开就分开吧。一别两宽，各生欢喜……"

西辞说得哽咽。

车窗外，一辆又一辆的车闪过。秦朗不知道该对西辞说些什么，往事一幕一幕像电影胶片飞速地滑过，他的心很疼，从前那个心高气傲的女孩到现在仍然意难平。他的心思一动，路口拐了个弯。

车子停在了那个小四合院门口。

她坐着不动："送我回去！"她的语气很冷，整个人却像火炭一样。

"我带你看一点儿东西就送你回去！"他不由分说拉开车门，攥着她的手。

顾西辞踉踉跄跄地跟着他进了院子，那棵枣树的叶子几乎掉光了。他带她进了西边的一间屋。

灯亮了，屋子里那些花争先恐后地涌进她的眼帘，黑法师、子持莲华、雅乐之舞、玉蝶、黄丽，还有生石花……

西辞呆在那里，曾经她除了梦想有一方小小的舞台之外，还梦想有一个小小的家，可以养那些玩偶一样的多肉植物，再养一个像从年画中走出来的娃娃，闲暇时，做做手工，看着时光静静走过，那是多美的生活。她不止一次在秦朗面前描绘自己的人生图景。

那时候他和她日子过得艰难，逛花鸟鱼市场也只是饱饱眼福，偶尔动了心，买一小盆普货回来，早晚看一眼就知足了。

她跟他说:"将来不演戏了,我就开一家小小的多肉植物店,每天打扮得利利索索的,做个优雅有情趣的老太太!"

秦朗捏着她的鼻子说:"优雅的老太太,是不是每个小资心里都有个开小店的梦想?"

"我不是开小店,我是……唉,跟你说不明白!"

当然,那样的生活设想里是有他的陪伴的,银发、笑颜,几十年的相濡以沫,那是西辞要的爱情,尽管这爱情老土,但是她喜欢。

那些竟然那么久远了。他离开后,她出租屋里的几盆多肉植物也陆续死掉了。她气恼,他离开了,它们竟然也不要她了!一气之下,她花了一百多块钱打车去了一家多肉植物店,那些多肉个个可爱,她突然之间就有了许多的不忍,她那一颗悲伤焦灼的心不能收纳它们。店主是个和气的中年女人,她说:"姑娘,不买也没关系的。想看了,就来看看!"

那之后,她再没养过多肉植物。她收起自己的敏感脆弱,失恋也只允许自己哀悼三天,太过娇宠自己的情绪,除了让自己变成个可怜人之外,又有什么用呢?

生活还要继续下去,她不停地去各剧组面试,不停地在希望与失望之间调换频道。也许在她还没走出导演室,她精心准备的资料就被扔进了垃圾桶,她的照片就被踩上了鞋印……

三年后,即两年前,她在一个剧组的走廊里见到了邱冬至,是他先认出她来的,她有那么一秒钟的惊喜,以为他是剧组的投资方,以为自己可以多一点儿机会,可他却说是陪朋友来的。

"哦!"她的失望明晃晃地写在眼里。

彼时,邱冬至刚从一家公司的纠纷中跳脱出来,身无所依。他请她吃了一顿饭,他说他跟朋友在筹备经纪公司,问她愿不愿意签过来。她听过很多这样的话，大多是忽悠，便随口答应了。

"但不保证能把你捧红。红这回事，三分实力，七分运气！"他倒是很坦诚，没给她画一个饼。

她说："我的要求并不高，能自食其力就好！"

三天后，顾西辞收到了邱冬至寄来的快递，她变成了他公司的艺人。

日子仿佛从来不曾改变，没人知道静水下的深流有什么样的改变。顾西辞仍然是那个乐于助人、路见不平一声吼的北方姑娘，只是她不再随便向人吐露心扉。她在外人面前温婉娴静，个性里有棱角的部分再也不轻易显露。她在一本书上看到一句话——所谓成长，就是把哭声自动调成静音模式的过程。她笑了笑，甚至不需要静音，根本就不会哭出来，没有爱你的人在，哭给谁看？

西辞半扭过身子，迅速地擦了一下眼泪。她转过身，给秦朗一个笑容，声音嘶哑地问："那盆吉娃娃也是你养的吗？"

他点头："养了三年。你看这些……"

他指了一个花架，原来还有好多盆。

她一盆盆地看过去，背对着他说："挺好的。我们回去吧！"

秦朗伸手把她拉进怀里，说："给我一点儿时间，我想我们能继续走下去！"

西辞没有挣扎，只是说："秦朗，我们都变了，不是吗？"

正如《半生缘》里最后曼桢的那句话："世钧，我们回不去了。"

车子停在水榭居前，邱冬至立在车前很久了吧。西辞走过去，挽住他的胳膊说："我可以离开吗？"

说完那句话，西辞软软地倒了下去。拿着摄像机的小张一声惊叫。

水榭居里灯火通明，水榭居外秋风萧瑟。

邱冬至摸了摸西辞的头，冲着秦朗吼："她在发烧，你不知道吗？"

秦朗抱起顾西辞冲进屋里。

五　何时前进何时放弃，寻找拥抱的勇气

01

毫无悬念地，片场风波成了第二天所有娱乐媒体的头条，顾西辞和秦朗成了大赢家。能这样把真人秀拍得比八点档电视剧还狗血的，怎么能不叫舆论哗然？

"新欢借戏怒扇旧爱，秦朗花心恶习难改。"

"娱乐圈上演现实版宫斗戏码，金枝欲孽且看当红小生如何摆平！"

"现任打前任，这个巴掌是真吃醋还是假炒作？"

微博热搜榜排第一的是"秦朗滚出娱乐圈"，第二是"顾西辞请以圆润的方式离开"。过了一会儿，"心疼宛言"也被刷上了热搜榜。

若秋一整天都没露面，消息灵通的周喜喜说她在加班加点剪片子。

"老兽"有些兴奋，拿着一个U盘对着摄像小张说："生活远比戏剧更有张力、更有看点，这便是真人秀的魅力！可惜啊，他们进四合院后就没录上，如果能录着……"

小张很不屑地一边调机器一边嘟囔着："这样瞒着当事人

偷拍不好吧？我们可是电视台的！"

"放心，什么能播，什么不能播，若秋会做考量的。""老兽"往机房走时，又回头拍了一下小张说，"你啊，还是年轻，不管怎么样，要先把砝码拿在手上，才有谈条件的资格！"

那晚，西辞被秦朗抱进屋里就醒了过来。她坚决不肯去医院，若秋派人把医生接到水榭居。医生看过后说人没事，只是因为太过紧张、劳累，人也太虚弱，养养就好了。

邱冬至拿了冰袋给西辞，顺便还敷了她被古宛言扇肿的脸。秦朗手插在口袋里倚墙站在一旁，脸上是让人琢磨不透的表情。

西辞冲邱冬至笑了笑，以示感激。他的细心体贴便是成熟男人的魅力，他不言情，只用最实际的方式给她安慰。这些年他一直这样，对她好，却也不紧逼、不强迫。西辞不自觉地拿邱冬至跟秦朗比较，秦朗所做的，不过是把她拉过来，替她说几句狠话，却忘记看一看她被打的脸。他虽然记得她喜欢的东西，但却不知道她最需要安抚的是那张被扇疼的脸和被伤了的心。

西辞轻轻地笑了，笑自己蠢，这样比较有什么意思呢？即便如此，邱冬至与秦朗在她心里的天平上也不是一样的分量。她对邱冬至说："你还是回去吧，侃侃一个人跟阿姨在家，会觉得孤单的！"

邱冬至拉住了她的手说："好！那我就先回去！你什么都不要想，好好休息。有什么事，你随时联系我。还有，我会跟若秋讲，让她别太过分，别人也一样。我们不过是来做个节目，并没有谁要卖掉人生！"后面这句显然是说给秦朗的。

"不送！"秦朗闪身让邱冬至出去。

邱冬至离开。秦朗走到西辞面前，盯着她看，说："我真该死,怎么就忘了你的脸……"

"我没事儿。"西辞在秦朗面前总说这句。

"顾西辞,你什么时候能示一点儿弱?你什么时候能跟我说,秦朗,我有事儿,我心里不舒服,我发烧,我头痛,我不想跟你分开!你什么时候能这样说?"他的声音低沉嘶哑,表情有些狰狞。

"你别忘了,我是病人!"她提醒他。

他懊恼地退后一步,又不甘心地问:"你们……真的在一起了吗?你会告诉他你有事,是吧?"

西辞恍然明白,她记起她去片场时看到苏大潜从他的休息椅上收起了一大摞报纸。他是看了自己跟邱冬至、侃侃的照片吗?他是因为这个才故意冷落她的吗?

她问:"秦朗,如果有一天,我结婚,给你请帖,你会来吗?"

"我不去!西辞,我总会做一个噩梦,梦到你成了别人的新娘,梦到我牵着你的手走进教堂,把你的手交给别的男人……每次醒来,我都很难受。我知道我不该这样,正如你说的,分手后,一别两宽,我们都应该有更好的人生,可是,没有你,人生还会更好吗?"他的腰弯下来,整个人像是一个硕大的问号。走了这么远的路,他们还能重回到同一个跑道上吗?

西辞将手指伸进他的头发里,她说:"你又犯规了,若秋不会放过你的!"

"我不在乎,我要带你走,我叫苏大潜订机票,我们现在就去巴黎。西辞……我不想看到你嫁给那个脸那么长、眼睛那么小的家伙……"他哽咽着。屋内光线不好,他的脸半明半暗,她仍然能看得到他的悲伤。

她的手指拭去他脸上的泪水，声音轻柔："乖，别孩子气。我们都不是从前的我们了，我也不愿意为爱付出全部的力气。真的，为爱付出的代价太大，将来总会落于平凡的日子里，总会每天朝夕相对，总会心生怨怼，如果不做那么大的牺牲，也许生活会完全不同。人总是得陇望蜀的，你不明白吗？"西辞这话说得像极了饱经岁月风霜的老阿姨。

"我不管那么远的事，我只管现在！"秦朗像个任性的孩子。

"那时，我走，你为什么不留呢？为什么不拉住我，把我抱在怀里说这番话呢？秦朗，但凡会分开的，都是不再爱的，别再想找回什么了！"再不怨恨，西辞还是露了心迹。

"看得出宛言很爱你，不然不会对我那么深恶痛绝。做豪门女婿并不容易，但凡事往好处想，所有的东西都是换来的。还记得我们游普陀山时抽的那个签吗？自幼常为虑，鹿马走前程；若过重山里，终得叶师引。当时你还调侃说我就是你命中的那个贵人，现在看来，宛言才是！"

"别说了！我不信什么签！我也不需要什么贵人。我得到的已经足够了！"

"你真的忘了，我们只是参加一档节目而已。我们都是演员，节目结束之后，每个人都会回归原位。秦朗，我希望我们还是能一别两宽，我们都在寻找幸福的路上，终遇幸福！"西辞真的累了，冒出一身冷汗来。

"你累了，这个问题我们以后再讨论。什么都别想了，好好睡觉！想吃什么，我叫大潜买给你！"

西辞无力地笑了笑："出去帮我把门关好就行了！"

中间醒过两回，西辞都能看到他的背影，他站在窗前，无比孤单。她赶紧闭上眼睛，泪水无声无息地滑落。

如果人没有欲望，这世界会清静许多。只不过，没有了欲望，活着又有什么意义呢？对名利的渴望，对爱情的渴望，我们总是觉得需要的很多，得到的又太少。

02

日子总得过下去，西辞很快好了起来，一切安然，像什么都没发生一样。

西辞总想问问若秋能否把自己和秦朗的感情纠葛剪辑掉，不过，某天吃饭时，秦朗递了张小纸条过来，说："不用担心，一切有我呢！"

西辞便乐得不管。

后来她才知道，秦朗的"一切有我"不过是苏大潜动用了若秋的关系，当然，若秋也不是平白给苏大潜的面子。作为补偿，秦朗答应给若秋一张"独家卡"，即秦朗有大新闻时独家给若秋，这个补偿给得相当大。

她仍然会坐公交车去小剧场彩排，仍然会有很多时候扑了空，然后顺便去趟菜市场买了菜回来做饭给大家吃。只是，大家吃得越来越理所当然。

那天原本以为只有凯文和苏菲回来吃晚饭，西辞只煮了三人份的饭，结果周喜喜和段嘉木都回来了。无奈之下，西辞又起身去煮了两把面条。

面条端出来，桌上饭菜都没了，连那碗汤都见了底，西辞心里有些不舒服，不成想周喜喜还噘着嘴抱怨："西辞姐，你瞅瞅你做的什么饭啊，做的猫食吗？够谁吃啊？这幸亏剧组还给钱，要不然，你还不克扣大家的粮食啊……"

西辞的脸色很难看，倒是凯文机灵些，说："你能不能闭上你的乌鸦嘴！西辞姐，你做的饭太好吃了！把我的减肥计划都破坏了！"

苏菲说："西辞，你做的饭营养配比也不对，一会儿我把我营养师的电话给你，让他教教你……"

西辞把面条放下，转身回到自己的屋里。

身后苏菲尖着嗓子说："我说什么了吗？我这不是为她好吗？咱们又不是为吃饱才吃饭的，还不是为了更加营养健康……"

凯文过来敲门，西辞没吭声。她觉得真是累啊！一闭上眼睛，脑海里就有一匹马，没休没止地奔跑着。

一夜噩梦不断，一会儿是粉丝们冲她扔臭鸡蛋，让她离秦朗远点儿，一会儿是古宛言扇的耳光，一会儿是满桌子人挑剔她做的饭菜……醒来，西辞一身虚汗，躺了会儿，睡不着，便打算去晨跑。

一出门，西辞就看到昨晚的脏碗筷都在厨房的水池里堆着，厨房的垃圾桶满着，客厅的垃圾桶也满着，地板脏得看不出颜色来。西辞看不下去，转身回屋换了衣服出来，系了围裙开始打扫。

最先开门出来的是苏菲，她穿着睡衣，将眼罩推到头顶冲着西辞喊："一大早上的，丁零当啷的，能不能让人睡个好觉啊？"

西辞没吭声，继续收拾。厨房里一片狼藉，洗手间更是脏得不像话，浴巾没洗就扔在浴缸里，洗发水倒在地上，西辞差点儿滑倒。

这回探出头来的是段嘉木，一副想打架的表情："什么情况啊？好不容易不用起早可以睡个懒觉，心脏不好还以为地震了呢！"

西辞满身是水，狼狈地蹲在地上，心里的火气直往头上蹿。人啊，真不能有半点儿贪念，如果不是想走捷径一炮而红，干吗来受这份闲气啊？这帮人平常被经纪人、助理惯坏了，只知道当甩手掌柜。不过，自己又没拿他们的钱，凭什么帮他们收拾烂摊子啊？若秋也是，这么脏乱差的房间录到节目里，对明星真的好吗？

想归想，怒归怒，手里的活却没有停。打扫楼梯时，西辞居然发现有小飞蛾飞来飞去。按说天气冷了，不会再生这个。西辞找了半天，终于在一个角落里找到一个黑塑料袋。西辞拿扫把晃了一下，飞蛾"呼"地飞得到处都是。西辞捏着鼻子，提了那袋子下楼，袋子里居然还流着汤汤水水，一路上气味刺鼻，这味道西辞熟悉，一定是周喜喜叫了海鲜饭。

处理完那个袋子，西辞总是觉得浑身不舒服，眼前似有小飞蛾飞来飞去，无力感袭来，西辞倚着墙不让自己晕倒。

"没事吧？坐下歇歇吧！"跟拍的小张于心不忍，说，"西辞姐，这些也不能每天都让你干啊，跟若秋说吧，让她给大家开个会。"不成想若秋从小张身后闪出来，她抱着双臂，脸上带着冷笑说："这个我还真不能去说。西辞姐，这些之前都有分工，你主动承担下来，那怪谁呢？要说，也得你去说。"

西辞的目光横了过去："你的意思是我活该，是吧？"

"这是你说的，我没说！小张，你是记录者，懂吗？记录者只要忠实记录被拍摄者的状态就行了，把感情掺杂进去不客观，这你上学时没学过吗？"若秋把气撒在小张身上，小张的一张脸变成了猪肝色。

把公共场所的角角落落都收拾干净，西辞累得腰都快直不起来了。秦朗一夜未归，据说是去三亚拍广告了。西辞推开秦朗房间的门，想替他收拾一下。

房内倒是干干净净，每一处都整整齐齐，这很符合他完美主义的个性。西辞把门关上，舒了一口气。他们俩在一起时，脏乱差的那个人是她，他总是皱着眉嚷："顾西辞，你还是不是女人？怎么又乱扔东西！"一会又喊："顾西辞，你怎么又把头发弄到洗手池里不清理干净？"

她说："哪有女人不掉头发的啊？有本事，你找一尼姑！"

他从背后拥着她说："离了我，你会住在垃圾堆里吃垃圾吧？"

事实上，真没有谁离了谁不能活！他走了，洗手池里再没有留过头发，垃圾桶总是一日一清，洗过的衣服也都规规矩矩地收在衣柜里。

有人帮你收着，自然就不用操心。等到人走了，发现原来自己也长着手，那些并非不能干。恋人的坏毛病，谁都别抱怨，那不是你惯出来的，又是谁？

西辞去剧组面试，小张在后面跟着，西辞开玩笑说自己终于有了小跟班。小张是个大块头，他说："西辞姐，我还能给你当保镖，等你红了，我就跟着你算了，总好过天天看若秋那个老阴天！"

"老阴天？"

"是啊，节目组的工作人员背后都这么叫她，天天没个乐模样，一个小姑娘，不就做了导演吗，还是一个综艺节目，弄得跟打世界大战似的，至于吗？"小张难得发牢骚。

"也别怪她，正是因为她年轻，身上扛着那么重的压力，这年头，谁都不容易！"

小张点了点头说："西辞姐，要都像你这么想就好了。

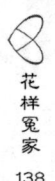

大家不过是挣份薪水过日子,至于动不动就把人训得跟狗似的吗?"

西辞想应该是早晨的事让小张有点儿不痛快,她笑着拍拍他的肩膀:"没事儿,姐就是一路被各种人训过来的,有什么啊?人在江湖飘,哪能不挨刀啊!"

小张笑了,跟上西辞:"姐,你要是红了,肯定跟那些明星不一样,做个表率让他们看看!"

西辞伸出手跟小张击了下掌,说:"得嘞,今儿姐就借你吉言!"

"必须必啊!"

西辞带着摄像师走进准备室,工作人员拦住了小张:"你谁啊?导演见演员,不能拍!"

小张无奈地耸了耸肩,冲西辞做了个"V"字手势,西辞一个人进了房间。

那个导演上上下下扫过西辞之后说:"看着眼熟。"副导演说:"她是秦朗的前女友。最近牡丹台的真人秀节目里就有她!"导演一拍大腿:"想起来了,好像秦朗还有点儿旧情难忘,是吧?"一屋子的人哄堂大笑。

这有什么好笑的?西辞有些恼,但又不能把这恼怒表现出来,只能面无表情地站着。

"你能让秦朗来串串戏不?能的话,女三号你演!"

"不好意思,不能!"西辞真的绷不住了,她说,"如果你们觉得我顾西辞能用呢,就用,如果是因为秦朗用我,那不必了,谢谢!"

西辞走出房间时,听到背后人的嘲笑声:"不靠秦朗刷存在感,干吗满世界嚷嚷自己是秦朗前女友啊?"

小张追上来,问怎么样。西辞不答,快步往前走。

西辞站在人来人往的街头，心里落了一片白茫茫的大雪。自己真的不是演戏的这块料吧？！如果真的狠不下心来嫁给邱冬至，就去找个小镇住下来，经营一家小店……西辞的心颤了一下：这是要孤独终老的节奏吗？不行，她顾西辞不是悲观的人，不会让自己落入那样的境地。她相信，她还会爱，身体里爱的能量还没爆发完，她要跟爱人一起共度余生，像宇文老师和意竹老师那样，执子之手，与子偕老。

她抹了一把泪，跟小张说："我想找个地方静静，能别拍我了吗？"

小张犹豫了一下，伸手关了机器，他说："姐，你想去哪儿，我陪你！"

西辞突然想回母校看看，真的好久没回去了，不知道意竹老师的血压还高不高？宇文老师呢，还会背着意竹老师抽烟吗？

学校仍然是老样子，不过换了一群面孔，每张面孔上都写着明亮的"希望"两个字。这里面会有大明星，也会有演了一辈子戏都没人能叫出名字的那种，当然更多的是散落在世界的各个角落里，做着各种当初谁也不会想到的职业。

西辞在校门口的咖啡店坐了会儿，并没有去见自己的恩师。她觉得自己没什么脸去见老师，自己没能沉下心来，还是急吼吼地想出名。

校园门口，西辞对小张说："你还是打开机器吧，我不想你回去没法交差！"

他打开了机器，说："西辞姐，你这么善良，真的不太适合在这个圈子里混……"

西辞很认真地纠正他："我没有想混，还有，这个圈子的确鱼龙混杂，但是善良的认真做事的人还是占绝大多数。你相信不善良、不努力的人会做出好作品来吗？记住，你相信什么，就会看到什么。"

那话，更像是西辞对自己说的。

03

回到水榭居已是傍晚时分。

周喜喜正盘腿坐在沙发上吃着薯片看《熊出没》，凯文在健身房里练肌肉。周喜喜一见西辞回来，立刻跳起来："西辞姐，我和凯文刚还在念叨你，你怎么才回来啊，我饿得前胸贴后背了。快点做饭啦！"

顾西辞瞟了一眼客厅，心里的火噌地往上冒，费了那么大力气收拾的屋子像被打劫过一样，到处是食物的包装袋、包装盒、穿过的衣服……

西辞瞪了一眼周喜喜说："等我干什么？喜喜，这镜头还跟着呢，你能不能收拾收拾，这样播出去好吗？"

周喜喜扫了一眼客厅："怎么啦？这不挺好的吗？若秋不是说了嘛，越自然越好，这是真人秀，又不是演戏，西辞姐，你太紧张了吧？"

"家里还有谁？都叫出来！"西辞终于决定发一次飙。

周喜喜会错意："西辞姐，你不是要请大家吃饭吧？别去太远的地方，这附近，我搜搜……"

"去把大家都叫出来！"西辞又说了一遍，"我们一起住，总不能把这住成……那啥吧？"西辞很想说猪窝，一想有点儿过分，又一时词穷。

跑出来的只有凯文，他跟周喜喜一样头脑简单，根本就没看出西辞的怒火，他说："西辞姐，我想吃你做的培根芝士意面……"

"我累了,你们出去吃吧!"西辞再次把火压在了心里。

西辞进房间看了一集电视剧,头疼得厉害,出来倒水,看到大家正吃着不知道是谁叫的日料。

苏菲购物扔下来的袋子都堆在门口,门口的拖鞋被踢得七扭八歪。餐桌上、茶几上散落着各种餐盒和饮料瓶子、纸杯,厨房里不知道谁吃的西瓜皮放在料理台上。

西辞端了水出来,段嘉木给西辞让了位子说:"西辞,过来吃点儿!"

西辞坐了过来,手里捧着热水杯,清了下嗓子开了口:"我想跟大家说点儿事,大家能不能吃完东西,把垃圾顺手扔出去?我知道你们都是明星,动一动都有经纪人、助理跟着,但现在咱们算是室友,每个人不能只想着自己。还有,之前规定的每天轮流做饭,希望都能遵守!"

"哟,西辞,什么时候选你当班长啦?"苏菲不愿意被数落,酸酸地呛了句。

"就是嘛,咱这里有个老阴天若秋就行了,再加个你,妈呀!"凯文接茬儿道。

"什么,老阴天?为什么管若秋叫老阴天?"周喜喜关注的点一向跑偏。

凯文一向自我为中心惯了,不搭理周喜喜:"每天跑通告跑得腿都细了,西辞姐,能者多劳,况且,你整天在家,闲着不也是闲着,是吧?"

"说得就跟你干活了似的?那这外卖还是我叫的呢,这几个人里我挣得比谁多啊?我说什么了吗?"凯文不接自己的茬儿,这让周喜喜挺恼火,找到机会,她也火上浇油,诉起苦来。

秦朗端了杯咖啡从房间里出来，西辞心里一惊，他不是明早的飞机吗，怎么这时候就回来了？

一时间，众人沉默。秦朗坐在桌子一侧，说："你们继续！"

段嘉木满脸歉意地对西辞说："我这些天总在外面跑，以后注意！"

苏菲不咸不淡地来了句："哟，还真是懂得怜香惜玉啊！"

段嘉木的脸一红，不再吭声。那次苏菲和西辞说体贴话被段嘉木听到之后，两个人到底发生了什么，西辞一直不知道，只是觉得段嘉木跟苏菲说话时，都陪着一点儿小心。

西辞心里的那座火山终于喷发，她说："对，你们都是大忙人，你们都得跑通告，那我是来这里扮丫鬟的还是来给你们当保姆的？什么叫闲着也是闲着，什么叫能者多劳？喜喜，你叫个外卖你就叫屈，楼梯角落里吸引小飞蛾的黑塑料袋是不是你扔的？要扔扔到明面上也好收拾，还扔到角落里……怎么想的啊？"

周喜喜的脸涨得通红，梗着脖子嘴硬："凭什么就说是我扔的？这里六个人呢，再说了，是节目组的人扔的也不一定。"

西辞气得哆嗦："还想让我说得具体点儿吗？咱俩合租那么久，我连这点辨别力都没有，我还能诬赖你？"

之前两个人合租时，周喜喜就这样干过，屋子里生了飞蛾，西辞找了两天才找出罪魁祸首。周喜喜显然没底气再争辩，噘着嘴，满脸不高兴。

"苏菲姐，我说你，你也别不高兴，你每天做完面膜能不能把袋子好好装起来，里面的东西流出来，踩在地板上很滑!"

秦朗过来拉了一下西辞,说:"有话好好说,冲动是魔鬼!"

"少管我!"西辞就像个烟花筒,不把最后一点儿火药都放出来是不会罢休的。

"谁让你打扫,谁让你做饭了?你自己装贤妻良母,现在又心理失衡,你活该,你怨谁?人生来就是有分工的,妞儿,你认命啊!"苏菲撂下狠话,起身扭着丰满过度的身子回到自己的房间。

"我活该?对,我是活该,一水池的脏盘子脏碗,不做饭也就算了,吃完饭了还不洗!还有你们三位男士,用公共洗手间能不能有点儿公德,我来这里不是打扫卫生的,也不是当老妈子的。有句话我本不该说,但既然话已经说到这了,我顾西辞也不怕得罪谁。如果大家都忙,以后各吃各的好了。"

西辞说完,转身往自己的卧室走去。

身后段嘉木问:"今天怎么了,发这么大脾气?"

周喜喜哼了一声:"装得跟'白莲花'似的,脾气大着呢!"

"你说谁呢?她刚才说的话哪儿错了?她有义务伺候我们这帮人吗?"秦朗的声音不怒自威,周喜喜没了话。

"西辞姐今天去见组,是不是不顺利啊?"凯文猜测说。

西辞躺在床上,人轻飘飘的,门被敲了一下,没等她开口,门开了,灯亮了,秦朗端了一碗加了荷包蛋的汤面进来。

"趁热吃点儿再睡。"

"我不饿!"

"不饿也得吃,难道还想再晕一次吗?"

西辞坐起来,很认真地吃那碗面。秦朗站在她面前,她说:"能闪开点儿吗?那么大个儿,挡着光!"

秦朗坐在化妆凳上:"慢点儿吃,还有!"

"你回去吧,我会吃的!"

秦朗不语,看着她吃。

"我刚才是不是很过分?"

"有点儿!"他伸手擦了一下西辞唇角沾的蛋黄。她一直都爱吃蛋黄,不对,她不是胆结石不能吃蛋黄吗?他怎么把这茬儿给忘了。

"我忘了你不能吃蛋黄了,胆还疼吗?"他的眼神里全是担心。从前,半夜她疼得撕心裂肺的,他一个人跑几条街去买药。有一次,他要陪她去医院挂急诊,她不肯,他知道是怕花医药费,他们当时的确是没有钱。她疼得冒汗,他急得掉眼泪,恨不得疼在他身上。那些一起熬过的日子眨眼之间都被丢进了时间的回收站里,如今,那些记忆醒了过来……

"摘了!我现在是无胆英雄了。别惹我!"

她说得轻巧,他听得惊心。五年的时光,发生了多少事呢?他与她之间又站了多少人呢?从前手割破一点皮都要大呼小叫的姑娘,把胆摘了时,是谁陪在她身边呢?

"其实,我也没想跟大家发脾气的,只是,大家都太过分了。我辛辛苦苦收拾的房间,我跪在地上擦的地板,我忍着恶心扔的垃圾,没一个人说句感激的话也就算了,还个个理所当然拿我当用人使唤!我顾西辞怎么就这么倒霉啊?在戏里端茶送水伺候小姐夫人,在生活里还要伺候你们这帮大爷!谁不是爹妈的心肝宝贝啊?凭什么啊?"泪水流到嘴角,他拿了纸巾轻轻地替她擦掉。

"明天,这些都交给我!都怪我,早知道这样,我就不该答应参加这个鬼节目!"他的自责写在眼里。

"你才知道啊！"西辞的语气带有几分娇嗔的味道。

"西辞，你后悔了吗？"他弯下身，脸贴得很近。

西辞抬头看了一眼摄像机，秦朗顺着西辞的目光看过去，起身拿了条毯子盖到镜头上，动作利落得一气呵成。

有人迅速敲门，秦朗并不开门，他说："晚一点儿我跟若秋谈。"

若秋很快出现在门外，秦朗开了门跟若秋不知道说了什么，又返回来，关上门。

"你许诺了什么？"

"我许诺说我会帮她搞定苏大潜！"秦朗坏坏地笑。

"要说苏大潜搞不定若秋还差不多！"苏大潜告诉过西辞若秋是他前女友，他说："西辞姐，有什么不好跟若秋开口的，你发短信给我，我训她！"西辞还嘲笑他，说："敢训前女友，那纯粹就是找死的节奏！"

"这你还真说错了，工作中强势的女生在感情里未必强势。参考苏菲！"

西辞低头不语，额前一绺头发垂到眼前，秦朗伸手帮西辞把额前的头发别到耳后。

"你知道你为什么到现在还不红吗？"

"打住，我不想让你分析我有多倒霉！"

"错！没有人会天生倒霉。你没听过那句话吗，性格决定命运。在这个人人都裹着糖衣的时代，你就是颗炮弹！谁会喜欢被炮弹击中？"秦朗难得那么严肃，这话在西辞听来却异常刺耳。

"你觉得刚才的事我应该装聋作哑，然后继续任劳任怨地干下去？你也跟若秋想的一样，觉得我活该？"西辞身上的刺又竖了起来。

"你能不能好好听我说话!"

"说吧!"西辞瞪着秦朗。

秦朗斜靠在梳妆台上,不紧不慢地说:"不是说这事儿你不该说,而是要讲究说的方式。在镜头面前,你说苏菲乱扔面膜,说周喜喜把垃圾袋扔角落里吸引飞蛾,说我们不洗碗、不收拾公共卫生间,你说我们的脸往哪儿放?这段在节目里播出去,哪家的粉丝不得来骂你啊?"

"知道就别做那些事啊?粉丝骂就骂,反正又不会少块肉!"

"你看,你看,你这脾气还想着混演艺圈,你还是歇菜吧!"

"歇菜就歇菜,我老老实实演戏,我还真就不能憋憋屈屈做人。我要是能那样,我早就……"

"早就红了是吧?"秦朗的眼里带着坏笑。

西辞抄起枕头打过去,秦朗双手抱住枕头,用力过猛,把西辞一把抱进了怀里。

"离我远点儿,我这么不红,小心我身上的晦气传染给你!"她说。

"我不!"他的眼睫毛真是长。从前,她不睡时,总爱离得很近地看他睡觉,他的眉毛又弯又浓,他的睫毛比女生的睫毛还长。他总是突然醒来,把她揽在怀里,问:"是不是觉得我太好看,你赚着了?"

"少臭美!我是看你的脸上有颗痘!"

"别掩饰了,就承认你被长睫毛天使给迷住了,多好!"她吃吃地笑,他的吻落下来。

那是曾经的甜蜜,现在想来,仍然可以闻到百合花的味道。

屋子里安静了下来，能听到彼此的呼吸声。他呼出的热气落到她脸上，两个人目光碰撞在一起，那么近，她的长睫毛几乎能扫到他的脸。他的手臂更加用力，人几乎倒在西辞身上，西辞当然承受不住，于是向身后的床倒去。唇碰到唇的瞬间，他没有放开她，她含混地拒绝，他抱得更紧，两个人的唇像久违的老友，熟稔又羞涩，缠绵又甜蜜，让人舍不得……

时间在那一刻停止，世界甜腻得像块抹茶蛋糕。

她侧过身对着他，手扣着他的手，轻幽幽地说："你明明知道我不是那样的人，你还相信网上那些乱七八糟的话。我顾西辞就是没戏演，就是穷死、饿死，我也不会去当第三者破坏别人的家庭……"

"我说我从来没信，你信吗？"

一颗泪滚了下来。他侧过身，头枕到胳膊上，伸手抹掉西辞眼角的泪。

"傻丫头，别哭，一切都会好起来的！"

她又笑了，她在他耳边细语如丝，吐气如兰："我们……真的有了奸情，怎么办？"

"要不，热拌？"他搂上来。

"讨厌！"她的心没有给出答案，身体却已经给出了答案，她还喜欢他，喜欢他的吻，喜欢他的小无赖。

他握着她的手指了指自己说："我要让你知道，这片鱼塘都被你承包了！"

"讨厌！"她笑。

他的唇再次蠢蠢欲动，敲门声却响起："秦老师，秦老师，您说过半小时后让我找您，现在半小时到了！"

"唉！"秦朗再次仰面躺在床上，西辞笑嘻嘻地捏着他的鼻子。

两个人谁都不去管门外的事，只静静地躺在那张床上，十指相扣。

日子恍若回到了从前，从前，他爱谈天她爱笑……梦里花落知多少。

他们谁都不知道，他们在房间相拥的这一段，若秋的节目组没能录上，却被别人录了去。

他们当然不会想到隔墙有眼，根本就没想起拉窗帘这回事。

04

塞翁失马，焉知祸福。高峰如愿拍到之前在游乐场的那个男人送顾西辞回来，顾西辞晕倒在水榭居门口，秦朗抱着顾西辞冲进屋子里，然后有医生进来。

他的第一反应是，会不会顾西辞怀孕了啊？如果孩子是秦朗的，那这新闻可大了。

他守在水榭居外，人都快冻僵了，医生才出来，节目组派车送。高峰连忙去开自己的车，跟到医院，结果让高峰大失所望，顾西辞不过是过于紧张劳累。他打电话给工作室的前辈，前辈让他赶紧回来，说："我们拍到顾西辞去探班被古宛言扇耳光！"

高峰返回工作室，那个拍到片场大料的同事正在两眼放光地讲事情的来龙去脉。高峰接了句："这节目组够坏的啊，这么复杂的人物关系还要往一起弄！"

同事把相机扔给高峰说："这就叫戏剧冲突！真人秀节目要不弄出点儿花样来，你当观众手里的遥控器失灵了哪？"

高峰挺沮丧的，秦朗与顾西辞这事儿一直是自己在跟，现在倒让同事抢了大料。虽然不是独家，但是加上他后续的那些照片，他们工作室的东西便成了最详尽完整的。只是，他变成了陪衬，这让他很不甘心。

05

第二天一早，西辞醒得很早，心里乱成一团麻，不知道该怎么样面对秦朗，也不知道该怎么样面对室友。

敲门声响起："丫头，起来跑步去！"

不是秦朗又是谁，他这么高调，这人真的什么都不怕吗？他们不再是电影学院籍籍无名的学生，他是当红明星，而她现在也成了焦点人物。他们松开手放掉的爱情能原封不动地回来吗？

她打开门，看到神清气爽的秦朗。

"就算是看到帅哥，也不用这么目不转睛吧！"秦朗夸张地伸出两指扫了一下额前的头发，摆了个造型，浮夸得像十七岁见到漂亮女孩的少年。

西辞没忍住，笑了，她说："就算你摆平了若秋，我们也不能交往过于频繁。秦朗，昨天的事，我们当什么都没发生吧！"

秦朗伸出长胳膊把西辞抱住，说："就是跟你跑跑步，你总是想太多。你那小脑瓜天天七想八想的，累不累啊？"

"哦！"他这样说，西辞倒是有些失落。

两个人跑出了水榭居，小张扛着摄像机在后面跟着，西辞小声说："这倒真的像演戏了。"

"你没看出来这屋里很多人都在演吗？也就你是真性情！"他踩了她一脚。她站住踢了他一下："我认真想过你昨天说的话，或许，你说的是对的！"

秦朗停下来，歪着头看顾西辞。西辞低头看了看自己的衣裤鞋子，再摸摸自己的脸："怎么了？哪儿不对吗？"

"果然有长进，知道反省了，其实哥一向说得都对，关键是你这自以为是的丫头老跑偏。"他伸手拿掉她毛衣上的一根头发，她小声提醒："小张拍着呢！"

"拍就拍，这又不是激情戏！"秦朗故意跟西辞走得很近，西辞脚一踢，人像小鹿一样闪到一边吃吃地笑。

小张跟着也笑了，两个人俨然热恋的情侣。小张喊："喂，你们能考虑考虑我这个单身狗的感受不？"

"活该，谁叫你做电灯泡的！"

大概是同时意识到这份亲密，两个人一时间有点沉默，无声地走了一段路。树叶都落得差不多了，万物萧条。

"她……跟你闹了没？"西辞把手里的一根草棍折了一节又一节。

"谁……哦！那件事根本是她无理取闹。西辞，如果我说人在江湖，身不由己，也许你会觉得矫情，会觉得我在找借口，但我真的希望你能相信我，给我一点儿时间。"

西辞不知道自己该如何理解他的话，他的意思是他需要一点儿时间处理完"江湖"上的事，然后跟自己复合吗？

"我并不重要，建设，重要的是你的心。无论你做什么，都请遵从内心的真实感受，做了不后悔，这就够了！"这话有些"鸡汤"的成分在里面，但这是西辞的真心话。过往种种皆成云烟，爱过也好，恨过也罢，走到今天这一步，西辞没后悔爱过这个男人。她希望他能幸福，这便够了。

"我不是那个二十五岁的毛头小子了，我做过令自己后悔的事，我不想重蹈覆辙了！"

"那么，这位成熟的大叔，请你帮我支支招吧，我现在急需危机公关啊！不然，水榭居里我就成孤家寡人啦！"西辞赶紧扯开话题。

"近朱者赤，近墨者黑。跟我在一起时，没见你情商这么低啊！让我给你的情商充值？嗯，怎么奖励我？"秦朗很享受西辞的依靠。

"哪有这样的人啊？什么都没做呢，倒先要上奖励了，差评！"

"亲，无利不起早的道理你知道不？要想别人帮你出力，你就得在他眼前挂一根胡萝卜，这叫提干劲，懂不？说吧，有什么奖励？要是值得呢，我就赠你一锦囊妙计……别说让我自己想奖励哦，你知道我的刀可是很快的，宰起人来……"秦朗的手上下翻飞，西辞笑弯了腰，小张跟在后面偷着乐。

"我给你做好吃的！"

"不吃，减肥！"

"是谁让你减肥的，有没有天理？"西辞的反应很大。秦朗一米八的个子，大概是平时锻炼得好，是那种穿衣显瘦，脱衣有肉的类型。

"暴露了吧？心疼了吧？"

"少自作多情。中国好前任，帮帮我吧！"西辞撒娇，自己先脸红了。

"不帮！"秦朗迈开大长腿直直地走在顾西辞前面。

"怎么啦？"

"生气！"

"为什么？"

"说你没脑子，你就举例子，谁要当中国好前任？有人愿意接受这个称号吗？你以为这是最受欢迎男演员奖啊，随手就扣我头上！伤自尊了！"

"唉，这世界吧，就是求人最难。得了，我大方点儿，要什么奖励你说！"

秦朗站住，似笑非笑地看着西辞，继而身子探过去在西辞耳畔说了句什么。西辞的脸红得更厉害了，她娇羞地白了秦朗一眼说："你这不是趁火打劫吗？"

秦朗转身故作"高冷"之姿："不同意就算了！"

"乘人之危！"

"背成语词典呢？还有啥？"

"好吧！你得帮我挽回他们的心，有一个不理我都不算数哦！"

秦朗伸出手来，西辞无奈地拍上去。

"成交！"

"那我教你一个方法，两个字，真诚！咱俩现在就去买菜，然后回去做饭，把大家都请出来，真诚地道个歉，我相信大家都不是不懂道理的人，一定会给你改过自新的机会的。"

"就这？"

秦朗点了点头。

"我才不呢，又不是我错，他们心里应该都明白，凭什么我还要做饭，还要道歉啊？"

"就是因为他们心里有愧疚，你再给一个台阶，他们还不就坡下驴啊？傻姑娘，哥的智慧，你一点儿皮毛都没学去，还敢抱怨自己运气不好……"

"小张，你觉得行吗？"西辞犹豫着问小张。

小张从摄像机后露出半张脸："我觉得秦朗哥的提议可行！"

秦朗一个屋一个屋地去请大家，大家总得给点儿面子，其实都想找台阶下呢！周喜喜还接到了邱冬至的电话，邱冬至严厉地说："我是怎么跟你说的？以你的潜质在娱乐圈摸爬滚打一辈子都未必能浮上水面，现在有这么好的机会，你是怎么去的你不知道？你去的目的是什么，你也不知道吗？聚拢人气，你这样不顾形象，只会帮了顾西辞，你知道吗？"

"是她多管闲事的！"

"你别说她，我就说你！"

周喜喜疑惑，发生在水榭居的事邱冬至怎么会知道呢？难道是顾西辞打了小报告？不过，不像啊？自己跟顾西辞合租这么久，也没见邱冬至说她什么。算了，不想了，赶紧跟西辞和好才是正事。唉，头疼。周喜喜正发愁时，秦朗请她出去吃饭，周喜喜可不就乐呵呵地出来了嘛！

"西辞姐，有要我帮忙的吗？"

"把那几个盘子洗一下，一会儿盛菜！"

"好嘞！"

大家坐在一起，西辞给每个人都倒了酒，场面略显尴尬。苏菲仍然板着一张扑克脸说："哟，你这丫头猫一天狗一天的，戏份会不会太足了？"

西辞的脸僵了一下，桌子下秦朗踢了她一下，她弯了身子说："苏菲姐、嘉木、凯文、喜喜，还有秦朗，昨天的事怪我，是我太直肠子……"

秦朗又踢了一下顾西辞，周喜喜叫了起来，众人的目光聚过去，秦朗才意识到自己踢错人了。

"是我口不择言，希望大家大人不计小人过，原谅我，我先干为敬！"西辞一扬头，一杯酒喝了进去，喝完不停咳嗽，秦朗忙站起来给她拍后背。

秦朗说："她昨天去见组，人家老拿我说事儿，这丫头倔，心情不好，回来又看到早上辛辛苦苦收拾的家一团糟，这才急火攻心……"西辞看了一眼秦朗，他怎么跟自己的老爸似的，女儿惹了祸，他出来给大家道歉。

"西辞姐，我也有错，我年轻，应该多干点儿的。以后，看我行动吧！"周喜喜这坡下得连跑带颠，生怕顾西辞把梯子收回去，自己在《前缘》节目组没法做人，也没办法向邱冬至交代。

"是啊，西辞，我们都有该反省的地方。我们合住在一起，的确需要磨合。以后呢，需要我做什么，直接喊我就行，别客气！"段嘉木一向温和。

"好！"西辞点头答应。

"西辞姐，我真不是故意的，我以后一定改。喜喜，你要记得提醒我，咱俩要争取一帮一，一对红！"大家都笑了。

苏菲不表个态好像也说不过去，她说："咱还是定个具体的值日表，谁哪天干什么都写清楚，谁要是有事，就相互换一下。"

"这个提议好！"秦朗早有准备，掏出纸笔，六位明星很认真地讨论如何做家务。小张看了摇摇头，说："这画面，还真是醉了！"

角落里若秋长长地松了口气，她发短信给苏大潜说："一切搞定！"然后她把顾西辞叫出来："做好心理准备，古宛言会来水榭居做客。不用太紧张，一起来的还有别的明星！"

顾西辞的心里一惊，情绪有点儿激动，问若秋："非要这样吗？"

若秋不咸不淡地将了她一军："怎么，你怕面对？"

怕面对就可以不面对吗？反正自己是砧板上的肉，是切是砍，随便吧！

"他知道吗？"

"知道！"

一股无名火腾起，他什么都知道，却让若秋来告诉她。她裹了裹身上的毛衣。

"多穿点儿，明天可能会下雪！"若秋提醒说。

西辞的心里已经是大雪弥漫。

06

第二天一早，果然大雪。

西辞站在窗前，看到窗外很多工人在扫雪。若秋从外面进来，从西辞身边经过时，漫不经心地说了一句："高速封路，古宛言今天来不了！"

西辞很想像没完成作业的小学生突然听到老师说不收作业了一样伸出手喊声"耶"，但转念一想，自己真的做了什么见不得人的事吗？就算是有问题，也是她跟秦朗之间的问题不是吗？她怕什么！

出来吃午饭时，西辞惊奇地发现苏菲和段嘉木挨着坐在一起，段嘉木给苏菲夹菜，言语之间尽是温柔。周喜喜大呼小叫，指着他们俩说："你们之间……有奸情！"

段嘉木居然很羞涩地回答："我们决定给彼此一个机会！"

"哇，我还以为我们这里最有可能旧情复燃的是秦朗哥和西辞姐呢，没想到你们两个……"周喜喜兴奋得跟这件事跟她有多大关系似的。

倒是苏菲淡淡的，有一口没一口地吃着蔬菜沙拉，看上去有些恍惚。

"昨天睡得好吗?"秦朗的关切溢于言表。

"我没事儿!"

"知道!你向来没事儿!"

凯文一脸羡慕的表情,说:"秦朗哥,那制片人肯定肠子都悔青了吧?没想到黑你不成,反倒让你更红了。我今天听说HY公司找你谈下一季的广告合同了?"

西辞注意看秦朗的表情,他有些得意,说:"慢慢你就会知道,在这演艺圈,也不是谁想踩死谁就能踩死谁的。演戏还得先做人!"秦朗这话说得老气横秋,一时间,饭桌上冷了场。

"老兽"来送任务卡,他说:"晚上包饺子,吃过饺子,一起看部爱情电影吧!"

"大家一起吗?"

"不,只有你们俩。他们另有任务!"

后来,西辞才知道,苏菲和段嘉木被安排去参加了一个慈善活动,周喜喜和凯文被安排去参加牡丹台的另一档娱乐节目,做背对背的访谈。

那或许也是节目组故意安排的,好让秦朗和西辞单独相处。西辞心里却画个了问号:不是说高速封路了,古宛言都不能过来,那他们怎么可以出去呢?不过,古宛言不来,对她而言算好消息,她不打算追问这个。

西辞去和面时,秦朗说:"我们简单些,我开车去买些饺子皮吧?"

"不用!"

"你要逞强到几时?"他不明白前一天还好好的,他还帮了她,怎么一夜之间她又摆出了一副爱理不理的臭脸。

"不用你管!"西辞故意闹着别扭。

秦朗果然孩子气，他板着一张脸，看也不看顾西辞。顾西辞也没想说些什么，自顾自地拿出擀面棍压皮。秦朗端着装着馅的盆出来，"咣"的一声放到面板上，他说："凭什么他们要我干什么，我就得干什么？"

西辞迅速地捏好一只饺子，并不理睬。他就像个幼儿园大班的孩子，闹就闹吧，反正摄像机跟着呢。

"干吗不说话？哎，顾西辞，你不能人前人后两副嘴脸吧？"

西辞把舀馅的勺子扔到盆里，说："回屋说！"

打开电脑，两个人在微博上私信聊天。

"古宛言要来这里做客，你早知道这事，是吧？"

"知道！"

"你们打算置我于何地呢？她打了我，她来这里，你们谁想过我的立场？"

"西辞，你听我说……"

秦朗的打字速度实在是慢，他抓起手机："这事儿是我们公司安排的。他们希望借此机会让宛言跟你和好，至少是表面上的。这样做一是为了帮我减少负面新闻；二是为了帮古宛言提高知名度，挽回恶女形象；三呢，这个节目也需要话题……"

"很好！一石三鸟。只是，秦朗，这跟我有什么关系呢？我为什么要配合你们演这出戏呢？"

"你听我说，这是公司和节目组的意思，跟我无关，我反对了。我跟若秋就差翻脸了，我说这已经违反了合同，合同里我要求不能伤害你！"

"没事儿，反正致命的一刀都扎过，也不差这一刀。秦朗，你出来吧，我能成全这么多，我也没什么好怕的！"

两个人黑着脸从房间里出来，闷声包着饺子，气氛很古怪。

饺子包到一半，苏大潜来了，匆匆跟西辞打了个招呼，凑到秦朗的耳边小声说："哥，古总有话要跟你说！"

"我去去就回！"秦朗站起来，拿了衣服跟苏大潜一前一后走出水榭居。

古总是秦朗经纪公司的老总，看样子又有什么事发生了。

西辞包完饺子，给苏大潜发短信："出了什么事吗？"

短信很快有了回复："哥不是得罪人了嘛，那制片人到处找人黑他，之前谈的广告也都泡汤了。这节目播出后，很多商家看中了哥的高人气，又重新找上来，不过……"

"不过什么？"西辞急忙问究竟。

"你和古宛言片场的事闹得很严重，古总很不高兴。经纪人当然是听古总的，跟哥提条件。古总要古宛言来节目组做客，哥坚决反对，他甚至说如果她来了，他就会找律师跟公司谈解约……"

西辞愣愣地坐在那儿，原来事情并不是她以为的那样。古宛言今天没来，并非大雪封路，而是秦朗决意抵抗，她还是误会了他……

定定地坐了一会儿，西辞心想：如果自己还有利用价值的话，她愿意配合吗？她这么微不足道的人在他跌入低谷时，还可以助他一臂之力吗？

西辞回房间刷了下微博，热门话题已经是"花心男秦朗疑似退出《前缘》节目组"了。她看着下面那些恶毒的评论，突然很恨自己，当初都没做他通往明星路上的绊脚石，现在要做吗？

西辞整个人轻飘飘的，泪水不知不觉地滚了下来。

"好冷啊！这天，待在家里吃饺子，多幸福啊！人呢，我不在就偷懒不包饺子啊？"秦朗跺着脚搓着手开门进屋。

西辞急忙抹了一把眼泪，仔细站在镜子前看了一下自己，才笑着跑了出去："就等你回来下饺子！"

秦朗一改之前的冷脸，活泼了起来，端着饺子，跟着电视唱《小苹果》，他说："骑马舞你会跳吗？哦，我忘了，你四肢不协调。"说着，他劈开腿，跳了几步。西辞笑了："你要走谐星路线吗？嗯，别说，脸有点儿像憨豆先生！"

那不过是撑着说几句轻松的话。

秦朗吹着口哨把饺子赶下了锅，他站在锅边煮饺子，西辞在一边剥蒜。有那么一刻，西辞恍然觉得五年的时光被抽走了，他们仍是窝在出租房里穷却快乐的恋人。

一顿饺子吃得像团圆饭，其乐融融。两个人心里都有事，但两个人都决定压下心事，珍惜当下。

为看哪部电影两个人争执了好半天，最后决定石头、剪刀、布，谁赢了，谁做主。

赢的人是秦朗，他选来选去选了《泰坦尼克号》。

那部电影西辞是每看必哭，那时每年寒暑假回家，坐的大巴上经常放这部片子，西辞几乎能背出台词来，但还是会掉眼泪。

秦朗总是默默递纸巾的那个，然后总忘不了跟西辞辩几句："杰克和露丝是没走到最后。如果船没沉，顺利到岸，养尊处优的贵族小姐和三餐不继的穷画家会怎么样呢？肯定不出一周就分手了。爱情能当大米吃吗？你们这些女孩啊，就容易上这个当。"

西辞总是恨恨地看着秦朗说："你知道你现实得让人不寒而栗吗？"过一会儿又问："秦朗，我们之间如果相差悬殊，

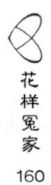

你是不是就不爱我了?"

秦朗捏她的鼻子笑:"我要是杰克,我也肯定会爱上你!"

那是个让西辞没法满意的答案,于是,她也会像很多女孩那样一遍遍问他爱不爱她,仿佛一遍遍确认过了,那爱情才真实到让人安心。女人们管这叫安全感。可是,那又有什么用呢?他随口说出来的话,落到空气里,浪费的也不过是一点儿口水。那时还在浓烈地爱着,谁也不知道会碰到现实冷冰冰的壁垒。

现在,他竟然又选了这部电影来看,西辞很想问他:"你还相信爱情吗?"

两个人坐在沙发上,有一点点别扭,要保持什么样的姿势呢?不是恋人,她自然不能躺到他的腿上,各自坐在沙发的一头,又太过疏远。西辞的身体绷得很直,头发一丝不苟,倒是秦朗半躺在沙发上,他说:"每天都在演爱情,爱情究竟是什么呢?"

西辞警惕地看了一下摄像头,秦朗说:"不用害怕,我已经声名狼藉了,再坏也坏不到哪儿去!"

那是句太过沮丧的话,有点儿自暴自弃的味道。西辞很想给他一点儿安慰,却不知如何说出口。

没过多久,西辞就发现秦朗睡着了。人斜躺着,应该很不舒服吧,他皱着眉,西辞拿了条毯子帮他盖上,他的身子一歪,头正好枕到西辞的腿上。西辞搬了搬,没搬动,只好放弃。

客厅里只有一台固定好机位的摄像机亮着,人也只剩下了西辞与秦朗。西辞终于放松下来,精力集中到电视屏幕上。

黑暗里,杰克与露丝上演着生死情,西辞依旧感动到流泪。秦朗的手抓住她的手,她的心一颤,以为他醒了,可是他不过是翻了个身而已。她不敢动,怕一动就打破了什么。

杰克浮在冰块上对露丝说"我爱你",西辞的眼泪落到秦朗的手上。那一刻,她想,或许他们可以继续。可那是贪念,她立刻把它打回去。

西辞不知道,很多事在秦朗从水榭居外面回来的那一刻,已经发生了改变,只是她浑然不知而已。而她,在心里也做了决定,只是他也不知道而已。

再或者,所有的一切,也不过是命运那个爱恶作剧的孩子出的一道考题而已。

电影到了结尾,黑暗里的他不知道是梦魇还是早已清醒了过来,他说:"对不起!"

一句"对不起",辜负了多少"我爱你"!

西辞的手指梳着他的头发,他枕在她的腿上,从前,这是他最安然的状态。她低声说:"不用对不起。"

他睁开眼,坏坏地笑,小声问:"这屋里除了咱俩还有人吗?"

"没有,只有那些'眼睛'!你想干吗?"

"我想要奖励!"

"不行,会被拍到。"

"我可以爆料!不就是交换嘛!"他耍无赖。

秦朗起身抱起西辞,跑进西辞的卧室。

门被踢上,毯子盖住了摄像头。

这一次,秦朗居然没忘记拉窗帘。

那是个势在必行的吻。他在她耳畔轻声说"我想要的奖励是吻你"时,这场风雨就在酝酿,加之中间百转千回的欢喜与怒气,这吻变得如同滋味醇厚、后劲强劲的伏特加。

良久，她说："让古宛言来做客吧！"

他仰身，眼睛微微地闭着，似在回味。他的手握住她的手，他说："我会处理好的，不用你管！"

"不行！"她俯着身子，看着他的脸说，"我等你！但我的条件是，无论什么时候，都别拿自己的事业开玩笑，答应我！"

秦朗睁开眼看着西辞，迟迟不肯点头，他说："没名时，我们想要名；没钱时，我们想要钱。可那时，我们不知道我们有多富有，我们每天挥霍着多少幸福。西辞，这几年，我的后面像是有一只狼，我使劲地跑，跑得浑身是伤都不敢停下来。我成了没有灵魂的人，成了断了线的风筝。有时候，深夜突然醒来，我会想，自己这是在干什么呢？我有再大成就，有再多粉丝，又怎样呢？我的快乐呢？我那么焦虑，我害怕被比较、被超越，我甚至害怕别人挖我跟你的旧情。我在镜头前彬彬有礼，像个绅士。可我知道我不是，我是个会发脾气的普通人……"

"每个人都有烦恼，每个人都焦虑、抑郁，这是这个时代的病。不怪你！我不也总是怨天尤人吗？总觉得别人成功都是走了狗屎运，我自己红不了是因为那些人没眼光，但我们的生活总得继续下去。秦朗，我们不知道将来会怎么样，但我们现在要好好把这个节目做完。我不会演戏，我会好好地以主人的心情来接待古宛言，可以吗？"她的目光清澈得如同雪山下的溪水。

"如果我们对自己有信心，无论是古宛言还是今宛言，都是不相干的，对吗？"

秦朗不吭声。西辞的吻落到他的脸上，吻到了咸咸的泪水。

"答应我！"她轻轻地拍了拍他的脸。

"你也答应我，别让自己受到伤害！"他说。

她没有吭声。她早已不是那个动辄脸红掉眼泪的"玻璃心"女孩了，她的心已经是铜墙铁壁，能伤害到她的人和事已经不多，除非是她在意的。

07

人生不过是一张由无数道选择题组成的考卷，多选题并不多，多的是非此即彼的单选。

比如古纪德黑着脸给秦朗出的选择题：选项A，同意宛言去水榭居做客，同时配合公司宣传，私下给媒体透露消息说二人已经订婚，他跟顾西辞已是过去式，节目里的一切不过是节目效果，当然，这些一定不能让若秋知道；选项B，不同意A选项，公司会按合同办事，他负面新闻缠身，会被冷冻处理，至于何时解冻，全看造化吧。

与其说这是给了选择权，倒不如说是要挟。

古纪德五短身材，据说是电影学院导演系毕业，后来做地产起家，曲线救国，终于成立了一家经纪公司，手下签的明星众多，不在乎砍了秦朗这一棵摇钱树。

古纪德穿着深蓝色纯棉格子休闲衬衫，抽着雪茄，他说："秦朗，这圈子里红一阵就沉得不见影儿的例子还少吗？就不用我给你举例子了吧！还有，再红的明星也怕没作品，没曝光，人家粉你是想当粉刷匠吗？"古纪德被自己的幽默感给逗笑了。

秦朗坐在古纪德的对面，神色淡然，他并没有配合古纪德笑一笑，他说："我不爱宛言，您真的希望您最心爱的女儿嫁

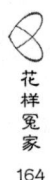

给不爱她的人吗？"

古纪德抽了一口烟，吐出个很标准的烟圈，烟圈慢慢消散成"妖魔鬼怪"，罩住古纪德和秦朗。

"宛言小时候喜欢芭比娃娃，但每一个芭比娃娃到她手里不超过一个星期，她就玩腻了。只有一个例外。那是限量版，她一直没买到，一直心心念念，向我做过无数个保证，只要拿到那个芭比娃娃，肯定好好爱它。我终于托人买到，拿到她面前，你猜怎么着？她只玩了一个晚上便把它扔到一边了。那不过是小女孩的占有欲，越得不到的就越想得到。"

古纪德瞟了一眼秦朗，说："现在，你就是一个芭比娃娃。得不到，终生想念；得到了，玩玩就腻了。所以，我并不担心！"

秦朗心情复杂，但他早已学会了不动声色，说："我不想当谁的玩具，我只想跟心爱的人在一起！"

"可以，前提是你得有那个资本，你现在还只能做提线木偶！"古纪德不愧是商业的血雨腥风洗礼过的，心硬如铁。

"那随便吧！大不了，我被打回原形！"秦朗失去了继续谈下去的耐心。

"哈哈哈——"古纪德笑得有点瘆人，"打回原形也变不成原来的你了。你确定你重新一无所有、声名狼藉，顾西辞那个姑娘还会跟你旧情复燃吗？她若对名利没有企图，为什么要参加这么一档节目呢？"

秦朗不想跟古纪德这种人谈西辞是个什么样的女孩，他只是问他："你还相信这世界上有爱情吗？"

古纪德沉默了一会，说出了一句没让秦朗失望的话，他说："爱情就像鬼，听说的多，见到的少！"

那是古纪德会说的话。

秦朗转身离开。

十二个小时后,秦朗给古纪德打电话,他说:"可以让宛言来做客。只不过,我们都是要脸面的人,希望别太过分!"

电话那端,古纪德笑得很放肆,他说:"秦朗,你到底是个明白人!"

六　只顾一时得过且过，这便是我的乱世

01

古宛言带来了刚烤的芝士蛋糕。进了门，她直奔秦朗，秦朗微笑地看着她，她撒娇："也不过来帮人家拿拿，累死了！"

秦朗伸手接过蛋糕，古宛言顺势来了个拥抱，秦朗手提着蛋糕，不好拒绝，整个人像只伸开双臂的熊。顾西辞站在一旁端着咖啡杯笑着看热闹，秦朗冲她挤眉弄眼，西辞故意不接招。

解围的是苏菲，她刚从健身房出来，看到古宛言那副样子，撇了撇嘴，并不想跟这位大小姐打招呼，不成想大小姐看到了苏菲，急忙松开秦朗，款款走过来，说："苏菲姐，您好！我是宛言，我可是您的粉丝呢！"

苏菲不好伸手打笑脸人，脸上挤出一点笑说："您太客气了！"

西辞过来接过秦朗手里的蛋糕放到餐桌上。

古宛言仿佛这才看到西辞似的，很做作地叫了声"西辞姐"，她说："西辞姐，你没生我的气吧？那天的事，都是剧

情需要。"

西辞淡淡一笑："我干吗生你的气啊？你也说了，剧情需要。"

"网上都说咱俩上演了一出宫斗大戏呢！"古宛言嘟着嘴，故作可爱。

西辞不知道怎么往下接。这古宛言还真是有两张脸，一直以为她是温柔婉约的人，没想到私底下……西辞不能往下想，评价古宛言，她很难做到客观。

"哟，那可不就便宜了秦朗，他还成皇上了啊？我们西辞就算没背景、没名气，也还是有傲骨、有傲气的。再说了，男人这东西，心不甘情不愿，女人抢到手有什么用啊？他长着腿呢，不会跑啊？"到底是一个屋檐下的姐妹，苏菲明显偏向着西辞说话。

"苏菲姐，你这话说得好像也不对。不是我想抢，是有人想吃回头草！"古宛言话一出口，就知道自己犯了忌，这节目叫《前缘》，来这里的每个人可都叼着一棵回头草呢！

"你是觉得我们都很没能耐才吃这个回头草的吧？姑娘，你呢也别狂，感情这种事，还真不是你说一就是一，说二就是二的。纵然你年轻貌美、身家了得，也不见得就能得到你爱的那个人……爱情的世界里，灰姑娘与公主的待遇是一样的！"

古宛言的脸一阵红一阵白，竟无法反驳。

倒是秦朗说："整复杂了啊。吃蛋糕！"

"减肥，不吃！"苏菲款款地走开。

厅里只剩下了秦朗、西辞与古宛言三个人。

不能让场面冷掉，这一向是西辞强加给自己的责任。她切了蛋糕给宛言，也切了块给秦朗，自己吃了一口说："好吃！"

古宛言挨着秦朗坐下，问他这段时间睡得好吗，她说："你不在，我天天晚上都睡得不好！"

西辞的目光撞上秦朗的目光，秦朗急忙摇头。古宛言以为那是在答她的话，哆哆地说："我就知道你肯定睡得不好，是想我想的吧？"

西辞站起来说："你们聊，我去跟苏菲姐聊聊天！"

"哎！"秦朗刚要站起来，就被古宛言按了下去。

西辞走进了苏菲的卧室。

苏菲问："你们搞什么？前面她打你，现在来这儿是宣誓主权吗？我就看不明白了，你跟秦朗不是郎有情，妾有意吗？这到底是上演的哪出啊？"

西辞翻着苏菲床上的时尚杂志，好半天才说："苏菲姐，你跟嘉木还能回到从前吗？"

这回沉默的是苏菲。

雪后初霁，阳光从窗子里照进来，照得苏菲和西辞的脸明亮干净。苏菲握着西辞的手说："我在这个圈子没什么真正的朋友。西辞，以后，我们做好朋友吧！"

"我以为我们早就是了呢！"

苏菲爽朗地笑了。

古宛言留下来吃午饭，午饭是西辞和苏菲两个人做的。饭菜端上来，古宛言吃了一口就很夸张地喊："西辞姐，你太棒了，以后谁娶了你啊，可真是赚翻了，又漂亮，又能干，是吧，秦朗！"

秦朗一口牛腩没咽下去，差点儿噎到。

古宛言接着说："秦朗可就没口福吃到我做的菜了，不过，我们可以叫米其林大厨到家里来做，对吧？哎，对了，我得跟我爹地说一声，订婚的大厨要提前定！"

这几乎就是古宛言的独角戏，大家很有默契地冷着场。当然，西辞再有主人翁意识，也没心情出来捧古宛言这个场。

饭吃到一半，周喜喜从外面回来了。她大概是没想到古宛言会出现在水榭居，很吃惊，指着古宛言说："谁让你来的啊？上回你打了西辞姐，这回不会又是来砸场子的吧？"

西辞起身去拿碗筷，说："别瞎说，她来咱们家做客！"

"对啊，我是来做客的。怎么，不欢迎啊？"古宛言可没把周喜喜放在眼里。

周喜喜缓过神来，脸上摆着尴尬的笑："欢迎，我哪敢不欢迎啊！唉，你们不知道，今天上午我们拍的那场夏天的戏，在外面穿着裙子冻了一上午，人都快成冰棍了！"

大家七嘴八舌地说起拍戏的苦，倒是感慨良多。

古宛言把碗里的米饭拨到秦朗的碗里，把空碗递给西辞："再帮我盛一碗热的。"说完，几乎是天真烂漫地看着大家："怎么啦？剧组找西辞姐来，不就是为了省厨师和保洁的钱吗？丫鬟什么的演多了，伺候人的活就干得利落！哎，西辞姐，别盛太多，我减肥呢！"

秦朗的脸色很不好看。

"你还用减肥啊？那我还真就不用混了！"周喜喜本想嘲讽古宛言一句，不成想古宛言回头一呛："这人和人啊，哪是能比的？是狗尾巴草还是百合花，自己还得想想再说，是吧？"

凯文一口汤差点儿没喷出来，周喜喜使劲地踢了他一脚仍不解气，但也无可奈何。人比人得死，货比货得扔啊。

古宛言离开时恋恋不舍，她对秦朗说："我还挺想留下来的，不过，这有点儿不吉利啊，我又不是你前女友，留下来也不合适啊！"这句的针尖是刺向顾西辞的，不过西辞笑了笑，没有计较。

"西辞姐，先把秦朗还给我一小会儿好吧，我们俩……你懂的……"古宛言挽着秦朗的胳膊，脸贴着他的肩膀，倒真的很相配。西辞笑笑，转身进屋，节目播出时配上了文字：那是个落寞的背影，孤单得像个长长的叹息！

西辞站在窗户边，目送秦朗和古宛言坐进车里，车子在白茫茫的雪地里开出去，她心里并不是没有疙瘩，秦朗跟古宛言住在一起吗？他们之间貌似没有那么简单。

02

送走古宛言，西辞约苏菲出去转转，难得苏菲有空。

出了水榭居，苏菲问西辞："你是故意躲着他的吧？"

西辞不语。

苏菲说："我不知道你们的过往，只是看了节目，我觉得你们之间并没有那么简单。既然我把你当成朋友，我就不得不多嘴两句，姑娘，别好了伤疤忘了疼！和好也不是不可以，他得先把身边的花花草草拔干净再来跟你谈。西辞，换别人我不说这些话。"

西辞自然明白苏菲的好意："苏菲姐，我明白的！"

两个人正说着话，工作人员跑了回来，说出事了。

原来，周喜喜和凯文下午没事儿去山里玩，不成想迷了路。跟拍的摄像师回来了，他俩还没回来，若秋已经报警了。

苏菲说："我看天气预报说晚上还有雪，这天眼瞅着就要黑了，这要是找不着……"

"我们多找些人进山分头找吧，这要是在山里冻一宿，那人还不……"西辞刚把羽绒服穿好，秦朗就回来了，问怎么回事，打凯文的电话居然打不通。

若秋冷着一张脸进来，见了全副武装的秦朗和西辞，问他们干什么，秦朗说进山里找人。若秋说："我的祖宗们，你们好生待着我就念佛了。别他俩找不到，再把你们都搭进去，我……"若秋的眼泪流了下来。

这是若秋第一次在大家面前哭，西辞过去抱了抱若秋。

"没事儿的，他们一定会没事的！"

若秋擦了眼泪，她叫上节目组的工作人员一起上山，走时再三叮咛西辞和秦朗他们不要进山，千万不要那边人找着了，这边人又没了。

苏菲有个要紧的活动要参加，段嘉木开车送她，西辞答应一有消息立刻通知他们。

相处了一段时间，彼此间到底还是有了些如家人般的感情。

水榭居从来没这么安静过。

西辞重新把羽绒服和围巾都穿戴上，她说："我们总得做点儿什么，在这儿死等着太折磨人了！"

太阳已经快落山了，两个人往身后的那片山走过去。平日里，它们巍峨在那里是一景，现在却像是恶魔一样，没人知道走进去，它会不会把人再吐出来。

山里本就没什么路，再加上被雪一覆盖，更是一脚深一脚浅的。秦朗拉着西辞的手，他走在前面，她跟在后面。

她喊："周喜喜，凯文！"山里飘荡着她的声音，很快两个人就精疲力竭了。他们倚着山石，她突然说："你知道周喜喜最害怕什么吗？"

"什么？"

"最害怕黑。她睡觉一定要亮着灯睡！她比谁都想成功，甚至为了成功，什么代价都愿意付出。她想证明给她父母看，她十二岁时，父母离婚，谁都不要她，嫌她是负担，是外婆收留了她。她说，她要成为大明星，要让父母后悔……"西辞的泪滑落下来。一直以来，她都很讨厌周喜喜。她势利眼，有用的人笑脸相迎，没用的人理都不理；她争强好胜，只要她想要的，她伸手就抢；她虚荣，没事就百度自己的名字，还冒充粉丝在自己的微博下留言。但她也真实，这些就是她自己告诉西辞的。她说："西辞姐，你得会经营自己。不然，漂亮姑娘一抓一大把，凭什么你红，人家不红啊？会演戏？那也得有戏演才行啊！"

"别担心，这么有活力的姑娘会没事的。他们不过是闲逛逛，不会走太远的！"秦朗看着苍茫的雪野，心里并不是没有担忧，只是，这种时刻，他得先缓解西辞的焦虑。

两个人最终还是决定先回到水榭居。进门前，西辞有些小紧张，希望一开门，门里坐着那群平常她最烦的人，当然，包括周喜喜与凯文。

可是，屋子里和他们出门前没两样，看来并没有人回来。

两个人坐在客厅里，时间绵长得如同见不到尽头的山脉，窗外开始飘雪花了，西辞的心悬在了嗓子眼。

秦朗泡了两杯咖啡，他说："放松些吧。吉人自有天相！"

两个人默默地喝完咖啡。秦朗大概觉得要说点儿什么才好，于是他说："其实啊，生不容易，死更不容易。有一次我拍古装戏，坠马了。原本一切都准备得妥妥当当，不成想那马不知道受了什么刺激，我在马上还没来得及做动作，它噌地蹿了出去，我整个人栽了下去。我的手紧紧地拉着缰绳，头几乎要贴到地面，脑子里闪过的念头就是，这次肯定完了，居然也没那么害怕,松了手,人摔了下来。醒来时,我看到白色的天花板,闻到消毒水的味道。那时,很多人围在我身边,但没有一个人是我想见的……"

西辞知道那次事故。秦朗在医院里躺了一个多月,开始有传言说他也许会终身瘫痪,再也站不起来。那时西辞每天早上起来第一件事就是上网看新闻,这辈子她从来没那么八卦过。

秦朗被送回北京后,她去过他住的医院,只是,她在那家医院的大厅里枯坐了很久之后就回去了。

他们已然相忘于江湖。他生,他死,都不再是她应该关心的事,但她没办法把他从心底抹去。

如今,他谈起那件事,她抱着膝,静静地听他讲。

"医生告诉我,我的脊椎受到了损伤,要做好这辈子都站不起来的准备。那要怎么准备呢?世界在你面前坍塌,你也只能任由它塌下去。西辞,那时候,我非常非常想见你,可我又有什么脸面见你?"

她不知道他曾有过那样的瞬间,她笑了,说:"听说过网上一个段子吗?说,如果全世界都不要你了,你一定要告诉我,我也不要你!"

秦朗看着顾西辞,问:"你现在还恨我吗?"

她摇摇头,又点了点头,再一会儿,她说:"我从没想过我们还能心平气和地坐在一起说说话,你忘了最后那段日子里,我们几乎是见面就吵吗?"

"都吵些什么呢?我都忘了!"

"我也忘了。当时我太没安全感,看到你被女孩们蜜蜂见到花一样团团围住,看到你越来越红,而我们都没办法一起去看场电影,吃顿饭……"

"对不起,是我忽略了你的感受,那时真是自我膨胀得厉害……"

"也是我太过敏感、自卑，其实完全不必要的。当时还是太年轻了……"

两个人沉浸在对过往的回忆里。

门被撞开了，凛冽的冷风吹进来，若秋跟几个工作人员走进来。若秋的脸红通通的，身上冒着寒气。

"找到了吗？"西辞赶紧起身拿了毯子给若秋。

找到了！周喜喜和凯文迷了路，两个完全不熟悉地形的人在山里乱转，更糟的是周喜喜一不小心滚到了废弃的陷阱里。陷阱很深，凯文想找树枝拉周喜喜上来，却怎么都拉不上来。周喜喜在陷阱里哭着说："凯文，你一定不能走，一定不能走！"

等救援的人发现他们时，凯文已经在那儿守了三个小时，几乎冻僵。周喜喜更是昏昏欲睡，要不是凯文一直在喊着她，后果不堪设想。

两个人被送去了医院，好在只是有些表皮的擦伤，没什么大事。

若秋倒像是经历了一场生死劫，整个人都虚脱了一般。

西辞心里感叹，做任何一行都不容易！她起身去给大家炖鸡汤。

03

《前缘》节目每周播一期，很快成了最具话题性的综艺节目。

网上关于"前任"的话题热度一浪高过一浪，很多网友发微博讲自己的前任。有网友说："从前的想法一直是，你若安好,便是晴天霹雳,现在看了《前缘》倒真的是看开了些。不管怎么样,我们一起度过那么多的美好时光。"也有网友说:"我昨天跟前任一起吃了顿饭,感觉还有点儿小温暖。"

对节目里三对嘉宾的表现,评论各有不同。有人说段嘉木分手后还能对苏菲悉心照顾、百般体贴,太难得了。

有说周喜喜傻的,理由居然是凯文这么帅的男朋友,就是死也不能分手啊!还有,周喜喜跟凯文山中出事,粉丝们也一股脑地把怨气都撒在周喜喜身上,她们说:"你脑子里水多,别影响我们凯文哥啊。让他大雪天陪你去浪漫,也真是够了!"

周喜喜噘着嘴问凯文:"你的粉丝们这么嫌弃我,你干吗还理我?"

凯文举起手来喊天地良心,他说:"粉丝又不代表我。再说了,你知道,她们是嫉妒你才这样说的!"

山中迷路事件后,刺猬似的两个人反而生出些小情侣的甜蜜来。这世界上最藏不住的三件事是咳嗽、贫穷和爱情,两个人人前人后眉来眼去的,大家都看在眼里。

面对苏菲,段嘉木的粉丝们醋意大发,说:"老牛吃嫩草这事儿,别扯了。"苏菲的粉丝当然不高兴:"你们整明白点儿,当初是谁哭着喊着抱苏菲姐大腿的,现在人红了,倒翻脸不认人了!"

也有一些网友支持苏菲跟段嘉木重修旧好,他们冲着苏菲和段嘉木的粉丝喊话:"你们爱你们的偶像,那能不能尊重一下你们偶像的选择?苏菲姐和嘉木哥,郎有情,妾有意,男未娶,女未嫁,你们吼什么吼?"

若秋的脸上也终于有了笑容。《前缘》收视率这么好,同时又引发了网友关于前任的热议。很多人都开始怀旧,反省自己在曾经的恋情里犯下的过错。牡丹台甚至做了《前缘》的衍生节目——寻找过去的恋人，不仅年轻人报名参加，还有很多耄耋老人寻找初恋情人。

若秋很兴奋，也很紧张。她的口头禅就是"我们的头上悬着两把剑，一是收视率，二是正能量"。她一再跟节目组的工作人员强调："我们在节目好看的同时，还要传递温情、温暖的东西。我们的节目要让大家相信爱情是存在的，相信即便无缘走到最后，相爱过的人也不应该成为仇人！"也难怪若秋这样一再强调，节目火了之后，台领导特意把若秋及节目主创叫回去开了个小会，说："节目做得好，这值得肯定，但一定要注意节目导向，一定要有正能量，积极向上！"

若秋也有矛盾的时候，她觉得自己背负着沉重的枷锁。她没日没夜，没自己的感情生活，全身心扑到这样一档节目上，到底为了什么呢？但看到自己做的节目被那么多人喜欢，那么多人说起当初分手时的种种遗憾与悔意，她又觉得自己的辛苦都是值得的。因为工作关系，若秋跟苏大潜的接触也多了起来，苏大潜并不多说什么，总是很暖心地给她带些吃的，还给她买了可以随身携带的毛毯。

第四期节目开播之前，若秋把三对嘉宾召集在小客厅里开了个会。她说节目做到现在，舆论无论是对嘉宾还是对节目本身非议都很大，她自己承受的压力也很大。真人秀节目本来就很难做，但她相信，如果一档节目不能触及人的真情实感，那便是失败的。

若秋把话说完，目光扫过众人，众人皆无言。周喜喜一副满不在乎的样子，她跟凯文从最初闹得势同水火到现在温情脉脉，节目组趁势把他们塑造成欢喜冤家的形象。苏菲说来节目就是为了报复段嘉木后，苏菲和段嘉木之间便有些微妙，两个人不再你说我顶，苏菲也心平气和了很多。顾西辞虽不八卦，但还是很想知道发生了什么，想知道网上说的苏菲和段嘉木根本就是对离婚夫妻这事儿是不是真的。不过她不会去一探究竟，等着节目播出或许会现出端倪。

再过二十四小时，第四期节目就会播出了。

西辞的右眼跳个不停，左眼跳财右眼跳祸，不准不准，之前左眼跳也没跳来什么财，倒跳出一堆麻烦，现在右眼跳……是没睡好。想是这样想，西辞还是按照小时候外婆教的方法，找了一张小红纸贴在眼角。

怕出事还是出事了。

04

晚饭时还风平浪静，吃过晚饭，剧组工作人员的手机上先后跳出新闻：《前缘》剧组顾西辞与秦朗卧室亲热视频曝光。

若秋的目光扫了工作人员一遍，然后赶紧点开网页一探究竟，不看不知道，一看心忽地一下掉进了黑夜里。

那的确是顾西辞与秦朗在卧室里亲热的视频。视频里虽然光线昏暗，但很多镜头都相当清晰，更为刻意的是，视频的最后还特意和节目里的卧室、节目里两个人的穿着一一做了对比，力证视频里的两个人就是顾西辞和秦朗。

网站做了专题，网上哗然，不到一个小时，这段视频的点击已经近百万。

若秋手脚冰凉，她看过摄像机拍的每一个素材，没看到过这一段，是谁拍的？是谁把这个卖给了网站？若秋把工作人员叫起来连夜开会，她说："我们这期古宛言来水榭居做客，现在还怎么播？播出肯定会被骂死吧，不光是秦朗，还有我们！

这段究竟是怎么拍到的？是谁拍的？啊？"

"老兽"到底年纪大些，敢在若秋面前说些话："现在不是追究这个的时候，还是想办法吧！当然要播出，不播出，开天窗不成？不过，我们可以改写解说词，煽情的部分我来，死马当活马医，尽量弱化秦朗与顾西辞之间的关系吧！还有，古宛言的戏份也要删。"

若秋踢了一下凳子，脸色苍白，播出在即，也只能如此了。全都别睡了，重新剪片子吧。

节目组人员都不见了踪影，顾西辞还浑然不觉，翻着一本杂志。周喜喜咋咋呼呼地进来："西辞姐，出大事了！"边说边把iPad递到西辞手里。"什么呀？"西辞说这话时，手下意识地按了按右眼角的那张红纸，这眼跳起来怎么还没完了。

目光落到那段视频上，是自己，是自己和秦朗！

西辞脑袋里"嗡"了一下，眼前一黑。

"西辞姐，你没事吧？谁这么缺德啊，把这放网上！"

"你出去，我想静一静！"好半天西辞才缓过劲来，仔细回想那天的情形。秦朗用毯子盖住了摄像头，难不成自己的房间里被人安了隐形摄像头？太可怕了。她起身关了灯，仔仔细细地找，没有发现。她坐在黑暗里，双臂抱膝，自己的形象向来不好，只是这样一来，自己所做的努力都白费了，秦朗会不会被毁了？古宛言和她的老爸会饶了他吗？

她拿起手机，想了半天不知道要说些什么，突然之间很无助。

手机响了，是邱冬至打来的。他的声音喑哑，问："你们……你还好吧？"

她以为他会发火，会骂她，没想到是这句，她突然哭了起来。他说："别哭，有我呢！你只要记住，无论谁问你什么，你都不要回答！"

　　西辞还是给秦朗发了短信："看到了吗？"她不问看到什么了，只是问看到了吗？如果看到了，为什么不第一时间给她打电话，跟她说点儿什么呢？哪怕像邱冬至这样，告诉她没事，一切有他在，让她安心也好，这样做很困难吗？

　　秦朗的电话打了过来，他静默了两秒钟，说："西辞，对不起。"

　　西辞的心是在他说出"对不起"这三个字时凉下来的，他说什么都可以，唯独不能说"对不起"这三个字，他有什么好"对不起"她的？是因为一时兴起玩过火了吗？是因为他做不到跟她一起承担责任，现在事情闹出来，他要撤梯子走人了吗？

　　顾西辞的心变得坚硬，她的嘴角扯出一点儿冷笑，干干脆脆地说："秦朗，我们都是成年人，我会对自己的行为负责，你没什么对不起我的！"

　　西辞没给秦朗说第二句话的机会，挂掉电话。电话立刻又响了起来，西辞瞟了一眼，仍然是秦朗打过来的，她犹豫了一下，伸手把手机关掉，随后整个人躺在黑暗里，轻飘飘的像是没有了重量。她抱紧床上的被子，人缩成了一个"C"字，泪水无休止地流淌下来。

　　破碎就破碎，没什么了不起的。但凡难过，便是强求。强求来的，西辞不稀罕。起了贪念，也不应该。该放手不放手，也是执念。

　　擦干眼泪，西辞继续翻那本杂志，看了好半天，一句话都没读明白。

　　节目如期播出了，秦朗和西辞的镜头被删减了很多，段嘉木与苏菲的互动多了些。他们一同去了从前常去的一些地方，在小咖啡厅里坐着，说着些或许只有他们两个人才懂的话，有点儿像沉闷的文艺片，有点儿闷。但两个人并不疏离，也并不过分亲热，偶尔流露出些许感伤，也是点到即止，并不过分。

其间，段嘉木单独接受了一段采访。

段嘉木坐在一个高脚凳上，整个人被一束光笼罩着，像置身于舞台中央。西辞不得不佩服若秋他们节目做得精心，每个环节都努力做到最好，绝非敷衍了事。

嘉木沉吟了好半天，才抬起头面对着镜头说："我是个只愿意往前走，不愿意往后看的人。我一直觉得人的一生就像是一列火车，亲人、爱人和朋友都像是这列火车上的乘客，有人中途下去，也会有人中途上来。那些下了车失去联系的朋友、分道扬镳的爱人，都如同秋来叶落一样自然。一别两宽，各生欢喜就好了。可是，人非草木，仍然会有惦念。在我的心里，一直有个念念不忘的人，你们都猜到了，是苏菲。这些年，关于我们的过往，网上有很多版本，你们问我会看吗？"嘉木粲然一笑，笑里有着些许孩子般的羞涩。

"看！但那些都扯得太远了。今天我在这里，也没有更多的细节能告诉大家。我只是想说，在那段青葱岁月里，我，段嘉木，她，苏菲，我们都曾抛却红尘纷扰，诚挚、真心、纯洁地爱过……"

屏幕上的段嘉木眼眶微红，身体微微向前倾，这个姿势保持了好半天。镜头静止，人也静止。

苏菲看到这段会不会哭呢？终于有一天，他站出来明明白白地告诉世人：他真心地爱过她，并非图她的钱、图她的名，并非要借着她这棵大树攀上位。这话在他心里压了很久吧，像一座山，又像一个结。在爱情里，两个人都像冲锋陷阵的战士，勇往直前。他们相信自己能用爱情向世人证明一切，可是走着走着，完美的爱情如雾般消散，剩下的只是当初世人看待他们的眼光：看，终究是不相配的，终究还是逃不过分手的命运。于是，他们之间的那点儿真情也像是假的，只有他们自己知道那是真的。

分手后，很多女孩执着的也不过是这句：你真的爱过我吗？如今，段嘉木昭告天下，什么实际的作用都没有，不过宽慰人心罢了，而宽慰人心比什么都重要。即使当年他辜负了她，她也会网开一面吧！当然，也是解开自己的心结，他从来都不是因为她能帮他上位才去爱她的。他爱她，不过是一个普通男人对普通女人的爱，恰巧的是，她是明星，如此而已。

想想自己跟秦朗，倒不必证明什么，爱过，再清楚不过，现在倒像是在雾霾天，看不清对方的脸、对方的心。西辞轻轻地叹了叹，说不上对秦朗是失望还是心凉。

周喜喜去看了凯文的演唱会，拿着荧光棒跟着粉丝们大喊大叫。凯文也去了周喜喜的拍摄现场，周喜喜很大方地向剧组工作人员介绍这是她的前男友。在牡丹台的访谈节目里，周喜喜跟凯文打打闹闹，说到分手原因，两个人异口同声说不记得了。主持人调侃说两个人"神同步"。还真是心有灵犀，好几个问题，两个人的答案都一模一样，两个人还高调地击掌庆祝。那个以知性著称的主持人摇头叹息说自己老了，"90后"的世界他不明白。周喜喜与凯文在山中迷路那件事也做了详尽煽情的讲述，周喜喜从陷阱里被拉上来时，凯文抱着周喜喜说："喜喜，我们再也不分开了，好不好？"那段怎么看都不像是在演戏，否则，入戏也太深了吧！日久生情也未可知。

节目播出后，网友纷纷质问牡丹台，预告里的古宛言与西辞的争吵大战怎么全没有了呢？即便有段嘉木的深情，有"喜文"组合的惊险，秦朗与顾西辞的亲吻视频还是最大热点。

那通电话之后，西辞再没看到秦朗，如非巧合，那就是他故意在躲着她。西辞想，他一定特别后悔一时冲动，他也不过是逢场作戏。这样一想，西辞的心又凉了一些，也罢也罢，就此明白，不会再傻乎乎地盼些什么了。"傻姑娘，你总得醒醒了。"她这样对自己说。

那之后，秦朗一直很忙，早出晚归。偶尔遇到西辞，西辞冷着一张脸，他也只是匆匆打过招呼便把自己关进卧室。

西辞狠下心来，她甚至想，或者就这样把接下来的节目熬完也好，从前她能退出他的生活，现在也一样。经历过这场旧梦之后真的要醒了，不管是嫁给邱冬至还是邱夏至，总要好好地把日子过下去。痛总会过去，痒才是生活的常态。她相信，慢慢地，她会忘掉关于他的种种细节，只要……只要他没事儿。他真的没事吗？网上有传言称秦朗的公司给他下了最后通牒，如不能妥善处理感情问题，很可能会被雪藏。私下里西辞也听到凯文和周喜喜在议论，周喜喜说："因为男女感情这点儿事被雪藏，哪有那么傻的公司啊？"凯文说："你知道什么，肯定是古宛言搞的鬼啊！"

顾西辞嘴角上火，买了菊花茶泡着喝。水倒进杯子里，看着菊花在滚烫的热水里一瓣一瓣舒展开来，西辞的心也慢慢舒展开。原本就是这样，不过把从前没做完的梦又续了一段，这回凉透了，也好重新开始。这样也好，做完节目后，画个句号，各奔东西，再无牵挂，就像段嘉木说的，一别两宽，各生欢喜。

这样一想，西辞的心便轻松起来。这世界丢掉谁，生活都会继续，为情自杀的女人，西辞最看不起。

下午去小剧场，小剧场门外聚集了很多记者。小张也惊着了，急忙跑到近前问西辞是不是话剧宣传。西辞茫然地摇了摇头，正准备打电话问同戏里的伙伴，有眼尖的记者奔了过来，话筒对准她："顾小姐，您知道秦朗和古宛言在微博上宣布他们两个人订婚了吗？"

纵然想得透彻，可事到临头，西辞的脑子还是蒙了一下，他们订婚了？现在吗？他这几天就是在忙这件事吗？她还在担心他，还在担心自己会影响到他的前途，还在后悔自己太过轻率……真是太可笑了。她的脸涨得通红，那是为自己有过的自作多情而生出的羞愧。

记者大概看出西辞全然不知，特意拿了手机过来给西辞看，照片里的两只手叠在一起，手上的情侣对戒亮闪闪的。

"古宛言先发了条微博，很快秦朗就转发了。您难道没关注他们吗？不关注古宛言可以理解，连秦朗都没关注就有点儿说不过去了吧！"这些人难道从来都没意识到自己有多烦人吗？他们非得拿着刀子直捅人的心窝，看到人心汩汩冒出血来才甘心吗？

只一瞬间，顾西辞的脸上便扯出笑容来："很好啊，恭喜他们！"

"顾小姐，您能说说您的想法吗？你们正在参加《前缘》节目，从节目里可以看出秦朗对您还有感情，几天前还曝出你们在水榭居里甜蜜亲吻的视频，怎么这画风一转，秦朗突然宣布了订婚的消息，您不觉得这是对您的冒犯吗？或者说，这只是公司的公关手段？秦朗到底爱的是谁，您心里清楚吗？"

一个长着满脸青春痘的男人语速非常快，快得西辞已然变成木头的脑袋得赶紧抽枝发芽才能不失风度地回答他。

"您也说了，我们参加的是《前缘》节目，只是个节目而已，大家不要入戏太深了。我郑重地跟大家声明一次：我跟秦朗分手很久了，我们来参加这节目也不是为了复合。我们还能做朋友，这是我们的福分，我并没有觉得这是冒犯。他有权利跟女友订婚，而我也有自己的男朋友。谢谢大家！"西辞仓皇地逃进剧场。

"你们各自有恋人，怎么还会被拍到热烈拥吻……哎，你的男朋友是前些日子被拍到的跟你一起去游乐场的人吗？据说他是你的老板……哎……"记者的问题跑进顾西辞的耳朵里。

顾西辞跌跌撞撞地在狭隘的过道之间穿行，不期然被道具绊了一下，整个人跪了下去，疼得眼泪流了出来。

真好！这些眼泪终于有了光明正大的理由，不是因为他的婚讯，而是因为腿疼。

昏暗的光线里，她的眼泪变成了断了线的珠子，蹦得到处都是。

他竟然宣布订婚了，这不是自己希望看到的结局吗？顾西辞啊顾西辞，你怎么那么虚伪，明明想要那个人，还要打着祝福的旗号把他送出去。人家真的宣布订婚了，你又在这儿痛哭流涕，太丢人了。你不早就想好了要为他的事业牺牲自己的感情吗？从前如此，现在也是一样，那还有什么好哭的呢？他这段时间一直躲着她，是怕她纠缠吧？西辞心里冷笑了一下："秦朗，你还是太高估自己了，你也忘了我从前跟你说过的话了。我是那种你走，我不会追的人。"那是她的一点儿傲气，就算其他都丢了，那一点儿傲气也还在。

西辞站起来擦干眼泪，走廊的尽头处阳光洒了进来，照得她睁不开眼睛。从现在起，纵使有眼泪，也只能往肚子里流，绝不能有半点的不快乐让人抓了把柄。

除了那点儿不值钱的傲气之外，她还剩了什么呢？

唯愿风波快点儿过去，自己过回平常的日子。

电话响了，居然是老妈打过来的，她说："西辞啊，我看了你参加的那节目，你表妹也让我看了网上说你的那些乱七八糟的事。你和他怎么还没断干净呢，啊？小辞啊，女人这一辈子要是陷到一段情里出不来，那可就苦海无边了，妈不就是例子吗？"西辞爸过世得早，西辞妈也不是不想再找个人做伴儿，只是，西辞爸太好，西辞妈总不自觉地拿西辞爸的标准去衡量别的男人，结果谁都进不了心里去，从前守着西辞，西辞读大学离开了家乡，屋里屋外就剩她一个人……

"妈，您放心，您女儿是什么样的人，您还不知道吗？等忙完了，我就回去看您！"匆匆挂断老妈的电话，西辞刚刚忍回去的眼泪又涌了出来。

邱冬至从外面走了过来，他说："哭什么，天又没塌下来！"

05

大批记者堵在片场等着采访古宛言时，古宛言正在保姆车里冲老爸大发雷霆。

"不怪你怪谁？是谁挣钱挣红眼了让秦朗参加那种节目的？你明明知道我喜欢他，你不帮我就算了，还把他送到前女友的嘴边上去，你不就是不想让我嫁圈内人吗？我干吗要听你的？你找那些小女友哪个是经过我同意了的？我不管，是抢是夺，反正我就要秦朗！还有，跟公司那些宣传说一声，微博上发那照片能不能修得靠谱点？你看没看网友在说些什么，说那根本就不是秦朗的手，还说秦朗平时发微博用的都是iPhone，单单这次用了Android客户端，这是在玩找碴儿游戏吗？不知道网友里藏龙卧虎什么神人都有吗？"

秦朗参加《前缘》节目，起初古宛言并没放在心上，高高在上的大小姐，有开娱乐公司的老爸在背后撑腰，再加上本人貌美如花，能把谁放在眼里啊？她看得上秦朗，那都是他的福分。可是，节目还没播出，古宛言就觉得不对了，铺天盖地全是秦朗跟那个姓顾的女孩如何如何。那个姓顾的女孩是谁啊？她的名字凭什么跟秦朗的名字扯在一起？

古宛言去公司找了老爸古纪德，古纪德给她分析了秦朗现实的难处。要知道，粉丝是健忘的，你一年没作品，就会有新的偶像取代你的位置了。古纪德拍着古宛言的肩膀说："越是这样的时刻，你越要忍让、要识大体，你在这种时候不离不弃，不添堵、不添乱，他会感激你一辈子！"

古宛言眯起双眼，反问老爸："就是因为老妈不忍、不让、不识大体，你才跟她离婚的吗？"

古纪德转过身去，半响，他很慢地说："小言，很多事，你亲身经历过才会知道其中的滋味。如果你相信老爸，就别把拉风筝的那条线拉得太紧，太紧了，线就断了！对男人，不能太强势，也不能太任性！"

从小养尊处优的古宛言怎么听得进这样的话？她只知道她喜欢的男人现在正跟别的女人扯在一起，甚至有很多人觉得复合大戏值得期待。那她算什么呢？本来秦朗就对她不冷不热，这要再来个劲敌，万一死灰复燃呢？

第一期《前缘》播出时，古宛言很认真地看了，秦朗和顾西辞之间的情愫明晃晃地"闪瞎"了所有人的眼。古宛言心想，坏了。她最为火冒三丈的是秦朗的态度，秦朗对她一直保持着距离感，她发脾气，他便摆出一副无所谓的态度说："宛言，我就说咱俩不合适，是你非要靠过来的。我就是这样的人，你看着办吧！"她便忍了，她想，他又不是冰块，不过现在摆着架子，早晚她会让他爱上自己的。但在节目里，他对那个顾西辞完全是另一种态度啊！他对顾西辞说的话简直就像是偶像剧里的台词，她在场，他的目光就始终追随着她，那是不自觉的、下意识的。能说他是虚情假意在演戏吗？如果真的是，那秦朗完全可以拿奥斯卡最佳男演员奖了。

古宛言给秦朗打电话，都是苏大潜接的，苏大潜说："节目组不让哥带自己的手机。"古宛言河东狮吼："那就给我他在节目组的新电话号码啊！"苏大潜也是个死心眼，说节目组不让给，他得保密，不然会受罚。

为了这个，古宛言又给老爸打了电话。古纪德很不耐烦，问她到底想怎样。古宛言歇斯底里地说："你叫他退出那破节目，立刻，马上！"

那当然是不可能的。

古宛言越来越觉得自己在失去他，或者，她从来都没得到他。她不甘心，从小到大，她看上的东西从来没有得不到的，到手后，她可以不要，但绝不能被别人抢了去。

在剧组，古宛言见到秦朗，很奇怪，没见到他时怒发冲冠，恨不得把他剁了吃了，可是见到他，她就什么都说不出来了，只想对他好，只想好好地爱他。这便是爱情吧！

她在演艺圈并没有太大的野心，只想当漂漂亮亮的女明星。如果不是因为秦朗，她根本不会接这部吃苦受累的古装戏，但为了他，为了跟他多些时间相处，她情愿每天花四个小时化妆，每天背十几页的台词。

在片场，她说："朗哥，这剧拍完，我们去欧洲玩玩吧！那儿的天特别蓝，还有，不管走到哪儿都没人认识咱俩，特自由！"

秦朗把剧本摔到桌子上，说："这台词有问题吧？这么写，这戏怎么拍？"古宛言凑近一点，把刚刚说的话又重复了一遍，这次秦朗给了反应，他说："看心情吧！"

要是别人这样，古宛言早就翻脸了，本小姐赏脸邀你同游，你还看心情？可遇到秦朗，古宛言就没脾气了，她撒娇："我不管，反正我让助理把一切都安排好！"

一切都还没安排好，事情就有些失控了。

顾西辞来剧组探班前，古宛言就在跟秦朗生气。她跟他说出去旅行的事，他始终盯着报纸，她凑过去，看到顾西辞跟一长脸男人和一个男孩在游乐场坐旋转木马。她说："哟，这是一家三口吗？"秦朗起身瞪了她一眼，说："不好好背台词，待会儿一条一条刷，真当是刷微博呢？"当着众人的面被秦朗这样说，古宛言的脸在红白之间转换了好几次。

顾西辞来了，古宛言想，正好撞本小姐枪口上了，她冷笑着说："不是给我气受吗？好，报仇的时机来了。"她跑到导演那儿提议说让西辞客串一场戏，说《前缘》收视率第一，将来这部剧宣传时也增加一个话题点，不是吗？导演人在江湖，自然知道其中的猫腻。如果顾西辞不反对，他有什么理由反对呢！

结果古宛言临时改戏，扇了顾西辞一巴掌。秦朗英雄救美，冷若冰霜地对古宛言，全剧组的人都看得真真切切。

秦朗和顾西辞开车刚离开，古宛言的眼睛就哭成了大桃子。她回到古纪德的公司大闹，她说："不管你用什么办法，我就是要跟秦朗在一起！"

古纪德纵横商界，通透圆滑，唯一的软肋就是女儿古宛言。她向他要一个大明星像要一个芭比娃娃，他不确定能不能给，秦朗还是公司的摇钱树，最近负面新闻缠身已经够让古纪德头疼的了，再让秦朗退出牡丹台的《前缘》节目，那关于他和那个顾西辞的传闻可不就落实了吗？可古宛言哪会想到这些。他说:"那这样行不行,你跟秦朗低调举行个订婚仪式吧?"

"真的?"宛言从沙发上坐起来,泪痕未干就眼睛放光。

古纪德拿了纸巾递给女儿:"当然是真的。想吃什么,我叫人去给你买。不过,在这之前,你得去《前缘》的拍摄现场做做客,咱大度一点,既压住传闻,也摆明身份!"

好说歹说,古宛言点了头。

接下来就是向秦朗施压,他把秦朗叫到自己的办公室,恩威并施,动之以情,晓之以理,说了半箩筐的话,秦朗却死活不从。

秦朗走出古纪德的办公室,古纪德的眉头拧成了大疙瘩。很显然,秦朗并不爱自己的女儿,这样硬把两个人凑到一起,怎么会有幸福呢?但女儿就是个不给糖吃就满地打滚的任性女孩,总得把糖先给她,也许她自己就腻了呢?

一晚上之后,秦朗打了电话同意古宛言来水榭居做客。古纪德本以为一切顺风顺水,尽在自己的掌控之中,不成想,女儿刚高高兴兴做客归来,网上竟然爆出了秦朗与那个顾西辞深夜激吻的视频。

古纪德气得扔了鼠标,这个秦朗还真是不检点,吃着碗里,看着锅里的,当自己是什么人了。

公司的宣传迅速合成了一张照片放在宛言的微博上,又登录了秦朗的账号转发此微博,配上两颗红心。即便如此,秦朗的花名也难以洗干净。没想到古宛言也一通怨言,怪他这个老爸不能帮她摆平一个男人。古纪德苦笑了一下,心里想:"老爸什么都能帮你找到,就是不能帮你找到爱情!秦朗的心不在你这儿,你什么时候才能看清呢?"

古纪德打电话给苏大潜,说:"能联系一下顾西辞吗?我想见见她！"

06

　　此时此刻，比西辞更沮丧、更焦躁的人是秦朗。

　　他在一间装潢考究的公寓里，躺在沙发上，脚翘得高高的，眼睛看着天花板。自己这一路走来，摸爬滚打，吃不下的苦吃了，咽不下的委屈咽了，时至今日，还要牺牲自己的真心换什么吗？

　　都怪自己太过贪心，古宛言的心思他不是不明白，只是揣着明白装糊涂，古纪德也有意无意把他当成乘龙快婿。但这天下就没有白吃的午餐，白得到的，总会以另一种方式偿还。

　　苏大潜敲门进来，坐在地毯上磨磨叽叽，把吃的一样一样摆到茶几上，递给秦朗一双筷子，说："哥，你真的要跟古小姐订婚啊？"

　　"怎么？你不同意？"

　　"我知道这个我管不着，只是……哥，我觉得你没放下西辞姐，西辞姐也没放下你，你们俩挺可惜的！不光是我这样想，若秋也……"

　　秦朗把筷子扔到茶几上，人又倒在沙发上，说："帮我做件事！"

　　"什么事？"

　　"出去，把门从外面关好！"

　　苏大潜知趣地退了出去，屋子里只剩下了秦朗自己，难题再次摆在了他的面前，要江山，还是要美人？

　　经历了这一阵子过山车般的起起浮浮，秦朗想，也许再有名的演员，内心都是孤独寂寞的。一路走来，花团锦簇，可谁知道聚光灯之下，他们一直在掩盖真实的自我，把笑脸、身段、歌喉，以及所谓的光鲜、轻松、快乐抖擞出来，被人观赏追捧！谁能了解灯光暗下来后的那种冷呢？无可相依的孤独感谁又知道呢？

他愿意用全世界的崇拜换爱人的一个拥抱。

只是，他真的可以站出来说这样的话吗？他真的能承受得了被人弃若敝屣的境地吗？

他和西辞的视频被曝光，他也有些蒙了。粉丝们说这一定是顾西辞自己搞出来的事端，是她在炒作自己，秦朗是被无辜陷害的。秦朗当然不相信西辞会做这种事，况且那天发生的事也是自己主动，西辞又不是神机妙算，怎么能设计得到？

他想，反正都曝光了，索性就公布自己还爱着西辞又怎样呢？正想着是要在微博上表明立场还是要开记者会，邱冬至的电话打来了，他说："秦朗，你是不是男人，现在网上把西辞骂成这样，你这不是害她吗？"

秦朗很不耐烦地说："我会对她负责的！"

"你怎么负责？你说你还爱她？古宛言片场打了她，现在你跟古宛言不清不楚就说爱她，你想把她置于小三的境地吗？"邱冬至的声音有些激动。

这倒是秦朗没想到的。

"那你觉得我该怎么做？"

"这得问西辞，看西辞愿不愿意重新接纳你。这也有个前提，你跟古宛言之间要快刀斩乱麻。现在，你什么都不用做，不用跟西辞表白，我知道她现在心很乱！"

"这是她的意思吗？你可以代表她吗？"

"秦朗，不瞒你说，我喜欢，不，我爱西辞，我不希望她受到伤害。至于怎么做，你随便吧！"

邱冬至挂了电话。秦朗愣在那里，如同石像，剧里演过那么多不管不顾的情圣，到了生活里还是要为很多事妥协。

西辞的短信进来，她问他看了吗？

他打电话过去，说了句"对不起"。不过是为网上粉丝们骂西辞的那些话，可是西辞情绪激动地挂掉电话，秦朗越发觉得邱冬至的话是对的。电话再打过去，那边已经关机。

接下来，通告排得密密麻麻，当然，走到哪儿都被记者围追堵截，不回应是他唯一能做的。他让自己忙得像只陀螺，才不会因不知如何是好而头疼。

那晚，在酒店里，他给西辞发短信："现在，能心无牵挂地跟我走吗？只有我们两个人，天涯海角，哪里都好！"

很快，西辞回复："不能。我不知道爱情的火苗能燃烧多久，等它熄灭了，你会怨恨我，我不愿意到最后我们又像从前那样……"

秦朗重重地把自己摔在床上，随手翻开一本书，书上写：人最强大的时候，不是坚持的时候，而是放下的时候。当你选择腾空双手，还有谁能从你手中夺走什么？多少人在哀叹命运无可奈何之际，却忘了世上最强悍的三个字——不在乎。

不在乎？他就是太在乎了，才这样举棋不定。他不爱古宛言，他不会为了讨好老板，为了获得利益跟不爱的女人结婚，至于其他的，顺其自然吧。

放下了，困意袭来。这些天，秦朗第一次睡了个好觉。

一切都会过去的。我们生活在这个世界上，对他人无害，对得起自己的悲伤与欢乐就够了，再劲爆的新闻过两天就会有更大的新闻把它压下去，成为旧闻。

接下来，他知道古宛言在微博上晒出了订婚戒指，而自己的微博也转发了，算是公布订婚，事情朝无可挽回的方向发展下去。

能怎么办呢？苏大潜过来问他是不是真要跟古宛言在一起，他心烦意乱、头疼欲裂。现在这种情形，西辞一定恨死自己了吧？！

一觉醒来，秦朗不再烦躁，打算收拾一下，顺便问问苏大潜自己的行程，如果没有安排，就买块牛腩去水榭居炖锅汤，正刮着胡子筹划着，电话响了。

苏大潜说："哥，你看新闻了吗？"

"没有，怎么了？"秦朗放下剃须刀，走进客厅，打开电视，看到邱冬至站在记者面前说："我想跟大家澄清一下，关于日前网上传的那段顾西辞和秦朗亲热的视频是假的。不瞒大家说，顾西辞是我的未婚妻。我们很快就要结婚了！我信任她，我们公司也做了调查，拍那段视频的娱乐记者也愿意出面做出解释。"邱冬至身后的大屏幕上出现了一个黑瘦男子的身影，只不过他脸上打了马赛克，他说："那段视频的确是经过剪辑的，对此，我向当事人表示道歉！"

邱冬至笃定地环视了一遍眼前目瞪口呆的记者："你们是同行，虽然脸被遮住了，但你们应该对他有印象。还有，西辞和我还有我儿子侃侃同游游乐场的照片也是他拍的。我今天召开记者发布会的目的就是想告诉大家，顾西辞是个靠自己的努力踏实生活、踏实演戏的姑娘，她参加《前缘》节目，那不过是她工作的一部分，希望大家不要曲解她、误会她，向她泼脏水。不然，本公司会向其追究法律责任。"

秦朗把遥控器摔到地板上，骂了句脏话。电视上记者们抢着向邱冬至提问，秦朗手机里苏大潜还在喊着："哥，哥，你在听吗？"

"他为什么要跟记者这样说？"秦朗也分辨不清自己到底

在气什么？气邱冬至否认了自己跟顾西辞的关系还是气邱冬至说西辞是他的未婚妻呢？两者都有吧！

苏大潜匆匆赶了过来，眼睛红红的，他说："我一夜没睡，若秋被台领导骂得狗血淋头，说这节目做成这样，炒作无下限，台里不能接受。若秋如果不能挽回负面影响，节目将会停播！"

秦朗盯着苏大潜，像要在他身上看出一个洞并找出宝藏来，他问："我跟西辞的那段视频真的不是若秋他们节目组偷着录下来放出去的？"

苏大潜的头摇成了拨浪鼓："哥，若秋比谁都看中收视率，但她是个有原则、有底线的人……"

"有原则、有底线会在我的车里装摄像机，然后拿那个威胁我让我爆料？苏大潜，你被那丫头洗脑了吧！"秦朗气不打一处来。

"哥，你还真别生气，邱总这样做，对大家都好。你没见你的粉丝们是怎么骂西辞姐的吗？视频公布出来，西辞姐虽然什么都没说，但你没见她嘴角都起泡了吗？若秋说，她一直在吃降火的药……我知道邱总说西辞姐是他的未婚妻你心里不舒服，可是，这也是唯一把西辞姐和节目组从水深火热中救出来的方法。不然，你能出来告诉大家，你还爱着西辞姐吗？你跟古小姐都在微博上晒订婚戒指了，你把西辞姐往哪儿摆？"

秦朗的手抚在额上，苏大潜说得没错，自己是个懦夫，当她被千夫所指，邱冬至可以挺身而出，挡在她前面做了扛住大漠黄沙的防护林。自己呢？当缩头乌龟不算，还背后插她一刀，他站起来："这节目我不参加了，古纪德那边你也帮我传个话，找律师解约吧。玩不起，不玩了还不行吗？"挫败感让秦朗震怒，自己努力了这么久，一步步走到现在，竟然连自己喜欢的女人都没法光明正大地说出来,他还算什么男人?

"哥,你先别生气,等一切平息下来。至于以后怎么走,你好好想想再做决定也不迟!"苏大潜表现得挺成熟。

秦朗沉默许久,问:"她怎么样?"

"没事儿,至少表面上……没事儿。"

她从前就是这样,就算心里千疮百孔,表面上仍旧一副什么事都没有的样子。换句话说,她有事又能怎么样呢?他能伸出手给她一个最温暖的拥抱吗?他能像邱冬至一样为她面对所有媒体的镜头吗?

他突然想起一件事:"视频既然不是若秋他们放出去的,难道真的像邱冬至说的我们被偷拍了?"

苏大潜肯定地点了点头,说:"娱天下工作室,你知道吗?"

"你怎么知道这些的?"

"若秋见过邱总,邱总说的。"

"大潜,你觉得她喜欢这个邱冬至吗?"秦朗悬着一颗心,他自己都不确定,那心情就像情窦初开的少年郎。

"哥,这个你怎么问我啊?我怎么知道!不过,现实点儿想,邱总倒是个不错的结婚对象。若秋见过他之后,对他赞赏有加,一个劲儿夸他沉稳、识大局。你想啊,现在什么情况啊,他居然会来蹚这浑水?"

"出去,把门关上!"

苏大潜还没走,秦朗的手机就响了。

07

打电话的是若秋,她说:"十点前能赶到公主嫁到婚纱影楼吗?"没等秦朗答,若秋又赶紧说:"我跟大潜确定了,你今天没有别的行程！"

"去婚纱影楼干什么？"秦朗皱了眉头，若秋和"老兽"又搞什么幺蛾子？

"去那儿还能干什么？当然是拍婚纱啊！"若秋说得轻描淡写，这是她的习惯，伺候这些明星嘉宾，哪个不需要她费好些脑细胞才能搞定啊？

"跟谁？"秦朗有点儿蒙。古纪德再厉害，总不会连牡丹台都能配合他替女儿追男友吧？再说了，这刚在微博晒完钻戒，就拍婚纱照……

"你想跟谁？"电话那端若秋笑得很开心，"当然是跟西辞姐啦！每对情侣在恋爱之初都是奔着天荒地老去的，每个女孩都有一个为心爱的人披上嫁衣的梦……虽然你们分开了，但把那错过的时刻补上，不好吗？"若秋总是理由多多，秦朗不知道自己要怎么辩解，她不知道自己的处境吗？更何况西辞……

"秦朗哥，我知道你担心什么，你放心，我跟古总都说好了，我们只是做节目，绝对不会炒绯闻！还有，不知你看了没有，邱总出来澄清了那段视频的事，记者们就算是不全信，但至少有个还算说得过去的理由。我们节目组的微博也发布了声明，说《前缘》是基于对过去恋情的尊重，不会炒作，更不会故意对当事人的情感造成困扰……"若秋都这样说了，秦朗还能说些什么呢！放下电话，他转念一想，西辞心里肯定是乱得一塌糊涂了吧？她那么傲气，传出那样的视频之后，前任就晒了跟现任女友的订婚钻戒，转眼现任男友出来力证她的清白，这个时候，她怎么会答应跟自己拍婚纱照呢？

果然不出秦朗所料，在影楼，西辞冷着一张脸，像秦朗欠了她八百万一样，她说："我这辈子只会跟我未来的先生拍婚纱照！"

秦朗的脸一阵红一阵白，未来的先生？是那个邱冬至吗？他看着顾西辞，说："你既然清楚这只是一场戏，就算心里再不肯也好歹把这戏演完吧！"

西辞瞪着他，好半天才说："你终于承认这只是一场戏了。"

"我不是这个意思，西辞……"

西辞一转身拿了婚纱进了更衣室，秦朗呆呆地坐在那儿，百无聊赖。

另一边，周喜喜喜滋滋地穿上俏皮的婚纱裙出来问凯文好不好看，可凯文一门心思都在手机上。周喜喜问第三遍时终于烦了，过来抢了凯文的手机扔到地板上，手机屏幕碎了，整个剧组的人的目光都聚到那里。

周喜喜也觉得过分了，说："我赔你！"

"拿什么赔？"

"你这不就是iPhone 7吗？我赔你iPhone X！"

"不行！要不，我就受点儿委屈，娶了你算了！"

那帮摄像师"嗷"的一声起哄。周喜喜脸涨得通红，踢了凯文一脚想跑，不料裙摆太长，人斜斜地倒下去。如同偶像剧一般，凯文刚好抱住她，两个人脸对脸，唇与唇之间的距离不过一厘米。

另一间摄影棚里，苏菲打扮得雍容华贵，她调侃说："不知道的以为咱俩这是在拍锡婚纪念呢！"

"锡婚是多少年？"段嘉木边替苏菲整理着裙摆边问。

"十年！"

"哦，我们认识也真的有十年了！"

"哦。"苏菲的目光游离着，并没落到段嘉木的身上。

自从知道了苏菲为自己堕过胎之后,段嘉木一直都在小心示好,送礼物,陪吃饭,只要有时间,他就待在水榭居陪着苏菲,这倒让苏菲心里很不舒服。她说要报复他的那些话,他应该都听见了,她不确定他这是缓兵之计,还是真心想鸳梦重温,但哪一种都不是她想要的。她不是拖泥带水的人,一段情过去了就过去了,况且,她参加这节目也只是想跟所有人做个告别……

苏菲指着窗外说:"又下雪了,今年冬天的雪真多啊!"她想起那一年从电视台出来,他们在北京清冷的街道上踩下的脚印,那"咯吱咯吱"的声音……段嘉木握了苏菲的手,说:"找个机会我带你去看雪,我们去瑞士吧!"

苏菲转过头看着段嘉木:"参加这节目最大的收获就是,我不再恨你了!真的。我苏菲这辈子敢爱敢恨,但也健忘。那天我去医院……哦,我是说我闲着没事,想自己这辈子还欠谁的,谁又欠我的,结果你猜怎么着,想到了你还欠我的。正好牡丹台这节目找我,我一想,这可不是想睡觉来个枕头吗?我们可以把没了断的做个了断。"

"可是,原来那么深的怨念也不过是一口气。我这人受不了别人对我好,你一对我好,我就想,算了吧,一切都过去了,我们也都老大不小了,再翻旧账,挺不值得的……"穿上婚纱的苏菲依旧跟平常一样,一件衣服穿得圆滚滚的,但她是豁达的、无所谓的。

"苏菲,来之前,我以为这不过是一场秀,大不了彼此都不好看而已。可是,这段时间,我很怀念从前,想好好过跟从前一样的日子,不再昼夜颠倒,不再灯红酒绿。给我一点儿时间,也给我们的未来一个机会!说句实在的,我不确定我们能走到哪儿,但我想试一试!"

"我不想试了。真的，感觉很奇怪，从前那样爱你，可是现在我们可以做朋友，一起吃饭、喝下午茶都没问题，但就是别再在一起了。嘉木，我们在一个坑里摔倒过，我不想再摔一次……"苏菲笑得安然美丽，段嘉木无言以对。

西辞穿着羽毛般飘逸的复古拖地长婚纱，头纱如同一片雪花落在精灵的头上，那种古典轻熟女的气质被很好地衬托了出来。刚刚还在和周喜喜吵架的凯文吹了一声口哨，跑过来说了句惹得周喜喜再次怒发冲冠的话："西辞姐，你漂亮得太没天理了吧！"

秦朗一身燕尾服，手插在裤子口袋里，目不转睛地看着顾西辞。

这么漂亮的姑娘差一点儿就是他的妻子了。

今生还能挽回吗？现在，他是别人的未婚夫，她是别人的未婚妻，南辕北辙，相距又何止千里万里。只是，真的就这么放手，各自走各自的人生路吗？

四周响起鼓掌声。"西辞姐是很漂亮，不过，漂亮给别人的未婚夫看，也未免风骚得太过明目张胆了！"站在影楼门口的不是古宛言又是谁？

最紧张的是若秋，她几乎像颗炮弹一样冲到古宛言身边："宛言，我们录这段，事先跟古总打过招呼了。你也知道，这只是节目，一切都不当真的！"若秋好不容易平息了秦朗和顾西辞的视频风波，在台领导面前几乎是立了军令状的，再出一点儿岔子，自己呕心沥血策划的节目真的就会被砍掉了。所以，若秋难免如临大敌。

古宛言脸上还是笑着，手起手落之间却扇了若秋一巴掌，声音清脆得如同一把刀砍到翠竹上，她说："当个导演就了不起吗？宛言也是你叫的？"

整场寂静。

谁都知道古宛言大小姐脾气，但谁也都知道娱乐圈再如何有背景，还是有些规矩要遵守。虽然若秋年纪不大，但她是导演，在节目组里，多大块头、多大年纪的工作人员都得听她的，如同军纪。

当然，古宛言不归若秋管，但她来节目拍摄地撒野，太过分了。

苏大潜最先冲过去挡在若秋前面，他说："你不是叫古宛言吗？你的名字不能叫吗？当个导演没什么了不起的，仗着老爸欺负人就了不起吗？"

四周的摄像机齐刷刷地对准古宛言。古宛言只是一时头脑发热，根本没想到后面的情形，一看摄像机都对准了自己，情急之下伸手去挡："别拍，拍什么拍！"

秦朗走过去，拉着古宛言就往外走。

"别拉我！我自己会走！"古宛言走得跌跌撞撞，秦朗却大步流星，丝毫没有停下来的意思，小张扛着摄像机跑着跟出去。

"你没事吧？我去给你拿个冰袋！"苏大潜疼惜地看着若秋脸上的红手印。

若秋冲苏大潜微微一笑："古大小姐除了打耳光练得好之外，好像也没什么本事吧？不过，这一个耳光打得好，我会让它变得很值得！"

若秋的目光意味深长，那一刻，苏大潜突然觉得面前这个娇小的女孩很陌生。他只知道心疼她，她却似乎在下一盘很大的棋。他们之间突然就隔起了一堵墙。

08

　　古宛言闹场，婚纱照仍旧拍了下去，只不过，西辞是一个人拍的。影楼的摄像师不断地比出"OK"的手势，不吝惜溢美之词，西辞却有些恍惚。

　　早上，邱冬至给西辞打电话，告诉她他找到了那个偷拍她和秦朗亲热视频的娱记，告诉她他已经想好了处理办法，告诉她他会召开记者招待会。他说："我会告诉大家你是我的未婚妻，我相信你是清白的。"西辞的眼泪滚了出来："你大可不必，邱总，我们……"

　　"这不仅仅是为了你，也是为了节目不受牵连，还有就是公司利益。"邱冬至说得公事公办，西辞倒不知道要怎么反对了。

　　"把你自己都搭进去，值吗？"她问。

　　"你为什么不想我这是假公济私呢？"他答道。

　　两个人再无话。西辞实在是累了，只觉得头疼，只想睡觉，可是节目组送来了任务卡。

　　西辞拿到任务卡就火了，明明是《前缘》，干吗要拍婚纱照啊？前一天秦朗与古宛言还在微博晒钻戒，昭告天下，古宛言是他的未婚妻，紧接着邱冬至就出来认领她。两个人各自安好的戏码刚刚演完，又要拍婚纱照，这也太狗血了吧！

　　没等西辞去找若秋，若秋就来找她了，她满脸疲倦，瘦成了纸片人。

　　她坐在西辞对面，面无表情地说："西辞姐，我知道你心里有诸多不满，但是，这是节目，并不是真实的人生。我相信观众会有分辨力！"

"观众真的有分辨力吗？连古宛言都觉得我们是在假戏真做。况且……秦朗和古宛言都宣布订婚了，我这样，不是等着挨骂吗？还有，邱冬至宣布我是他未婚妻的事，你也知道吧？"

"知道。骂又怎么样？谁能骂一辈子？网友关注也不过就是一两天的事。况且，你的微博大幅度涨粉，喜欢你的人也比从前多很多吧？"

这倒是真的。在一片骂声中，力挺西辞的人也很多，他们自称"故人帮"，希望西辞与秦朗能够再续前缘，走到最后。

西辞知道自己再说什么都没有用，穿上婚纱站在他面前的那一瞬间，西辞突然觉得这个场景自己仿佛经历过，是在梦里吗？

人总是会有那样的时刻，会在某一瞬间觉得此刻发生的事情是自己经历过的，明明没有却历历在目。

从前，西辞从婚纱影楼旁经过时，总会有意无意瞟上两眼，想象一下自己穿着婚纱的情景。西辞当过两次伴娘，每次看到新娘父亲把新娘的手放在新郎手里时，她总会眼睛湿润，同时也心生怅惘。自己跟秦朗说好一生一世，转眼就走散在人海里了。

再怎么做梦都想不到两个人还有今天这一幕，西辞的目光跟秦朗的目光交汇在一处，这时古宛言又出现了。

古宛言那巴掌应该是打在她的脸上吧？网上很多人说西辞是史上最没皮没脸的"小三"，明明都分手了，现在再做回头草缠着秦朗，还介入古宛言和秦朗中间。秦朗的粉丝们自动发起了抵制顾西辞的活动，他们说："咱们朗哥好好的前程，不能让她这么一个没名的黄毛丫头给毁了！"

那些话放在从前，西辞连看都不会看。可是现在，自己像被搅进了一锅热油里，身在旋涡的中心，又怎么能做到老僧入定般淡然自若呢？邱冬至也许真是一根救命稻草，他是为了遵守自己让他假扮男友的那个约定吗？他并不表明心意，是真的对自己失望了还是不想给自己压力呢？想起自己跟秦朗在卧室内热吻的视频，西辞都脸红心跳，没有哪个男人看到自己喜欢的女人跟别的男人这样你侬我侬还能假装什么都没发生吧？

回到水榭居，西辞直接进了自己的卧室，刚躺下，苏菲就在门外喊："西辞，出来帮我收拾收拾房间吧！"

西辞那次发火之后，水榭居的状况好了很多，每个人都竭尽所能地在做家务。周喜喜做得不好，西辞就教教她。她是个聪明的姑娘，更为难得的是，西辞发觉她并不像自己以为的那么处心积虑，只不过功利心强些，事事想要冒个尖儿而已。

苏菲并非真的要西辞帮忙，只是想跟她说说话。西辞帮着苏菲整理衣服，苏菲说："如果我是你，就把烦恼都扔到河里去。这些都不该你来烦，要烦，让秦朗烦去！"

"哦？"

"秦朗是要江山还是要美人，这不该他烦吗？我看古宛言那也是不作死就不会死！她这两巴掌，一巴掌把秦朗的心意打出来了，另一巴掌啊，哼，把若秋也打到你这边来了。西辞，这古宛言没准还成了你跟秦朗之间的关键助攻人物呢！"苏菲说得斩钉截铁。

"苏菲姐，您这说的什么啊？若秋怎么会被打到我这边来呢？"西辞把衣架塞进一件外套里。

"别揣着明白装糊涂啊！若秋小小年纪能做到牡丹台这么重要的节目的导演，我倒不担心她的心胸，她是个做大事的人。但是，她也是女人。相信我，古宛言的那一巴掌，若秋会好好利用的!"

西辞默不作声。

"秦朗跟她订婚的事,他怎么跟你说的?"

"没说。"

"你也没问?"

"我有什么资格问呢?更何况,我跟他真的没什么了!"西辞的目光飘向别处。

"你们俩啊,还真是!当局者迷,旁观者清。西辞,我说过当你是朋友,你也别总端着,对人热情点儿,至少把你的心意表明了,至于他怎么做,那是他的事。但话也分两头说,如果你真的跟他复合,我也很担心你会再受一次伤害!"苏菲的手按在西辞的肩上,轻轻地叹了口气,"我早上看了邱总的那个记者会,邱总人还真不错。西辞,姐姐还真有点儿嫉妒你了。两个男人,你真要慎重考虑下!"

西辞的脸红了,真的轮得到她做选择吗?眼下这种情形,她谁都不会选,她不会选一个心意游离的男人,也不会选一个她不爱的男人。

"你呢,跟嘉木怎么样了?我看他最近很努力地在追你。"

"我也很努力地在找我们从前的感觉,可是,西辞,从前爱时,他做的一切我都觉得那么可爱,可是现在,他做什么,我都没感觉了。人啊,还真是……"苏菲的目光也飘了出去。

"苏菲姐,你说的都是真的?你们之间不可能了吗?"西辞更想知道,真的是覆水难收吗?

"现在的阶段是无爱无恨,我连最初参加节目报复他的心思都没了,很奇怪吧。"苏菲又叹了口气。西辞抬头看看苏菲,脸上的妆依然很精致,只是突然觉得她有些苍老了。谁又能不老,谁又能留得住青春呢?

"我们失败过一次,只不过那次没有好好收尾。这回圆满了,这样再分开,以后谁都不欠谁的,挺好!"

西辞帮苏菲挂那些包时,很多药噼里啪啦地掉了出来。苏菲弯下腰收起来,她说:"平平办事越来越敷衍了,让她把药单独放一个收纳包里,她还是放这里。"

平平是苏菲的助理。她没说那是什么药,西辞也没问。

吃晚饭时,秦朗回来了,一脸的苦大仇深。周喜喜帮他盛了饭,他坐下,大口吃了起来。

周喜喜拿着遥控器看娱乐新闻,结果几个台的娱乐新闻从头看到尾,都没说婚纱影楼发生的事。周喜喜噘着嘴说:"我还以为她又能靠扇巴掌上头条呢!这新闻的速度不行啊!"说完,又埋头刷手机,网上居然连一点儿风声都没有,这么大的新闻,怎么会一点儿口风都没有露出来?

凯文不满意周喜喜那八卦的劲儿,拿筷子敲了敲周喜喜的碗边:"喂,喂,好歹你也是一个小明星,怎么看别人出事那么幸灾乐祸啊?"

"哎,你话说清楚,我看谁出事幸灾乐祸了?我这不也是关心咱自己的事吗?你想想那古宛言多嚣张,打完西辞姐,竟然连若秋都敢打。这样下去,下一个被扇的肯定就是……"周喜喜的目光落到秦朗脸上。

"喜喜,你能不能坐下安安静静地吃饭啊?"苏菲急忙出来打断话题,她说,"段嘉木,今天看我穿婚纱,后悔了吧?"

敢于引火往自己身上烧,西辞从内心感激苏菲。

段嘉木一脸尴尬:"请问美女卖后悔药吗?"

"不卖!"大家都笑了。

秦朗说:"吃完饭咱们玩真心话大冒险吧!"

"有什么真心话,不必玩游戏,你也可以现在说。"段嘉木刺了秦朗一针。在这段日子里,段嘉木跟秦朗喝过几次酒,从最初的假想敌到现在有些惺惺相惜,秦朗现在身陷烂泥,段嘉木也很不舒服。他明白,把一个人当成劲敌有多愚蠢。江山代有才人出,各领风骚数百年。现在哪还需数百年,三五年就很久了。就算自己当红,没准哪一天,一个颜值更高、人缘更好的"小鲜肉"横空出世,资源在短时间内就都是他的了。所以,把谁当成敌人,是非常傻的事。

他们一起喝酒时,秦朗说起他跟西辞的过往,说着说着就掉了眼泪,他说,这些年表面风光,实则越来越孤单。这一点段嘉木也深有同感,他更委屈的是他还顶着个"靠女人吃软饭"的帽子,这几乎成了他的原罪。无论他多么努力,取得多大成绩,到最后,人们都会轻描淡写地扔下一句:"有什么了不起,当初还不是靠苏菲上位的!"

段嘉木当初肯接下这个节目,其中一个原因就是为了证明自己真的爱过苏菲。然而当他听到苏菲跟西辞说起他的背叛,她去堕胎,他心里的罪恶感便迅速长成参天大树,他觉得自己太对不起苏菲了。一个女人,不顾天不顾地地爱上他,他怎么就那么混蛋呢?他像《复活》里的涅赫留朵夫对玛丝洛娃一样,他愿意跟她重新开始,可他总在她的眼里看到质疑……

秦朗这家伙还玩什么真心话大冒险,他就不能爷们点儿,直接对着镜头说"我爱顾西辞,我要跟她在一起"吗?段嘉木便将了他一军。

"可是,我想玩!"周喜喜不懂察言观色地说了一句。

"好!凯文、喜喜,你俩洗碗,西辞,你去找扑克,咱们俩一组玩牌,输的就受罚!"

西辞看了秦朗一眼,转身去找节目组的工作人员要扑克,在心里琢磨着要问秦朗什么问题才好。

可那天的真心话大冒险终究还是没玩成,因为,意竹老师过世了。

六 只顾一时得过且过,这便是我的乱世

七　我们要互相亏欠，我们要藕断丝连

01

　　意竹老师的追思会结束后，宇文老师的儿子特意来找秦朗，让他和顾西辞留一会儿，老爷子有话要对他们说。

　　西辞哭得眼睛红红的，秦朗一直默不作声地陪在她身边。

　　宇文老师家的那栋旧楼他和西辞不知道去过多少次。西辞是意竹老师招进来的，她喜欢西辞，也喜欢秦朗。她叫他们俩来家里吃饭，特意嘱咐他们早点儿过来，结果两个人没吃早饭就过去了。意竹老师让他俩陪宇文老师说说话，她去包饺子。

　　宇文老师是个侃家，跟两个学生古今中外地聊，聊得肚子咕咕叫了，问意竹老师："什么时候能吃上饺子啊？"意竹老师笑盈盈地答："快了，快了！"再问，又答："快了，快了！"

　　西辞跑进厨房看，意竹老师正笨手笨脚地擀饺子皮："昨天超市买的饺子皮太硬了……"

　　意竹老师实在是不太会做饭。西辞拿过擀面杖，很麻利地擀出了饺子皮。

　　那顿午饭，他们直到两点才吃上，西辞饿得前胸贴后背。

宇文老师却特别知足，他说："你们意竹老师一年到头下不了几回厨，能吃到她做的饭，我还是沾你们的光啊！"

两位老师平常忙，都在学院的食堂解决吃饭问题。那天从老师家回来，西辞还感叹："宇文老师对意竹老师简直就是溺爱，她什么都不会做，他都觉得好！"

秦朗看了看西辞："你什么都不做，我也觉得好！"西辞笑了。

那是个秋日，秋高气爽，秦朗与西辞坐在路边喝着一杯奶茶。不远处，一对情侣吵得翻天覆地，男孩在前面走，女孩就在后面大声哭。男孩回来，女孩就指着男孩的鼻子骂，男孩急了，说："我们分手。这次谁要是回头，谁就是王八蛋！"女孩也急了，上去扯着男孩的胳膊又踢又打，她说："你回不回头，都是王八蛋！"

西辞笑了，握住秦朗的手说："咱俩以后就算要分手，也要好好分手，是不是？"秦朗狠狠地瞪了西辞一眼："你要分你分，反正我不分！"

不过是一眨眼的工夫，两个人还是散了。

宇文老师的家依旧是老样子，简单，却处处彰显着两位老人不俗的品位。书房里，书桌上意竹老师画的半页墨竹还躺在那儿，仿佛墨迹未干，画家不过是去洗手间了。西辞见到，眼泪又涌了出来。

藤椅上，头发全白的宇文老师一遍遍地洗茶。

西辞接过老师手里的茶壶，慢慢地洗杯，再斟满，双手捧着递给宇文老师。宇文老师喝了一口，一开口，西辞的泪又流了出来。他说："一想到再也喝不到你们意竹老师泡的茶了，我的心就空了。"

爱人就是这个样子吧！离开了，猛然一想起，心里"咯噔"一下子，你所熟悉的那个人再不会回来了，心就空了。

"别哭！意竹老师啊，最放心不下的就是你！这些日子她病着，可是每个周末还是会看你们那个《前缘》节目。每次看都叹息，说，多好的一对，怎么就散了呢！还自责，说当初要是多抽出点儿时间跟你们聊聊，兴许就不会……"宇文老师的语速很慢。秦朗抬头瞟了一眼西辞，西辞垂着头，像做错事挨批评的小女孩。

"秦朗啊，老师得批评你！一个大男人，首先得处理好自己的事情才能演戏。按理说呢，老师不应该管你们的私事。我知道这娱乐圈是个名利场，人在其中，难免虚火上升，但人得知道自己在做什么，知道自己要什么。爱她，就不要放手；不爱，就站得远点儿，不要挡住那些爱她的人看她的目光！"宇文老师年岁大了，可老师的威严一点儿没少。

秦朗的头上微微冒出汗来。

"老师，不怪他，是我太浮躁，总觉得熬不出头，为了出名才接下了这节目。真的不怪他！"西辞极力给秦朗开脱。

"到了我这个年纪，你们就会知道了，这世界上没有什么东西比爱人更值得守护了。我很高兴我先送走了意竹，如果我在她前面走了，她那么难过，要怎么过下去呢？现在，这难过的机会给了我，我愿意承受，因为，我何其幸运，能够跟她牵手一生……"宇文老师说得眼眶湿润。西辞握住老师的手，默默地掉眼泪。

"意竹老师给你们留下了几句话，你们听听吧！"

阳光浅浅地从窗户落了进来，初冬的午后，意竹老师的声音流淌在房间里。

"西辞啊，老师一直想跟你聊聊，好好聊聊，但一直忙这忙那的，总想着会有机会的，会有机会的，可我现在躺在医院里了,我已经不太愿意见人了。我看了你们在节目里的表现,我还挺激动的。我跟你们宇文老师说啊,这俩人分手了,还能心平气和地一起做节目,不容易。

"是啊,人这一辈子不容易。遇到,相爱,分开,都是缘分。我运气好,碰到宇文老师,西辞啊,我知道当初你为什么离开秦朗,老师那时总是想,为了他好,做这样的牺牲值不值得。我打电话找过秦朗,但那时他听不进去任何话,也恰好,你跟那导演的事闹得沸沸扬扬……"

秦朗的目光落到顾西辞温润如瓷的脸上,想要看出一点儿端倪,西辞却低头啜泣。

"我不知道听我说这些话时秦朗在不在,如果在,我也想跟秦朗唠叨两句。如果你爱一个人,就请完全地信任她吧!否则,感情很难走到最后。听老师的,一份长久的爱情一定是建立在信任的基础上的,你相信她是最好,她相信你是超人。同样,西辞,你相信他可以将你们的未来规划得很好,相信他说的一切和给的一切。说句被说得很滥的话:如果爱,请深爱,别放手……"

屋子里静静的,灰尘在阳光下跳舞,宇文老师成了一尊雕塑。

良久,他说:"爱的人还在这个世界上,还可以吵架,还可以牵手,还可以陪伴,多好的事!"

从宇文老师家出来,西辞手里一直攥着那个U盘。她离开前,宇文老师特意让西辞把这段录音拷贝到他的电脑里,他说:"一个人时就放着,让她陪我说说话。这屋子里没她的声音,家还叫家吗?"

坐进车里,秦朗握住西辞的手说:"我们浪费了太多时间……"

"什么都别说，秦朗，现在什么都别说！"西辞很疲倦。

车子行驶在回水榭居的路上，车内沉闷得让人窒息。

"我见了古纪德。"西辞在眼睛抬落之间看到秦朗眼里的一点点惊讶。

是的，在拍婚纱照前，西辞见到了秦朗的老板古纪德。

他很客气地问西辞喝什么，西辞说："绿茶。"他"哦"了一声，说现在的女孩不是喝咖啡就是喝奶茶，喝绿茶的并不太多。西辞笑了笑，说："也不是常喝，只是到了古总这儿，觉得适合喝茶。"那是一种恭维，果然，古纪德很受用，眉开眼笑，他说："你们的节目我看了，拍得很有味道。如何对待我们生命中出现过的人，真的值得我们好好反省反省。米兰·昆德拉说，这是一个流行离开的世界，只是我们不擅长告别。如果这个节目，能给现在的年轻人做一点指导，告诉他们要怎么跟那些爱过的人好聚好散，倒也是件功德。是吧，西辞！"

西辞笑了笑，并不回答。

"可是，如果节目传达出这样一种意图，前任们再聚到一起，会旧情复燃，要是大家都效仿，那可就害人不浅了。我一直相信，但凡能分开的，都是不爱的。这世上哪有那么多彼此深爱却不得不分开的？据我所知，重新在一起就像狗尾续貂，最后分得更难看！"

西辞明白了他的意思，她说："关于怎么做节目的事，古总，您恐怕找错人了。我不懂，您应该跟若秋谈谈。还有，每个人的故事都是不同的，没有谁会看个节目就选择回头找曾经的恋人再续前缘吧？至于是不是狗尾续貂，那也是仁者见仁，智者见智。真要是缘分没尽，耗尽那最后的一点儿缘分，谁又能怨恨什么呢？"

西辞的话不软不硬，刚刚好硌到古纪德。古纪德眯起眼看着面前的这个女孩，的确，如果她跟自己的女儿比较，他也会投西辞一票。他叹了口气，说："都说女人虚荣势利，其实，这个世界上更现实的是男人。你看有些男明星，你以为他们找了个普通人结婚生子，却不知道那些女孩背后有着多少身家！"

"您既然知道这个，就根本不必担心，那又为什么叫我来呢？"西辞坐在咖啡色的沙发上，坦然面对这个娱乐圈的大鳄。她不再是那个去剧组面试都会心存忐忑的女孩了，很多东西看开了，也就没什么好害怕的了。

就像现在，她不害怕得到，更不惧怕失去。

在回水榭居的路上，她说："建设，我们先别轻言在一起或者不在一起，我们只需要享受现在的好时光就可以了。至于以后，我们都听听心的声音吧！"

面前的路无边际地伸向远方，秦朗的一只手覆盖在西辞的手上。

他的手仍是热的。

02

古宛言影楼扇节目组导演的新闻半点儿风声都没露出来，这是若秋跟古纪德谈判的结果。

她给古纪德看了摄像师们从各种角度拍的视频，然后抱着胳膊看古纪德的反应。古纪德的脸沉下来，愠怒，但隐而不发。

"来给我看这个是什么意思？"他是生意人，知道若秋此举肯定不会像小学生挨打了来告状那么简单。

"古总,我想要的就是秦朗能顺顺利利地按照节目组的意图录完节目,这期间令爱不得再无理取闹。"若秋的目光笃定淡然。古纪德不得不佩服面前这个像男孩似的小女子有如此强大的气场。

"现在闹到如此局面,我们公司觉得这档节目有损秦朗的形象,我们正打算让他退出节目组……"古纪德看到女儿那刁蛮任性的视频时,就知道自己已然失去了跟若秋谈条件的资格,只是,他不想毫无还手之力就举手投降。

"如果因为令爱害怕输给秦朗的前任就让秦朗退出节目组,再加上令爱两次扇人耳光,这形象恐怕会一落千丈吧?"

"你在威胁我?"

"不敢,我只是想尽量做好的我节目,至于别人打我耳光这种事,我倒不是特别在意。"若秋把"特别"两个字咬得很重,她想告诉古纪德,她一个小女子并不是不在意被当众扇了耳光,而是顾全大局,她也希望古纪德能从大局着想。

"我这方面没问题,至于秦朗自己愿不愿意配合……"

"那是我的事,这个不劳驾您!"若秋急着接过话茬儿。

"我不同意!"若秋的话音刚落,古宛言气势汹汹地冲了进来。

"宛言,这没你说话的地儿!"古纪德呵斥了女儿一句,但很显然全无作用。

"爸,你是怎么答应我的?你不是已经跟风云谈好收购了吗?你现在不光是秦朗的老板,还是顾西辞的老板,你有什么好怕的?违约又怎样,不就是赔钱吗?我们赔!"

若秋一愣,风云经纪公司正是邱冬至他们的公司,难道被古纪德收购了?

"宛言！"古纪德显然还不想过早让若秋知道这件事。

若秋缓过神来，淡然一笑："如果是这样，倒更简单了。不过是个节目，古小姐不会这么没自信吧？况且，爱情这回事也不是靠你拦着阻着就发生不了的。如果发生了洪水，你一盆一盆往外泼水，管用吗？"

若秋起身告辞，身后古宛言在问古纪德："她刚才说的那话是什么意思？"

"宛言，你多大了，能不能不任性？还有，这个点你不是应该在片场吗？跑这里来干什么？"

若秋打电话通知节目组的工作人员准备好，节目组明天八点起程去三亚。

03

西辞和秦朗大学时一起去过南京。背包客，钱不多，大街小巷地走，最好的年华，最好的伴儿，走到哪儿，心情都是艳阳天。

初冬，非假期，三亚的游客并不算多。他们住进了一间别墅，据说某部电影就是在这儿拍的，感觉像是度假。苏菲慵懒，周喜喜大惊小怪，凯文兴奋得像只猴子，段嘉木不停地接打电话，顾西辞因为意竹老师去世心情淡淡的。秦朗却有点儿神色恍惚，若秋告诉他古纪德收购了风云经纪公司，他的心"咯噔"了一下，这对他来说是个坏透了的消息。看来，一切只能从头再来了。他和她想要再回到从前，他们还有机会吗？

不过，他这些年赚了些钱，就算没有别的出路，他们做对平凡夫妻也没什么大不了的吧？

这样一想，秦朗的心里倒踏实了起来。

来三亚的那晚，正好有《前缘》播出，若秋没有规定大家要在哪儿看。西辞躲在房间里想自己看，这时秦朗敲了门进来，那就一起吧。

拍婚纱照那段被剪得唯美浪漫，"老兽"的解说词更是写得煽情。

镜头对准了段嘉木，是他的独白："苏菲，我们重新开始吧！我不再玩旋转木马或者一江烟火的浪漫，我只想跟你再续前缘，每天柴米油盐地过平常夫妻的日子。真的！"

"给你听一首歌。"西辞正为段嘉木的独白感慨时，秦朗拿了一只耳机塞到西辞的耳朵里，是王菲为一部电影唱的主题歌："如果再见不能红着眼/是否还能红着脸/就像那年匆促/刻下永远一起/那样美丽的谣言/如果过去还值得眷恋/别太快冰释前嫌/谁甘心就这样/彼此无挂也无牵/我们要互相亏欠/我们要藕断丝连……"

一滴泪从西辞的脸上掉落下来。

秦朗细心地伸手抹掉那滴泪，他说："西辞，相信我，我依然爱你，就像段嘉木依然爱着苏菲。我们走了那么长的弯路，蓦然回首，发现最爱的人在灯火阑珊处，那种失而复得的心情，你能理解吗？"

西辞擦干脸上的泪水，她说："就像这首歌唱的，匆匆那年。秦朗，你真的相信河水能倒着流回去吗？"

"当然可以。"

西辞淡淡地笑了，她双手捧着秦朗的脸，仔仔细细地看着那张俊朗的脸，那张无数次出现在自己梦里的脸，她说："我不想你为了一时的心动而忍受后面长长的灰头土脸的人生。爱情的火花熄灭后，你会怨我。从前，我不想拖你后腿，现在也不想！"

"你是觉得我离开聚光灯就不能活吗？你是觉得我只爱做明星吗？西辞，你真的看低了我。离开了公司也没什么大不了，我们可以一起演小剧场话剧，再不然，可以开家多肉植物店，没什么大不了的！"秦朗真的被憋坏了，那么多想说的话，这些天一直都没机会说，跟西辞之间表面上云淡风轻，但他明白，两个人心里都较着劲，那份别扭让他很不舒服。

他把手机递给西辞，说："如果不是邱冬至拦着，我就向媒体都说出来，我秦朗就是要把泼出去的水都收回来，我就是爱顾西辞，怎么了？"

西辞的心里一惊："邱冬至拦着？"

"所以我才在电话里跟你说对不起。粉丝们那样攻击你，而我没能力保护你……"

"他说什么？"西辞眯着眼。

"我读书少，他就跟我玩心眼，这边让我什么都别做，那边他就宣布你是他未婚妻……"秦朗的嘴噘得很高，像个任性的孩子，那是西辞熟悉的神情。她笑了："他是为我好！"

"是为他自己好吧！他那么有担当，你的心一下子就偏向他了吧？这阵子对我爱答不理的！"秦朗很开心能跟西辞这样心无芥蒂地有什么说什么。

"你不也没闲着，都跟人晒上对戒了，你还想怎么样啊？"西辞也把心里堵着的块垒抛出来。

"谁知道那是怎么做出来的图啊？我的手你都认不出来吗？"秦朗伸着一只手在西辞眼前晃来晃去。

西辞抓住那只手："那谁知道啊！古宛言年轻漂亮，家世又好，哪个男的不喜欢啊？"

"醋味有点儿大啊？"秦朗顺势抓住西辞的手，另一只手翻开手机，"给你看看我手机里的通讯记录，你看看，我都没存她的电话号码!"

"这能证明什么,心爱的人的号码不都是记在心里的吗?"

秦朗那样说,西辞很开心。她没爱错人,真的没有,但她就想故意气气他。

"你这笨蛋,你冤枉我,看我怎么收拾你!"两个人孩子一样笑闹到一处。

好半天,两个人都仰面躺在地板上。他握着她的手,眼睛轻轻地闭着,睫毛长长的。

"我们什么都不想,只好好享受这段时光,好吗?"

"好!西辞,你什么压力都不要有……一切都有我呢!"

她笑着转过身面对着他,手指划着他的睫毛,那是从前他们之间最熟悉的亲昵动作。

"不过,你跟那个邱冬至……你们不会……"

"意竹老师说,一份长久的爱情一定是建立在信任的基础上的。秦朗,我们走到现在,是不是都没有给对方足够的信任呢?我不相信你在名利之下仍能信守爱的承诺,你不相信我卑微到尘埃里仍能做到洁身自好,仍然愿意寻找爱情。在这一点上,邱冬至远超过你我!"

秦朗默不作声。的确,他们走了弯路,再遇到,除了信任,还能给对方什么呢?

两个人十指相扣,哪怕只享受此刻的温馨也好。

窗外,海浪轻轻地拍打着沙滩,月亮悄悄藏到云朵里。

三亚蜈支洲岛真的很美,情人桥走上去摇摇晃晃,周喜喜惊声尖叫,凯文主动拉了她的手。一路上,西辞暗中观察他们,就算他们在演一对恋人,也很可能假戏真做了吧!周喜喜剥橙子喂凯文,凯文跑很远的路去给周喜喜买一只大贝壳,那都是恋人之间才会做的。

段嘉木跟在苏菲旁边,两个人慢慢地走着,说着。西辞想:如果真的给这世上每一对分手的恋人一个重新在一起的机会,会有几成复合呢?

节目组安排三对嘉宾潜水。西辞的头摇成了拨浪鼓,死活不肯下水,秦朗走过来说:"没事,有我呢!"

西辞仍旧摇头。

若秋说:"那也行,你可以爆料。"

西辞想了想,硬着头皮跟着潜水教练下水。水下,她吓得要死,秦朗一直跟在她身边。适应了一会儿,没什么问题,潜水教练便把西辞交给了秦朗,秦朗是有潜水证的。

西辞既紧张又兴奋,腿竟然抽筋了。秦朗正试图让西辞看一群鱼,突然一回头,看到西辞痛苦的表情,意识到不好,刚靠过来,西辞就死死地抱住他。秦朗让西辞放手,不然两个人都会死。西辞应该是看明白了秦朗的意思,松开手,两个人浮上来,一个浪头打过来,西辞不见了踪影。秦朗赶紧沉下去,他死死地抱住西辞,奋力地向上游。

再次露出水面,秦朗的胳膊高高扬起。节目组发现了两个人的状况,快艇很快开了过来,但水太急,几次都没能靠近两个人……

秦朗浑身的力气都消失得无影无踪,却还拼命给自己打气:不能死,一定要救西辞。

快艇再一次开过来,两个人被工作人员拉了上来。

医院里,秦朗醒过来,看着对面床上脸色苍白的西辞说:"丫头,我们共过生死了!"

西辞的眼泪流了下来,她说:"我使劲喊让你别管我,你都不听!"

"狠心的家伙，就会说这种没良心的话！"

两个人又有了力气吵架，场面很甜蜜。

04

网上出现个爆料帖，很多节目组里的事，爆料帖说得都很详细。凯文抱着笔记本给大家看，大家面面相觑。

若秋从来没那么生气过，她把全节目组的人叫到一起说："我以为我们都是有职业操守的人，没想到我们这里出现了叛徒，就那么藏不住事吗？"

所有人都不吭声。若秋的目光扫过每个人的脸，像扫二维码一样，希望由此辨别出究竟是谁在网上爆料。那爆料里包括自己跟苏大潜曾经是恋人；包括自己挨了古宛言一耳光；包括周喜喜与凯文根本就不是前任的关系，他们的加入不过是为了炒作；顾西辞的经纪公司让她来参加节目的条件是带上周喜喜⋯⋯

节目作假，这个罪名非同小可。虽然当时若秋不同意这样做，但各种原因让她不得不低头。可现在，网上爆料帖说得有鼻子有眼，这肯定是内部人员干的，一想到自己的团队有人在暗中使坏，若秋还真是不寒而栗，她说："别以为这事儿我们查不出来，也真别把自己当成斯诺登！"

开会的人个个垂头丧气。

倒是"老兽"想得开，他说："有爆料，说明咱这节目有关注，值得爆料，你看茉莉台的那个明星运动会，明星们玩得心脏都快跳出来了，谁关心啊！"

若秋冲"老兽"笑了笑，多亏了有这个男人在，不然，自己还真是六神无主。这段日子，若秋已经习惯了依赖"老兽"，虽然她总是在心里提醒自己，不能依赖任何人，但人总是这样，趋利避害，有人可依赖，哪怕是心理上的也好！

05

一大早，西辞就被外面闹哄哄的声音吵醒了。她起来拉开窗帘一看，酒店外面挤满了举着各种牌子的粉丝，他们嚷着要见偶像。

正看着，西辞突然见到穿着一身粉红色休闲装的周喜喜冲到那些人跟前，大声地跟他们吵了起来。

西辞赶紧跑下去。大厅里，若秋正黑着脸训斥工作人员："这节目真是没法录了，咱们入住这个酒店，粉丝们怎么会知道的？"

大家都是一副扑克脸，谁都不吭声。

西辞问："怎么不拦着喜喜啊，万一挨打了怎么办？报警吧！"

"不行！还嫌负面新闻不够多啊？再这样下去，台里肯定会把咱这节目给停了，停了怎么向广告商交代啊？我好不容易熬到导演的位置……"若秋情绪激动。

西辞盯着若秋一字一顿地说："这都什么时候了，能不只想你自己吗？"

"老兽"冲了出来，冲着小张喊："出去把周喜喜拉回来，这是讲理的地方吗？"

"我去！"冲出来的人是凯文。

若秋没来得及拦，凯文已经冲出了酒店。

酒店外，粉丝们正在跟周喜喜对骂。

"简直不要脸，利用凯文炒作，也不照照镜子，就你哪配得上凯文啊？"

"就是啊，大姐，别做梦了，凯文的初恋不是你！他刚出道时接受采访说过他的初恋女友出国了。"

"你们是不是管得太宽了？你以为你们偶像得吃斋念佛啊？我就是喜欢他，我就是愿意跟他在一起，他也喜欢我，怎么了？"

周喜喜再强也还是个女孩，冲出来不过是凭一时的勇气，但看着众口一词骂她的粉丝们，还是气得浑身发抖。

她的肩膀被人搂住了，粉丝们一通尖叫："凯文！凯文！"

凯文的左手挥了一下，粉丝们顿时安静了。

若秋喊："还愣着干什么，赶紧拍啊！"

摄像机都对准了凯文。

凯文从来没这么自信过，就算是参加选秀比赛时，他的心底都一直深藏着自卑。可是现在，他要光明正大地跟自己爱的姑娘在一起，他想大声地告诉全世界。

"我很感谢大家喜欢我，但我也希望大家能喜欢我的选择。我喜欢周喜喜，是的，我要告诉全世界，我，凯文，爱上周喜喜了！"

周喜喜喜极而泣，依偎在凯文的怀里。这一路走来，她耍心机，她争名夺利想出头，可是，在爱情面前，那些都不值一提。

"凯文，我那么不好，你也喜欢我吗？"她的睫毛上挂着晶莹的泪滴。

"不是喜欢，是爱！"他说得笃定。

西辞从来没觉得凯文那么高大威武过，她抹了把眼泪，身边忽然有人说："西辞，我欠你一个这样的表白！"

凯文深情地拥吻周喜喜，五分钟前还和周喜喜对骂的粉丝们竟然给两个人鼓起了掌。

一吻过后，凯文说："我是骗了大家，我跟周喜喜并不是彼此的前任，我们来参加这个节目的确是为了提高知名度，是为了更红。对此，我感到很抱歉，我和喜喜会就此事公开道歉，然后退出《前缘》节目。但我们并不后悔，因为，遇到真爱比什么都重要。还有，如果你们肯原谅我们，我们就继续厚着脸皮待在娱乐圈。如果大家觉得难以容忍，我们会退出娱乐圈！"

周喜喜觉得心里的那堵墙迅速崩塌了，有了他，她可以不必再跟自己较劲了，不必把成功当成武器报复那对没责任心的父母，幸福就是最温柔的与这个世界和解的方式。她抬头看着凯文，目光里满是柔情蜜意。

整个世界安静了一秒钟，激情突然爆发。

"凯文，我们爱你！我们接受你的一切！"声音排山倒海，粉丝们也乐意看到俊男靓女真心相爱，最后过上幸福生活的童话故事，这不是最好的结局吗？

"苏菲，苏菲，你怎么了？"段嘉木的喊声像一枚炸弹，把人们从欢乐的气氛里拉了出来。

大家正在为伟大的爱情感动时，苏菲晕了过去。

还真是一波未平，一波又起。

八　终有人如梦，终有事随风

01

娱乐圈的头条再次被《前缘》给承包了：

"'小鲜肉'凯文承认造假参加《前缘》，当众表白——前任是新欢。"

"苏菲三亚晕倒疑患重病，一年前曾紧急就医。"

若秋面前堆着当日的报纸，愁眉不展，"老兽"倒是成竹在胸："妞儿，别怕，在《前缘》的官方微博上我发起了个投票——赞不赞成'喜文乐见'退出节目。"

"喜闻乐见？"

"周喜喜和凯文，喜文乐见！""老兽"长得胖胖的，脸也有些匪气，不修边幅，从前他一直写喜剧，后来据说是厌倦了写剧本，就东晃晃，西逛逛，反正也不愁生计，就做些自己感兴趣的事。他从朋友那儿听说了《前缘》节目，觉得很有创意。他跟若秋说，他有个朋友，分手后怎么都甩不掉前任，每一个新女友都活在前任的阴影里。他说："我倒想看看明星们跟前任在镜头面前是怎么做的。"若秋的目光上上下下扫描了"老兽"，然后说："我们节目之所以要编剧，就是因为不能完全放任嘉宾的情感……"

"老兽"的眼睛眯成了一条缝儿："妞儿，你没谈过恋爱吗？如果情感是可以疏导的水，那这世界上还会有痴男怨女吗？"

"那我是不是也可以省下找编剧的钱呢？"若秋不喜欢弯弯绕，说话都是直奔目标。

"当然要请。不过，编剧的作用不是约束嘉宾的情感，而是制造让他们真情流露的机会，相互亏欠也罢，藕断丝连也好，甚至是爱火重燃，我们都需要他们在节目里表露出来，而不是藏着、掖着，玩你猜，你猜，你猜猜猜的游戏！"若秋几乎想跟"老兽"击个掌，她要的就是这个。

的确，若秋表面再怎么坚强，到底不是铜墙铁壁，还好有"老兽"。有事发生时，挨领导训时，"老兽"都会拍着若秋的肩膀说："妞儿，过两天，不，一天，你再看这事，就会想，这算什么事啊？听我的，回去好好睡一觉，明天节目照录，周末节目照播！"

一路上也多亏举着"老兽"点的明灯，虽跌跌跄跄，若秋还是走到了现在。再有一周的录制，这季的节目就结束了，可就在这时闹出了造假风波，还传出了苏菲得绝症的消息。若秋根本不敢开手机，她第一次这般不知所措。

"老兽"点开官方微博给若秋看，支持"喜文乐见"组合继续做完《前缘》节目的人远胜于反对的人。他说："观众都没意见，咱们又能怎么办？诚恳地道个歉，然后继续把节目录完。"

若秋点了点头："苏菲姐能跟咱们一起返京吗？"

"我打电话给段嘉木了，他说苏菲就是太累了，没什么事。只是……""老兽"话没说完，有些忧心忡忡。

"怎么？"

"新闻里说，苏菲在一年前查出患有子宫癌，做了手术……"

"你的意思是……"

老兽郑重地点了点头。

总以为人生漫长，我们可以有充足的时间精挑细选，就算错过了，我们也还可以回头把它捡起来。可是，回头时，人生那支烟已经燃到了尽头，我们究竟错过了什么呢？

02

飞机刚落地，西辞的手机就响了起来，是邱冬至打来的。他说："坏消息，我们公司被古氏影业收购了！"

西辞一时间没反应过来："古氏？"话问出口，脑子反应过来，想起古纪德那油油的一张脸和硕大的肚子。

"就是古宛言老爸的公司。"邱冬至的声音有些哑。

"你感冒了吧？"

"都什么时候了，还在意我有没有感冒！"邱冬至咳了一声，果然是感冒了。

"不管什么时候，生病了就要吃药，生活仍然要继续下去。古氏有钱，收购了咱们的经纪公司，这我也没办法，听天由命呗！大不了就仍然住地下室，喝西北风，他总不至于一手遮天吧？"西辞的心情不错，跟邱冬至开着玩笑。

秦朗拿了行李过来，揽住西辞的肩膀，西辞迅速地闪到一边，手指了指熙熙攘攘的人群。她又看到那个熟悉的身影，脑子里迅速搜索，终于想起来，那人是给邱冬至做过证的娱记，虽然电视上挡住了脸，但身形、样貌都很像。同时，他也是自己在水榭居一再见过的黑瘦男子,没错,在三亚酒店门口那个一闪而过的家伙也是他。

"谁感冒了?"秦朗问。

"古氏收购了我们公司。"西辞说完,咬着唇观察秦朗的反应。

"哦!"秦朗答应着,"邱冬至怎么不反对?他不是爱你吗?这不是把你往冰窟窿里拽吗?"

"公司不是邱冬至的,他也只是替人打理。古宛言对你还真是上了心了,为了打败我,也太兴师动众了吧!"邱冬至东山再起不容易,庙门小,签的都是没什么名气的艺人,如今面临这种局面,没想到……连累到邱冬至,西辞很内疚。

"你还真是抬举我了。在商言商,古纪德也许只是单纯地看上了你们公司的潜力,现在有你跟周喜喜两个大明星……"

"秦朗,你说这个有意思吗?古氏收购我们公司,难道是为了捧我的吗?我还真不是笑话你,你的眼光真是……是为了古宛言!"

"我跟你说过多少遍,古宛言那是一厢情愿。古纪德自己都说,那姑娘从小收集芭比娃娃,得不到就哭闹个没完,我现在不过是她最想要的一个芭比……"

顾西辞头也不回地坐进节目组的车里,车门关上,迅速开走。

苏大潜的车停在秦朗面前,他说:"哥,上车!"

秦朗一低头,看到古宛言笑吟吟地坐在车里,她说:"我的大明星,上车吧!"

秦朗的脸冷了下来:"我这不是在玩,是在工作。节目组不允许……"

"放心,我都帮你跟若秋请好假了。是吧,大潜!"

苏大潜尴尬地笑了笑，古宛言让他找若秋替秦朗请假，苏大潜不肯。古宛言笑盈盈地说："大潜，这人呢，识时务者为俊杰，你可别站错队！"

人在屋檐下，焉能不低头。苏大潜打电话给若秋，若秋正在办理登机牌，她说："你还真是越来越出息了，居然替她跑腿。好吧，这是最后一次！"苏大潜的脸涨得通红，心里说不出是什么滋味。

秦朗无奈，这丫头什么时候才能懂得尊重人，不这么自以为是？他不能再玩太极手了，一定要跟她好好谈一谈，告诉她自己的立场才行。好吧，吃个饭，把事情说清楚。

到了水榭居的门口，西辞下车，周喜喜和凯文从另一辆车上下来，两个人如同连体婴儿一般粘在一起。凯文说："西辞姐，我帮你搬行李！"

西辞往后面看，并没有车跟上来。

周喜喜嘴快："别看了，被'耳光小姐'带走啦！秦朗哥还真不容易，现在没准正在伺候刁蛮公主呢！"凯文瞪了周喜喜一眼，周喜喜才停住嘴。

03

秦朗怎么都没想到自己会被拉到那座四合院，车子停在门前，秦朗看了苏大潜一眼，但苏大潜并没有回应他的目光。

宅子里静悄悄的，古宛言过来拉着秦朗的手："赶紧进来，换衣服！"

"宛言，你知道我最不喜欢搞什么惊喜，这是要干吗？"秦朗本能地往后退。古宛言嫣然一笑："瞧你吓得，我还能吃了你啊！"

这是一场订婚仪式,来的人包括古纪德、古宛言的母亲、秦朗的父母,还有圈子里的三五好友。秦朗翻了脸:"还抢亲不成?"

化妆间里,秦朗耐着性子跟古宛言说:"现在罢手,一切还都来得及,不然翻了脸,对谁都不好看!"

古宛言对着镜子笑得很甜美,她说:"秦朗,我古宛言并不是非嫁你不可。只是,当初咱俩炒作时,你不也没拒绝吗?现在想回头是岸了,这世上哪有这么便宜的事?你说好,我就跟你好;你有了心上人,咱俩就得散,有这么玩的吗?你把我当成什么了?"

秦朗对古宛言不是没有亏欠,当初想着如果不是顾西辞,是谁又有什么区别呢!况且,对事业发展而言,古宛言的确是最佳选择。

"宛言,很多地方的确是我做得不对,我很抱歉。只是,你漂亮、优秀,家世又这么好,你一定能找得到专属于你的幸福的!"秦朗尴尬地解释。

"这不用你操心。不过,事已至此,就算是演戏,今天你也得陪我把这场戏演完!"

"这场戏演完呢?演完你还要怎么样?"秦朗焦躁不安。

"这要看你的表现,也要看本姑娘的心情。"古宛言的目光冷硬起来。她喜欢秦朗,一直喜欢,可是,他居然抛下自己,死皮赖脸地贴着那个没一样比得上她的前任。这口气,她无论如何也咽不下去。

"我要是不配合呢?"

"叔叔、阿姨都在外面,阿姨六月才做了心脏搭桥手术吧?她一直很害怕我为你们那个节目生气,我跟她说,你根本不会把那个顾西辞放在心上,因为你的事业是我爸扶植起来的，还有，我跟你之间好得如胶似漆。你想，现在你出去毁掉咱俩的订婚仪式……"

"你威胁我？"

"回答正确。所以，今晚这戏，你恐怕是不演也得演了！"

秦朗骂了一句脏话，拳头重重地砸在墙上。

两个人携手走出来，灯光柔柔地照在秦朗的脸上，可他的脸冷若冰霜。古宛言则笑意盈盈，身上的公主裙衬得她柔美可人。

古纪德看了秦朗一眼，向众人宣布："古氏集团最近投资了一部大制作的电影，秦朗和宛言也会参演。"众人卖力地鼓掌，秦朗看到父母欣慰的笑容。古宛言说得没错，一切都很像电视剧里的桥段。

明天，自己跟古宛言举行订婚仪式的消息会出现在各大报纸的娱乐版面上，自己和西辞的关系会再一次降至冰点。依照她的性格，还会再给自己一次机会吗？

秦朗如同木偶一般，大制作的电影、母亲的心脏、自己重新起步的事业，哪个都比一段爱情来得更加现实、更加务实。自己已经不是青春年少，秦朗很想横下心来敬业地演这一场戏，只是想到西辞，心里就隐隐作痛。自己还真是不折不扣的渣男，伤害过她一次还不够，又来第二次……

母亲过来拉着古宛言和秦朗的手，她说："世界上这么多人，两个人遇到、相爱不容易。小朗啊，这好日子你们得好好珍惜，知道不？"

秦朗欲言又止："妈，我……"

朋友们围过来，秦朗一杯接一杯地喝酒。他痛苦地问古宛言："古宛言，我这样接受了你，你会瞧得起我吗？"

古宛言拍了拍秦朗的脸说："我也很矛盾，若你抬腿走人，我会很欣赏你，但我也会失去你；若你低下头认怂，我虽然瞧不起你，但我拥有了你！"秦朗大笑，笑着笑着便笑出眼泪来。

门外有些骚动，古纪德拍了拍手说："大家都知道秦朗现在正在录牡丹台的《前缘》节目，今天我们有幸请来了《前缘》节目组的两位。"

秦朗心里一惊，他们该不会丧心病狂地把……他猜得没错，若秋和西辞出现在门口。

古纪德立刻上前寒暄："这可是大独家！怎么样，咱俩的交换值得吧！"若秋淡淡一笑："古总什么时候做过亏本的买卖啊，也不过是拿我们当枪使罢了！"古纪德哈哈大笑，手指着若秋说："你这小妮子牙尖嘴利，更是不吃亏！秦朗，宛言，你们过来给若秋和西辞敬杯酒！"

西辞的目光自她进了门起就没离开过秦朗的脸，但他一眼都没看她。西辞接过一杯酒，走上前说："来得仓促，没备礼物，就借一杯薄酒恭喜二位。我先干为敬！"西辞一仰头，一杯酒喝个底朝天。

"谢谢西辞姐成全！"古宛言一杯酒喝光。众人的目光都聚到秦朗的脸上，秦朗说："不好意思，我不能再喝了，再喝就醉了！"

"秦朗，你得给西辞姐一个面子啊，好歹你俩也是节目里的搭档……"古宛言劝酒。

"没关系，我的心意到了就行，至于喝不喝，随意就好！"西辞说完，转过身去跟熟悉的人打招呼。

秦朗一闪身追了过去，拉着西辞到院子里的枣树下。西辞挣扎着："你这样会被人看见！"

"我要是怕被看见，我就不这样了！"

两个人站在微弱的灯光下，都有些气势汹汹。

"顾西辞，我只要你一句话，你只告诉我，如果我一无所有，你还愿不愿意跟我？"

他的目光里聚着一团火，她的目光里却凝着一块冰。

"你问得好，秦朗。你太了解我了，你要是个穷光蛋，我顾西辞看都不会看你一眼。"顾西辞说出的每个字都砸得秦朗生疼。

"你说谎！西辞，我们别再较劲了，咱们好好的。我现在就去宣布，宣布我秦朗真正爱的人是你，什么公司，什么古宛言，都滚得远远的！"他的眼里闪着泪花。

西辞很生气，气他在这种时候竟然还问她这样的问题，还让她做这样的选择。她能选吗？她如果选了，把他置于何地，又把自己置于何地呢？他们都不是从前爱情大过天的男孩女孩了，在现实中，他们还能抛开一切，不管不顾地谈一场恋爱吗？

秦朗拉着西辞走进那间摆满多肉植物的房间，他声音颤抖地说："顾西辞，你真的忍心看着我跟不爱的人结婚吗？你真的那么狠心吗？这些都是你喜欢的，现在它们变成了我喜欢的！当初，你那么决绝地离开我，我知道那是我的错，可现在……现在我们有机会在一起，即使我把这房子还给公司，即使我失去全世界，有你……"

西辞咬住唇，忍住泪水，她说："秦朗，你不用让我来坚定你的决心，如果你不动摇、不犹豫，你根本就不用来问我。你问了，不过是想让我给你一个明确的答案，可是，你想过没有，现在是情比金坚，日后呢？日后有一天，我们之间出现了问题，这会是口实。你会怨恨我今天让你做出了这样的选择，我不想承担这样的后果，我不想！"

秦朗握着西辞的手腕，眼睛里含着血丝："现在就想后路，这是你一贯的风格，是吗？"

"是，从前是在你甩掉我之前甩掉你，现在是在你讨厌我之前离开你。秦朗，这世界上的东西，并不是你想得到就能得到，并不是你说喜欢，别人就得感激涕零。还有，男人的劣根性不就是得不到的就是最好的吗？现在，古宛言追求着你，你爱答不理的，不过是因为我对你冷淡，你才对我有这么大的兴趣。真的在一起了，你就会觉得古宛言是红玫瑰，而我是蚊子血了！"西辞很想把嘴里的话磨成一把刀，扎得他鲜血淋漓，让他知难而退。

"你真的这么看我？"酒劲上来，他的脸涨红，嗓子沙哑。

西辞使劲抽出手来，揉着手腕："你弄痛我了！"

"你真的这么看我？"他再问。

"秦建设，我怎么看你不重要，重要的是屋里的父女俩怎么看你，那才是你的前途！"

"那你的前途是什么，是那个邱冬至吗？他答应你把你捧成大明星了吧？"他质问道。

"秦朗，你一直不知道咱俩的问题在哪儿，咱俩的问题是，两个人都以自我为中心，都不肯为对方退让。可是，邱冬至不一样，跟他在一起，我才是中心。我的一举一动，他都放在心上！而且，邱冬至是老板，远比一个随时可能过气的明星来得稳定！"西辞的心里也在流着血，但面对此情此景，她不能松下来，不能袒露丝毫自己的真情实感，只有张开嘴，把斧钺刀叉都扔过去，这样他的心才会死，才不会处于万劫不复的境地。

爱情里，我们总是自以为是地对对方好，以为那是为对方着想，以为那是正确之路，却不知，多少人因爱分开，痛苦一生。

秦朗拿了一盆红得浓烈的火祭摔到地上，"啪"的一声，盆里的土散了一地，两棵火祭倒在一边。"我就知道，你的眼里只有那些，不然你也不会参加这鬼节目，是吧？你跟我那些卿卿我我也不过是演戏，不过是为了炒作，是吧？"他像一头暴怒的狮子，愤怒地发泄着。

"我果然没看错，邱冬至比你成熟得多。秦朗，我不希望看到三十岁的你还像个任性的孩子。还有，你猜得没错，我就是为了出名才来参加这节目，不然，你以为我是为了跟你复合才来的吗？别幼稚了，我们都不是小孩子了！"

西辞转身离开，秦朗颓然地坐到地上。

门开了。

"你不是不会回头的吗？"秦朗以为是西辞，抬头却看到母亲。

"地上凉，起来！"

秦朗看到母亲头上像落了一层雪一样的白发，哽咽了起来，他说："妈——"

"妈不知道要怎么帮你，不过，你是妈的儿子，妈只希望你能快乐幸福，别的都不重要！"

秦朗跟母亲回到那间热闹的屋子里，顾西辞和若秋在闲聊，他的目光落到她的脸上。她现实得让他心寒，她心里的算盘早就噼里啪啦打过几遍了，只有自己还傻乎乎地被蒙在鼓里，也罢，也罢！大路朝天，各走一边好了。

"嗨，嗨，嗨，别看了，再看，眼珠子都掉出来了！"古宛言挡在秦朗前面，"你倒给我说说，她哪儿比我强？"

"你不知道爱情的世界里公主与灰姑娘是平等的吗？"

"现在你是不是特恨我，恨我拆散了你们？"

"我现在更恨的是我自己。我太怯懦、太贪心，我不配得到她的爱！"秦朗说的是反话，说自己不配得到爱慕虚荣的顾西辞的爱，但这话在古宛言听来完全是另一种解释：秦朗竟然觉得自己配不上顾西辞，不配得到她的爱。他这么自轻自贱的话惹恼了古宛言，她咬牙切齿地说："你难道就配得到我的爱吗？"

秦朗的目光轻幽幽地落到古宛言的脸上，他说："你对我，也许谈不上爱，只不过是占有欲罢了！如果你对自己有信心，何苦苦心导演这样一场戏？"

那一晚，大雪，每个人的心里也都落了一场大雪。

04

节目只剩下最后一周的拍摄，每个人都有些期待节目结束。《前缘》一直保持着收视率第一，鲜花与板砖齐砸，若秋如履薄冰，她只求快些结束，好好睡一觉，好好谈场恋爱。若秋没想到，这档节目让她找到了爱的感觉，当然不是跟苏大潜，而是跟"老兽"。从三亚回来的飞机上，若秋坐在"老兽"旁边，直接在任务卡上写：我看上你了，你看看咋整吧？

"老兽"猛地侧过头看着若秋，若秋目不斜视，岿然不动。

"我说妞儿，不带调戏老人家的！"

若秋掐了"老兽"胖胖的肚腩一把："不喜欢您老人家明说。不过，我的性格想必您老人家也知道，不撞南墙心不死！"

"那……我就从了吧！有我这么厚的大肚腩护着，什么样的南墙你都撞不着！""老兽"一脸无辜的坏样子。若秋握着"老兽"胖胖的手哧哧地笑，"老兽"反手把若秋的手攥在手心里，他说："是我追的你啊，我欲擒故纵，引你上钩的！"

若秋白了"老兽"一眼，大男人！不过，她不也一直在找能降住自己的大男人吗？他不是多威武，不是多有权势，而是能做她的主心骨，这便是"老兽"与苏大潜不同的地方。再强的女人都不想自己在爱情里照顾一个不成熟的弟弟，饶是能干如若秋，也是如此。

周喜喜和凯文在摄像机前面的恋爱谈得异常辛苦，网上不看好"喜文乐见"组合的人不少。他们说："一对利欲熏心的撒谎精的爱情，保准是兔子尾巴——长不了。此帖留证，坐等分手！"周喜喜看完摔了鼠标，凯文说："咱用实际行动证明给他们看不就行了？让他们坐到天荒地老，成了一尊佛，咱俩还花好月圆呢！"

苏菲成了大忙人，一天赶几个通告，借此澄清自己真没得什么绝症。段嘉木则每天待在水榭居里做起了居家好男人，找来一本教人煲汤的书，变着花样给大家煲汤。

经过了那日的订婚仪式，秦朗和西辞倒不至于成了陌路人，只是，关系很微妙。秦朗收工回来，顾西辞原本正在客厅里跟周喜喜和苏菲讲着闲话，见了秦朗，打了招呼，过个三五分钟，便找个借口回到自己的卧室里。

秦朗也越发郁郁寡欢，通常是跟大家打过招呼就回自己的房间，第二天天不亮就出门。

苏菲悄悄问西辞到底怎么想，西辞不停地折着手中的纸巾，淡淡地说："破我执，刚刚好！"

苏菲叹了口气："西辞，我倒觉得爱情里谁都不必为谁牺牲自己，要有些强盗精神。我爱你，我就明明白白告诉你，你爱不爱我，选不选我，那是你的事。你选了我，有什么后果，那也是你应该为这份爱承担的，而不是你单方面退缩，以为是伟大，其实是……你懂的！"

西辞点了点头，又很快摇了摇头，她说："苏菲姐，事情走到这一步，都没法回头了！"

"回头随时都可以，只看你有没有勇气！"

西辞黯然。从三亚回来，那盆养得好好的吉娃娃不知怎么就蔫了叶子，仔细一看，原来是烂了根。西辞颓然，这大概就是她和秦朗的结局吧！

这段日子美好得像一个梦，纠结得像一个梦，难过得像一个梦，现在该是梦醒的时候了吗？

吃饭，睡觉，打豆豆，网络上流传的那个段子形容水榭居的六个人倒是很合适。若秋提前通知大家要把最后的两天空出来，《前缘》节目组有特别活动。

邱冬至给西辞打来电话，说有一部电视剧找她客串，问西辞接不接。西辞笑了，说："老大，咱都什么境地了，还敢挑肥拣瘦吗？"

邱冬至干咳了两下说："是你去探班的那个电视剧！"西辞明白了邱冬至为什么会征求她的意见了。问题是，他明明知道这对她意味着什么，他完全可以帮她推了，问她做什么呢？要让她再去片场挨个耳光，再受一回羞辱吗？他不是不谨慎的人，他这样问她，肯定有苦衷。

"那什么，可以不接吗？"她问。

"那我回绝他们！"邱冬至答得干脆。

"老大，没事儿吗？"

"有，是古纪德点名让你客串的。他说这戏内容不怎么样,你去客串正好有话题度。西辞,你也知道,古氏全面接手了公司,我决定退出公司,但我不想把你留在古氏。你也知道,如果你留下,会有什么样的境遇。这是个交换条件,你去客串这部剧,然后他们跟你解约,不然我不会跟你提这事……"

"不就客串两场戏吗,有什么啊?老大,现在她古宛言再为难我,怎么都说不过去了吧?放心,我去。还有,你走到哪儿,我跟你去哪儿,你可是说过要把我捧成一朵大红花的!"西辞尽量轻松地说完这番话。如果客串一部戏就能让古氏跟她解约,倒也不失为一件好事。西辞性格里倔强的部分又跳出来,她还真不相信古宛言能把自己怎么样。

西辞刚挂掉电话,秦朗就推门进来了。

"不知道要敲门吗?"

"邱冬至跟没跟你说要你客串电视剧的事?"

"说了。"西辞摆弄着新买来的那棵小小的吉娃娃,她打算重新养一盆。

他伸过手把西辞手里的花盆接过去放在桌上:"你怎么想?"

"我一小演员,哪轮得着我挑三拣四?别人来找我客串是看得起我,我当然得接啦!再说了,你还不了解我吗,我爱出风头,想出名都想疯了,这种抢头条的机会怎么能放过呢?哎,秦建设,你什么意思,你该不会是不想让我去吧?"

"西辞,我们能不能好好说话!"秦朗一脸无奈。

"我就是在好好说话。古氏收购我们公司是为了什么呢?为了我们公司那几个不上不下的小艺人吗?显然不是。我顾西辞何德何能,能让娱乐圈大鳄不惜血本收购一家小经纪公司……我若再不给他几分面子,不是太不识抬举了吗?不就是客串一部电视剧吗？又不是没客串过，耳光都挨了，还能怎样？"

"你的事我来处理，我帮你解约，介绍你去别的公司，西辞，我们之间……"

"我们之间已经没这份情义了。秦朗，以你的立场，不来管我的事已经算是照顾我了。邱冬至决定离开古氏，我客串这部电视剧的条件就是古氏跟我解约，我可以换回自由身……"

"你跟大长脸走？"

"请尊重他，他叫邱冬至！"西辞目光炯炯，丝毫不怯懦。

秦朗盯着顾西辞，像要在那张脸上找到一条通往她的心的路，只是，无功而返。

05

邱冬至充当了助理的角色，暖宝宝、大衣、椅子，一应俱全。西辞很不好意思地说："老大，你这样，我受宠若惊！"

"你就快成为我手下的王牌了，不，不对，应该说，你是我们公司里最值钱的固定资产，我不保护好你，我还不得破产啊！"邱冬至难得幽默一把。

小树林外，工作人员在忙忙碌碌地布景。天气真冷，西辞在古装戏服外套着厚厚的羽绒大衣，可她仍在不停地跺着脚。

"去车里暖和暖和吧！"

"不用，马上就好了！我说头儿，你从古氏出来，是不是都是为了我啊？如果是这样，其实我……"

"少废话。赶紧看看你那段戏，还有，骑马真的没问题吗？别一会儿……"

"能盼我点儿好吗？我可当过武替，骑个马还不是小意思啊？我没有武术的底子，可我有舞蹈的底子啊！啊，这样的下雪天，如果有炸鸡和啤酒该多好！"西辞故意把气氛弄轻松点儿。

"一会儿我去给你买。还有，节目结束后，我们带着侃侃去度假吧。想去哪儿？"

"我想想！"西辞避开邱冬至的目光，她早就做出了决定。和古氏解约后，她就回老家，她厌倦了娱乐圈，也厌倦了自己。她想歇一歇，好好想想自己到底要去哪里，要做些什么。

终于一切都准备好了，古宛言盛装从保姆车里走出来，这一段剧情是她跟秦朗洞房花烛夜，结果被她打过的小丫鬟在屋外扔暗器，两个人出来骑着马追。西辞很想知道这段剧情到底是谁加的，根本就是照着三个人的关系写的！也管不了这么多，西辞的戏简单，趴在窗下，扔两枚飞镖，然后纵身上马，飞快地往前跑就可以了。

西辞跟那匹马相处了一个下午，马很温顺，一切都应该没问题。

秦朗从西辞身边走过时，瞅了西辞一眼，扔下一句："不行就赶紧喊人，别死扛着！"

西辞"嗯"了一声，心头一暖，就算是分开，也还是会惦记着。

西辞扔完飞镖，跳上马，马跑出去，后面古宛言和秦朗骑马追上来，摄像机跟着，西辞听到后面导演喊"CUT"，手里的缰绳使劲拉，马却怎么都停不下来。

前方一片漆黑，如同深不见底的黑洞，随时会把一人一马吞进去。西辞慌了，大喊"救命"，可是，后面阒寂无声。坏了，不会是大家都收工了吧？不会的，不会的！西辞大声喊。

后面终于有了回应："别慌，西辞，别慌！"

那是秦朗的声音。

"秦朗，秦朗，我的马，我的马……"那是古宛言的声音。

西辞紧紧地趴在马身上，听到古宛言的喊声，心里一紧，难道她的马也出状况了吗？如果死在这里，最想说的话还没有说，想到这里，西辞喊了一嗓子，她说："秦朗，别管我。秦朗——我爱你！"

天上下起了雪，马仍然跌跌撞撞地往前跑，雪落在脸上，不知道化成了水还是变成了泪，人突然像一片叶子被刮了下来，跌落在雪上，世界真安静啊，真的好安静……

"西辞，西辞，你醒醒，你醒醒啊！"那声音很熟悉，脚步声、嘈杂声，所有的声音都涌了过来。西辞很想说："嘘，别吵，让我和他安静待一会儿，就一小会儿！"可是，她说不出来。她困了，她只想好好地睡一觉。

邱冬至提着炸鸡和啤酒赶到片场时，救护车刚刚开走。他迎面碰上高峰，急忙问出了什么事。高峰情绪有些激动，他说："那马不知道怎么了，停不下来。西辞被送去医院了。"

邱冬至浑身上下凉透了，秦朗呢？秦朗在哪儿？他怎么能允许这样的事发生？

他拍了拍高峰的胳膊说："一切没弄清楚之前，请给西辞留条后路，别瞎写！"

"你要什么后路？你看看这个！"高峰掏出了一个小包，那是西辞随身带的，"我刚刚在她坐的地方拣的！"

昏暗的车灯下，邱冬至打开那个小包，里面是一封写给他的信："老大，您看到这封信时，我应该已经坐上了回老家的火车，请原谅我的不辞而别……"

邱冬至赶到医院，秦朗正在急救室门口来回地走动。邱冬至过去一拳打在秦朗俊朗的脸上，他说："你这个混蛋，我要是不打你，我就对不起那丫头！"

秦朗并不还手。

有护士出来训斥两个人，高峰举起了摄像机，邱冬至一把抢过摄像机摔到地上。他拉着秦朗出去，两个人在雪地上撕打起来。良久，两个雪人一样的男人躺在雪地上。

"你知道当年她为什么离开你吗？"

"因为我背叛了她，背叛了我们的爱情！"

"你小看她了，是因为古纪德找了她。古纪德对她说，如果你真的爱秦朗，就应该放手，一个偶像在上升阶段是不应该有恋人的……"

秦朗噌地坐了起来，拉着邱冬至的衣领："我不信，她不是这样说的！"

邱冬至轻蔑地看了秦朗一眼："你当然可以选择不信，我也不是非要让你信。我在一个剧组外见到她时，她瘦得像个纸片人。她把简历递给人家，门还没出，那简历就被扔进了垃圾桶里，我看到有副导演给她塞名片，让她晚上去某宾馆，我却在她眼里看到冷冷的笑意……"

"也就是那时，我决定签下她。虽然这些年，她一直只是个三线小明星，不温不火的，但她的生活还算平静。错在我，是我让她参加了《前缘》节目，是我想试探她的真心……其实，她的真心明晃晃的，谁都看得明白，只是你我，一个装糊涂，一个真糊涂……"

秦朗抹了一把脸，站起来，跑回急诊室门口。

06

  水榭居张灯结彩，迎来了很多贵客，他们都是娱乐圈里的模范恋人，当然，也有曾经是恋人的。牡丹台的用意很明显，那是为第二季《前缘》预热。据说网上已经为让哪些明星参加第二季《前缘》投票了，居然有很多人希望第一季的这三对嘉宾仍然留下，再添新人马。

  苏菲一袭暗纹玫瑰抹胸长裙配深红色披肩，头发简简单单地挽成髻，化了淡妆，端庄素雅。段嘉木一身黑西装，搭配湖蓝色的领带，英气逼人。他一直不离苏菲左右，苏菲一边跟人打招呼，一边低声说："差不多就行了，别弄得跟真事似的！"段嘉木脸上浮上一层尴尬。苏菲小声说："都是大明星了，别在我面前跟受气小媳妇似的……给姐笑一个！"

  段嘉木无奈地笑了，他说："如果累，就歇会儿！"

  "别把我当病人，我精神着呢！"

  周喜喜穿了条火红的低胸流苏裙，高跟鞋，大红唇，波浪发，整个人妖娆妩媚。凯文则是湖蓝的西装，跟周喜喜裙子同色的领结，两个人站一起，俊男靓女，相当养眼。

  高峰和其他几个娱记守在水榭居门外。秦朗的车停下了，跟他一起来的——高峰的心颤了一下——是古宛言。古宛言长发，淡妆，身上的皮草外套里是拼接夹克配深蓝色的拖地长裙，秦朗则穿着简洁利落的深蓝格子休闲西装。

  两个人快步走进水榭居，头都没回一下。高峰身边的娱记叹了口气说："这年头再怎么深情都没用，到头来还是很现实的！"

"闭嘴！"高峰突然很期望秦朗挽着的那个人是顾西辞。喜欢一个人，并不是要占有，而是希望她幸福，不是吗？

若秋黑色阔腿裤配着紧身露腰T恤，仍是帅气中性风，但平添几分女孩子的俏皮可爱。"老兽"则穿着休闲衣裤，但看得出是经过时尚女孩之手搭配的大牌经典款。苏大潜闷闷不乐，若秋告诉他她已经跟"老兽"在一起了，她说："大潜，当年我们会分开，并不只是因为距离问题，还有一个原因我没告诉你，是我爱得不够！"

那还有什么好说的，苏大潜唯有伸出手祝若秋能够幸福了。他忍了又忍，还是没忍住："如果你不幸福，可以来找我！"

若秋笑着给他一拳，她说："我不喜欢你的地方，就是这个！"

苏大潜也笑了，他说："那你喜欢过我什么？"

"喜欢你即使我们分了手，还肯和我心无芥蒂地做朋友。赶紧找到一个真正适合你的女孩子吧！"

"好！"两个人很有默契地击了掌。

《前缘》节目组在客厅的中央放了一把椅子、一个话筒，最先上去发言的人是若秋，她说："我总会问自己，前任到底意味着什么，他（她）在我们的生活里留下了怎样的印记？今天，我想我有了答案，经历了一次爱情，余下的爱情就生出了很多姿态。有人变得风流不羁，见一个爱一个；有人变得冷漠无情，不会拿出真心爱第二个人……可这也是没办法的事，我们如果没有那份幸运，不能一下子就找对人……不是每个人，都适合和你白头到老。有的人，是拿来成长的；有的人，是拿来一起生活的；有的人，是拿来一辈子怀念的。我们相爱过，我们依然在人生这条跑道上，老死不相往来也好，能成为朋友也罢，前缘，我们擦不去，抹不掉……"

掌声响起，"老兽"握住了若秋的手。

苏菲坐了上去，她说："我初来水榭居时心里是有恨的，我可以告诉大家，网上的传言是真的，我得了子宫癌，不知道能活到几时。也许是多年来关于我和嘉木的谣言一直让我心结难解，也许是这场病压垮了我，我想，反正我也好不了了，临死我也得拖个人陪我，我就是带着这样的想法来这里的。我们是爱过的，不管你们信不信，我跟嘉木用最单纯的方式爱过。当然，爱很短暂，若秋刚才说得对，不是每个人都适合白头到老，我们爱过，我们分开过，再见面时，我们亦不是仇人，这是我来《前缘》节目最大的收获！段嘉木，你现在追求我，晚了，我心里有别人了！"苏菲说得爽朗利落，掌声更响。段嘉木的脸上仍是不尴不尬的神情，与其说他仍然爱着苏菲，倒不如说愧疚的成分更多些，现在苏菲这样豁达，倒让他真的羞愧不已。

凯文向周喜喜求婚，周喜喜哭得梨花带雨。

古宛言坐到了那把椅子上，"老兽"转头看若秋："不是说只有咱们的嘉宾才能坐那儿吗？"

"听她讲！"

"我想问问牡丹台，我现在跟秦朗分手了，是不是我能跟他一起来参加第二季的节目啊？"

全场都笑了。

秦朗阴着一张脸，不声不响。不远处，邱冬至带了高峰进来，他说："该怎么写，你应该清楚！"

高峰打了个响指。

"我的意思是说，我古宛言不要秦朗了，我不能要一个心里装着别的女人的男人啊！你们这节目收视率挺好的吧，我征婚。"

秦朗转身离开。

墙上的投影上出现秦朗的身影,他手插在裤袋里,眉头微皱,他说:"我答应给若秋一个独家卡。节目就这样结束了,其实我挺舍不得的。我知道,我不是个果断的人,我做了很多错事。但现在,我终于清楚我想要的是什么,我最不能放弃的是什么。宛言,对不起,我不能跟你在一起,我要追随心的选择,无论这选择要付出什么代价!"

全场寂静。

良久,掌声雷动。

高峰抹了抹眼睛,他想,自己真的要休个假去跟杭州姑娘约会了,春天就要来了,一定要有爱情做伴才完美。

九　你会陪我看细水长流

一年后。

西辞拿着一堆衣服往段嘉木身上扔："不想过就滚，滚得远远的。不就是不想过嘛，说什么我好吃懒做啊！你们男人不找借口能死吗？嫌我不会熨衣服？我嫁给你，是为了给你熨衣服的吗？"

段嘉木陷在衣服堆里，笑了场。

"CUT！"导演过来说，"西辞演得不错！"

段嘉木说："没看出来啊，母老虎风范十足啊！"

邱冬至过来说："西辞，快点儿，我带你去个地方！"

西辞坐进车里，看着司机有点儿面熟。

"你是……"

"他就是拍你跟秦朗……哦，不，拍咱们的那个娱记。现在，他到我的公司了，哦，还有一位杭州姑娘，他的女朋友，给你做助理。"邱冬至介绍说。

"你不会是来卧底的吧？"西辞看着高峰的反应。

"西辞姐，天地良心！"高峰急着辩白，西辞笑了。

"去哪儿？"

"到了你就知道了！"

"金莓奖"颁奖现场，群星璀璨。

大屏幕上正在介绍几位入围最佳男主角的候选人，秦朗位列其中。

老艺术家开奖："金莓奖最佳男主角获奖的是——秦朗！"

秦朗大步走上领奖台，接过奖杯，哽咽得说不出话来。他转过身停顿了一下才重新转回来，环视了一下底下坐着的同行、观众，缓了口气，说："我很激动。这一路走来，其中辛苦自不必说。要感谢的人很多，感谢我的经纪公司，感谢古总……在这里，我要借用大家一点儿时间，我想向我心爱的女孩求婚。"台下哗然。

西辞和邱冬至站在演播厅入口。

"还犹豫什么，过去吧！"

"西辞，这一年我反反复复听意竹老师的临终留言。意竹老师说，如果爱，请深爱，别放手。我们相爱，相爱就要在一起，你想成全我，也不问我想不想要这成全。你太霸道了，那不算数。不过，我原谅你了，那算是对我不坚定的惩罚，罚够了吗？"

秦朗跑下台来，紧紧地把西辞抱在怀里。

"石生花都开了！"他说。

"我养的吉娃娃也都爆盆了！"她说。

灯光落到他们的脸上，秦朗不愧是"男神"，而西辞则是冒着仙气的仙女。有着爱情浸润，谁的人生不是最美的呢？

演播厅里响起王菲的《红豆》："等到风景都看透，也许你会陪我看细水长流……"

兜兜转转，他们终于没有错过彼此。

幸好，幸好不是吗？